뉴 라이프

New Life

6

뉴 라이프 6

송윤미 판타지 장편 소설

초판 1쇄 찍은 날 § 2002년 10월 15일
초판 1쇄 펴낸 날 § 2002년 10월 25일

지은이 § 송윤미
펴낸이 § 서경석

편집장 § 문혜영
편집책임 § 김희정
편집 § 장상수 · 박영주 · 권민정 · 이종민
마케팅 § 정필 · 강양원 · 김규진 · 안진원

펴낸곳 § 도서출판 청어람
등록번호 § 제1081-1-89호
등록일자 § 1999. 5. 31
어람번호 § 제1-0303호

주소 § 경기도 부천시 원미구 심곡1동 350-1 남성B/D 3F (우) 420-011
전화 § 032-656-4452 팩스 § 032-656-4453
http://www.chungeoram.com
E-mail § eoram99@chollian.net

값 7,500원

ISBN 89-5505-263-4 (SET)
ISBN 89-5505-504-8 04810

송윤미 판타지 장편 소설

뉴 라이프

New Life

6 진실 게임

도서출판

청어람

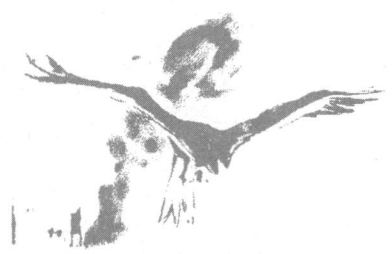

CONTENTS

제장 운명과 인연, 그리고 상처

현.성.우!!

"으아아아아아아악—!!"

금갈색 머리칼의 소년이 갑자기 비명을 지르며 달려든 곳은 그 소년의 시선이 못 박혀 있던 신사들에게로였다.

"죽여 버리겠엇—!!"

꽈당!

"크헉!"

크지 않은 체구의 한 소년이 신사들 무리의 한 명에게로 나는 듯이 달려들었다. 죽일 듯 노려보는 붉게 충혈된 소년의 눈.

"제후야!!"

주변에서 비명처럼 터져 나오는 외침들이 머리를 울렸으나 정작 민제후의 의식으로는 아무것도 닿지 않았다.

눈물이 넘쳐흐른다. 시야가 뿌옇게 흐려져서 아무것도 보이지 않았다.

"이 나쁜 자식! 왜 그랬어! 왜 그랬어!! 왜―!!"

벌써 오래전에 물었어야 했던 말, 그리고 이미 너무나 많이 늦어버린 물음.

어째서…

대체 왜…

'네가 원했다면 아무 조건 없이 내 모든 걸 그냥 줄 수도 있었는데……'

"왜 그랬어! 어째서 그렇게 잔인하게! 어째서 그렇게 철저하게! 도. 대. 체. 왜!"

"커억!"

비명처럼, 괴성처럼, 눈물과 분노에 얼룩져 피를 토해내는 영혼의 상처의 고함 소리에 민제후에게 멱살을 붙잡혀 벽으로 내동댕이쳐지듯 밀어붙여진 현성우가 얼굴을 일그러뜨리며 호흡 곤란으로 미간을 심하게 찡그렸다.

상황이 그렇게까지 되자 주변에 남아 있던 얼마 안 되는 사람들이 소리를 질렀고 큰 소동이 일어났다.

"꺄아아악!"

"이게 대체 무슨 일이야!"

민제후의 두 눈이 마치 붉게 물든 것처럼 보였다. 걷잡을 수 없는 어떤 감정에 휩쓸려 주체하지 못하는 짐승처럼. 그에 비하면 제후에게 붙잡혀 벽으로 밀쳐져 부딪친 남자는 오히려 훨씬 더 침착해 보였다.

처음 던져질 때 충격을 받은 것 말고는.

민제후에게 멱살이 잡혀 벽에 부딪치며 내몰린 그 남자는 나이도 그 소년보다 훨씬 많아 보였다. 못 돼도 30대 중반 이상의 사내.

체격은 날씬하지만 단단하고 날렵해 보인다. 그리고 무엇보다도 안경 밑에 있는 그 눈동자가 냉정하다 못해 매정하고… 잔인하다.

그 남자는 그 짧은 시간 내에 주변 상황을 살폈고 자신이 처한 상황과 앞으로의 자신의 태도까지도 결정한 듯 보였다.

그의 결정은 민제후에게 휘둘려 주는 것.

"야! 민제후!!"

"이거 놔—앗!! 저 자식, 가만두지 않을 거야!"

"너야말로 이거 놓고 말해!!"

신동민이 이미 이성을 잃은 민제후를 뒤에서 붙잡으며 같이 고함을 질렀다. 그러나 평소에도 괴물 같은 괴력이라고 평했던 그 완력이 제정신을 잃은 소년의 몸에서 가차없이 풀려 나오고 있어 그만으로는 역부족이었다. 그 순간 수명의 장정들이 마치 목 졸려 죽을 것 같은 한 남자를 구하기 위하여 제정신 아닌 민제후에게로 달려들었다.

"시끄럿! 치워!! 가만 안 둘 거야!! 저 새끼, 절대!"

하나 눈물에 엉망으로 젖은 소년의 하얀 얼굴 속에 증오심으로 빛나는 깊은 심연의 눈이 섬뜩한 빛을 뿜는다.

"가만 안. 둘. 거.야!! 아아아악—!'

무슨 이유에서일까?

무엇 때문에 저토록 아프게 소리 지를까?

대체 어떤 상처이길래…….

한 소년의 절규에 가까운 비명 소리는 분노와 증오라는 붉은 기운에 젖어 있었으나 동시에 그것을 듣는 사람들의 가슴을 애잔하게 흔든다.

아무것도 부족함 없이 컸을 것 같은 소년.

성전그룹이라는 최고의 배경에, 한국 경제 거목이라고 불리는 외조부와 세계적인 피아니스트인 아름다운 어머니를 둔 최고의 혈통. 아직 어린 나이이나 엘리트 코스를 밟아가고 있는 촉망받는 재벌 3세대의 인재.

그런데 지금의 모습에서 결코 그런 인물에게서 터져 나왔다고는 볼 수 없는, 나락으로까지 떨어졌던 이의 목소리가 들려온다. 밑바닥까지 추락해 봤던 이의 절규와 배신의 아픔을 지르는 비명 소리. 하지만 직접 들으면서도 사람들은 이해하지 못했고, 또한 무의식적으로 느껴지는 그것들을 무심함으로 눈을 감고 귀를 닫아 지나친다.

그러나 소란 통에 그 모든 처절한 감정의 회오리를 부정한다 하더라도 무섭도록 쏟아 붓는 한 소년의 분노와 증오심은 팔 위의 솜털까지 오싹오싹 솟게 했다.

"정신 차려!! 민제후, 이 바보 자식아! 어서 떨어지지 못해!!"

그렇지만 아무리 그렇다고 하더라도 제후는 이미 이성을 잃고 있기에 그가 잡고 있는 중년 남자의 상대가 안 되었다. 비록 민제후에게 멱살이 잡혀 휘둘려지고 있었지만 현성우 사장은 벌써 침착을 되찾고 차가운 눈으로 그 모든 상황을 지켜보고 있었기에.

동민은 그런 상황 속에서 계산하는 듯한 그 남자의 눈에 오싹함을 느끼고 정신이 완전히 나가 버린 듯한 친구 놈을 그 중년인에게서 떼어놓으려고 안간힘을 썼다. 저런 인간에게 어떻게 이런 극도의 악감정을 가지게 됐는지는 몰라도 제후의 이런 반응은 그들에게 나쁘면 나빴지 절대 이로울 것이 없었다.

결국 신동민과 주변의 직원들이 달려들어서야 현성우 사장의 목을 조르던 제후를 간신히 떼어낼 수 있었다. 무슨 힘이 그렇게 우악스럽게 센지 장정 네다섯 명이 달라붙어서야 겨우 그 소년을 끌어낼 수 있었다.

"흐흑… 끄으윽… 하… 하하……."

제후가 여러 사람들의 손에 여기저기 붙잡혀 현성우 사장에게서 끌려 나오자 점차 그 격한 감정들이 가라앉는 모양이었다.

천천히 내리쉬는 큰 숨.

폭풍우처럼 쏟아지던 원망과 고통에 찬 얼굴 표정에서 스며 나오는 눈물 범벅이 되어 있는 허망한 흐느낌과 자조적인 허탈한 웃음기.

금갈색 머리칼의 소년이 한쪽 손바닥 안쪽으로 눈가를 누르며 비틀비틀 물러선다. 사람들의 황당하다는 시선 때문도, 술렁이는 한밤의 공기 때문도 아니었다. 친구들이 뜯어말렸기 때문도 아니었다. 잊고 있던 망각의 시간들이 허허로운 감정을 타고 쏟아지고 있었다.

모두 잊었다고 생각했건만 막상 직접 과거의 망령인 그 얼굴을 대하니 제후는 자기 자신이 누군지조차 잊고 분노와 증오에 가득 차 들이박게 되었었다. 그리고 그 뒤를 잇는 것은 망연자실함.

자신의 존재에 대한 의미와 의구심.

마치 백치가 된 것만 같은 텅 빈 감정들.

'이거였어? 그 불안, 그 불길 속의 떨림이… 이것이었어? 현성우가 나타난다는…….'

"어느 쪽이… 현실이지? 이것도… 하… 또 꿈일 거야. 흑… 그래, 이것도 꿈… 환각……. 푸흐흐흐흐… 웃겨, 웃겨. 하지만… 저 망령들이 '민제후' 앞에 현실로 나타난다면 난… 나는……."

손바닥에 가려져 있는 금갈색 머리칼의 소년의 얼굴은 웃는 것인지 우는 것인지 그 형상이 애매하다.

친구들은 달려가서 꼭 껴안아주고 싶었지만 어쩐지 지금 섣불리 다가갔다가는 제후가 얇은 유리잔처럼 힘없이 깨져 버릴 것만 같아 움직일 수조차 없었다. 이건 단순히 불안해 보인다는 것과는 차원이 다른 모습이다. 이미 가늘게 금이 가며 깨어지기 직전의 아슬아슬한 유리잔의 형상. 무엇인지는 모르지만 상상도 할 수 없을 만치 깊은 상처가 한꺼번에 터져 그 소년의 영혼을 난도질하고 있었다.

제후는 주체할 수 없는 혼란 속에 손바닥으로 가리고 있던 얼굴을 천천히 들며 감정없이 중얼거렸다.

"난 대체… 누구지?"

선택의 기로.

전생(前生)과 현생(現生). 같은 영혼이라 하더라도 '죽음'이라는 강으로 생이 갈린 두 주체의 선택.

그동안 전생이라고 머리로는 알고 있었어도 꿈이나 환상, 신기루를 보는 것처럼 막연하게 내면에 묻어두었던 기억과 감정들이었기에, 직접적인 전생과의 충돌은 없었기에 무탈할 수 있었으나 현성우라는 인간의 등장으로 그마저도 끝이 난 것이다. 민제후의 내면에서 곡예를 하듯 잡혀 있던 아슬아슬한 균형이 깨어지고 있었다.

보통 인간도 꿈속의 존재가 현실에서 눈앞에 나타난다면 현실감에 혼동을 느낄 터인데 제후는 세상이 멸망하더라도 결코 마주치고 싶지 않은 상처 그 자체인 유령을 만났으니…….

고개를 든 제후의 눈은 황량한 공터 바닥을 굴러다니는 통조림 깡통처럼 속이 텅 비어 보였다.

'난 대체 누구……? 민제후인가? 아님 박경덕? 아냐, 지금의 난 그 어느 쪽도 아냐. 그렇다면, 그 둘도 아니라면 대체 난…….'

롤러코스터를 타듯이 정신없이 쏟아지는 전생의 환각에 미치도록 괴로웠다. 자신의 손에 멱살을 붙잡혀 있었던 남자가 손아귀에서 벗어나 사람들의 부축과 걱정을 받으며 옷자락을 탁탁 터는 것이 보인다. 일그러진 시야 속에 보여지는 얼굴은 중년에 접어든 남자였지만 점차 그 위로 고집 센 앳된 표정이 겹쳐진다. 자존심 강하고 병적으로 지기 싫어하는 당돌한 어린 소년의 얼굴이…….

"…혀, 형. …형!!"

전생의 노가다 일당을 소매치기하려고 했던 어린 꼬맹이에게 밥을 먹이고 머리를 흐트러뜨리며 불러보라고 했던 '형'이라는 호칭. 처음에는 어색해하다가 점차 익숙해지자 마치 큰 결심이라도 한 양 두 눈에 기합을 넣고 부르던 귀여웠던 그 소리.

"우와— 형, 디게 세다!"

하나둘 돌봐야 할 식구가 늘고 마침내 자신이 처음 주먹을 쓰게 되었을 때 녀석이 외치던 감탄.
회상 속에 현성우가 앳된 소년에서 점차 어른으로 성장해 간다.

"이제부턴 형님이라고 부를 겁니다."

평범하게 살길 바랬건만 결국 청년이 되어서 어둠의 세계로 발을 담그게 된 현성우. 그 눈을 보고 이미 말릴 수 있는 수준이 아니라는 걸 알았다. 한번 이거다라고 결정하면 세상 끝장나도 절대 바꾸지 않는 고집불통이었으니.

그리고 그는 당돌한 꼬맹이가 이제 야망도 야심도 큰 매서운 눈의 청년으로 변해 있는 것을 발견했다. 그렇다면 이제 그 자신이 해야 할 일은 없었다. 아니, 단 한 가지가 남았다. 자신의 주변을, 현성우의 배경을 어둠이 아닌 빛으로 끌어올리는 것. 정식으로 떳떳한 사업을 키워서 어디서부터 틀어지게 된 것인지 모를 이 덩치 큰 폭력 조직을 바꿔놓고 싶었다. 어디서부터 잘못된 것인지…….

그런데…

'다 기억났어! 모두 다!'

"제길… 제길… 빌어먹을… 흐흑……."

제후는 잠시 휘청이는 듯하더니 갑자기 친구들이 외치는 소리를 뒤로하고 암흑 속으로 빨려 들어갔다. 어디서 듣고 달려왔는지 김 비서와 수행원들의 익숙한 고함 소리도 멀어져 가는 의식 속에 느낄 수 있었다.

'미안해, 혜서야. 네 바람 들어줄 수 없었어…….'

전생의 자신과 현성우 사이의 해맑은 여자의 모습이 떠오른다. 잔소리쟁이, 한때였지만 그 어둠 속에서 느낀 일상의 따뜻한 빛.

기억은 모두 났으나 아직 이해할 수 없는 현성우의 행동들과 배신. 하지만 지금은 그런 것이 중요하지 않았다. 결과가 용서가 되지 않으니까.

'네 바람처럼 영원히 잊지도 못했지만 용서도 할 수 없어. 이해할

수 없다.'

너처럼 성우를 용서할 수가 없었어, 널 기억하지 못하는 순간에도.

미안……

"미안……"

폭풍우가 몰아치기 시작했다. 폭우가 쏟아진다.

쏴아아—

그리 나쁘지 않은 날씨라고 생각했건만 어느 순간부턴가 비가 쏟아지기 시작했다. 그것도 하늘이 구멍난 듯 쏟아 붓는 폭우로. 더군다나 한밤중 고요함과 더불어 한 치 앞도 분간하지 못할 만큼 두텁게 덮여 있는 먹구름 때문에 하늘은 더욱 기괴하게만 보였다.

"대체 뭐가 어떻게 된 일이야! 그 자식, 미친 거 아냐?"

맑은 창문을 무섭게 두드리는 빗방울 소리 배경으로 따스한 저택 응접실 안을 신동민이 신경질적으로 왔다 갔다 하며 말한다. 그러나 말은 그렇게 해도 안절부절못하는 것이 혼절한 제후를 비서들이 둘러 업고 서둘러 저택으로 돌아왔기에 걱정으로 초조한 모양이었다. 조금 전에는 회장 주치의인 김 박사가 도착해서 허둥지둥 제후의 방으로 올라갔기에 더욱 불안한 듯했다. 의사가 올라간 지 한참은 된 것 같은데 아직 가타부타 말이 없으니……

신동민이 스마트한 무테 안경을 손가락으로 올려 쓰며 짜증스럽게 눈살을 찌푸렸다. 그런데 그때,

"누굴까? 그 남자……"

다른 한쪽에서 들려오는 한 소녀의 깨끗한 목소리에 동민이 고개를 돌렸다.

한예지. 긴 검은 생머리가 하얀 원피스와 연보라 리본과 너무나 어울리는 청초한 소녀. 단아한 수묵 동양화 같은 그녀가 성전 총수 사택 작은 응접실 소파에 기대앉아 빗방울이 무섭게 부딪치는 어두운 창밖으로 시선을 댄 채 중얼거리고 있었다.

"제후… 그 얼굴… 잊혀지지가 않아. 걔가 그렇게 폭발해서 달려들다니. 그 수더분하고 방실방실 웃기만 잘하던 녀석이……. 도대체 누구지, 그 음울한 눈의 남자는?"

창밖은 폭풍우로 어지럽지만 그들이 머무는 응접실은 벽난로에 작게 피워놓은 불꽃 때문인지 따뜻하고 안락하여 바깥과 영 다른 세상 같다. 여름이지만 장마가 시작되면서 올라온 태풍과 폭우의 한기 때문에 약하게 피워놓은 벽난로의 열기가 덥지 않고 푸근하다.

"…현성우 사장."

예지의 약간 넋 나간 듯한 목소리에 신동민이 등을 보이고 서서 읊조린다.

"뭐?"

"그 남자, 이름이 '현성우' 라고 하더군."

한예지의 의아한 시선을 느끼고 신동민이 한순간 뒤돌아보며 보일 듯 말 듯 살짝 미소 짓는다. 그리고 벽난로로 다가가 불꽃을 응시하는 깊고도 복잡한 상념의 시선.

"잘은 몰라. 단지 해성유통의 사장으로 최근 몇 년 새 무섭게 사업을 확장시켜 나가고 있는 인물이란 정도만. 그런데 보통의 정상적인 경영 방법이라면 아무리 뛰어나더라도 그렇게 빠른 확장은 무리일 텐데… 역시 비정상적인 방법, 편법과 불법적인 순서와 계산이 적지 않게 작용한 것이 맞나 싶어. 그래서 아무래도 폭력 조직과 연이 깊다는 소문도 사실인 것 같아. 수도권에 걸쳐 꽤 세력이 큰 폭력 조직의 보스라는 이야기, 즉 현성우 사장은 조직 폭력배 출신이란 소리지."

"조, 조직 폭력배?!"

"그래. 그래도 그 현 사장이라는 사람, 건달치고는 머리가 좋은 것 같더라. 어느새 벌써 장태현 이사와 친분 관계까지 만들고."

동민은 파티장에서 장태현 이사와 그 측근들과 함께 담소하며 어울리던 현성우라는 인간의 모습을 떠올리며 알 수 없는 불안감에 입술을 축였다.

해성유통의 현성우 사장.

위험 인물.

굳이 시간으로 따진다면 오늘 약 몇 분 정도만 가까이에서 바라봤을 뿐이나 그 찰나간 살핀 인상에서도 결코 물렁한 인물은 아니었다. 민제후의 그 정신 나간 행패 속에서도 금방 냉정을 되찾고 주변을 살피며 계산을 하던 눈빛을 보지 않았던가. 소름 끼치도록 차갑게 가라앉아 비웃음을 머금고 있던 그 모습에서 그 남자를 가까이하면 절대 위험해진다는 본능의 빨간 경고등을 느꼈던 동민이었다.

'그런데 그런 인물을 민제후, 그 녀석은 대체 어떻게 알게 된 거지? 아니아니, 그보다 어떻게 그런 인물에게 그런 증오심을 품을 수 있었을까? 배경도 그렇고, 활동 지역도 그렇고 그 둘의 과거가 교차될 일은 전혀 없어 보이는데. 그리고 민제후의 격렬한 반응에 반해 현성우 사장은 제후의 태도가 어리둥절하다는 반응… 한쪽이 철천지원수라도 된 듯 증오심을 품을 때 그 대상이 되는 다른 한쪽은 그것을 까맣게 모를 수도 있는 걸까? 어떻게 그자는 민제후가 누군지도 모른다는 듯한 태도를 보이는 거지?'

생각하면 생각할수록 엉키고 복잡해진다.

어쨌든.

"위험해. 그 남자, 어떻게 제후 녀석이 알게 됐는진 모르지만… 오늘 일이 아니더라도 가까이하면 제후에게 절대 위험하다. 난 그 두 사람이 부딪쳐서 좋을 것이 없다는 느낌이 들어. 만약 그들이 또다시 마주친다면… 하아~ 아니다. 뭐, 사실 앞으로 다시 볼일도 없을 테니 괜찮을 테지. 제후도 그자에게 극도의 악감정을 가지고 있는 듯하고 말이야. 신경 쓴다면 평생 보지 않을 수도 있을 테니……."

"아니."

동민은 고개를 절레절레 흔들다가 자신의 말을 부정하는 예지의 음성에 고개를 돌렸다.

'무슨?'

"그건 아닌 것 같은데. 제후의 오늘 얼굴, 그건 결코 분노와 증오만으로 똘똘 뭉쳐진 그것이 아니었어. 그건 아닌 것 같아."

빗소리와 함께 멀리서 들려오는 듯한 천둥 소리가 한밤의 공기를 더욱 눅눅하게 만든다. 신동민을 똑바로 바라보는 한예지의 표정은 어떻게 형용할 수가 없는 미묘한 것이다. 슬퍼하는 것 같기도 하고 안타까워하는 것 같기도 한, 또는 어떻게 보면 무미건조하게 보이는 것 그대로 내뱉는 인형 같기도 한.

오늘 민제후의 충격적인 그 행동들은 그들 모두에게 적지 않은 쇼크였다.

"민제후의 그 얼굴… 눈물 범벅이 되어 그 사람에게 달려들었던 그 얼굴은… 그리움에 사무친 얼굴이었어."

"……!"

한예지의 말소리가 의미하는 것이 무엇인지…

"가슴이 찢어지도록 누군가를 그리워했던 눈이야."

신동민의 놀라 커진 눈동자를 봤는지 못 봤는지 예지라는 이름의 가녀린 소녀가 고개를 들어 그 소년의 샤프한 얼굴로 시선을 고정시키지 못하고 어지러이 움직이며 가라앉은 목소리로 되묻는다.

"동민아. 있잖아, 누군가를 처절하게 미워하면서도 그리워한다는 게… 정말 가능할까?"

"……."

아무 말도 할 수 없었다. 동민은 예지의 물음에 머리 속이 새하얗게 비워져서 한동안 아무 말도 할 수가 없었다.

그러니까 뭔가? 지금 제후가 그렇다고? 둔하고 무대포에 섬세함이란 모르는 단세포 인간인 민제후가? 그것도 그쪽 세계에선 꽤 큰 규모와 악명을 떨치고 있는 폭력 조직을 조종한다는 중년인을 민제후가……?

이런. 말도 안 된다. 아무리 얼마 전까지 학교는 물론이고 집안에서도 천덕꾸러기 신세를 면치 못했던 민제후라지만 그때도 역시 성전그룹이라는 테두리 안에서 상류 사회 도련님이다. 그쪽 인생들과 맞부딪칠 기회 같은 건 애초에 없었던 것이다. 게다가 그들은 아직 학생들. 일개 학생들이 동네 불량배들이나 폭력 서클 아이들도 아닌 조폭을 만날 기회가 쉽게 있는 것도 아니고…….

동민은 피곤한 듯 투명하게 빛나는 무테 안경을 벗어 들고 눈가를 손가락으로 누르며 말했다.

"하! 말도 안 돼! 보고 싶었던 사람이면 그런 식으로 달려들겠냐? 아까 보니 완전 철천지원수가 따로 없던데. 사람들이 뜯어말리지 않았으면 제후 그 녀석, 그 현 사장이란 남자, 아주 목 졸라 죽였을걸?"

"하지만… 글쎄, 그럴까?"

검은 머리의 소녀가 눈을 제외한 나머지 얼굴에서 표정을 거의 지워 가며 조용하게 말을 이어간다. 이성이, 머리가 사고하는 것에 방해받은 소리가 아닌 가슴으로 보고 느낀 대로 표현하는 감정.

"증오의 눈빛이 아니었어. 너도 봤잖아. 그것은, 증오의 불길로 타오르는 그 속에 누워 있는 그것은 아픔이고 슬픔이야. 증오심보다 더 강렬한 것이었어. 슬픔으로 일그러진 얼굴이었어."

말을 마친 예지의 얼굴도 마치 울듯이 일그러진다.

"그러니 너까지 외면하려 들지 마. 제후가 그렇게 아파하는 표정은 정말 처음이란 말이야."

"…아니, 난 몰라. 아무것도 아는 게 없어. 한예지, 너나 너무 앞서 가지 마라."

전후 사정은 잘 모르겠지만 못났어도 친구는 친구다. 아무리 고약한 일에 얽혔어도. 사실은 더 이상 엄청난 사건들에 휩쓸리긴 정말 싫지만.

그리고 지금은 단지 기다릴 수밖에. 민제후가 먼저 해결 봐야 할 일이다. 마음의 문제라면 자신만이 해결할 수밖에 없는 일일 것이다. 나중에 그가 손을 내밀면 그때 놓치지 않고 잡아주는 것이 친구라는 존재가 할 수 있는 전부. 괜스레 친구가 어쩌고 하며 서툴게 나섰다가 오히려 상처가 더 벌어질 수도 있음이다. 기다릴 수밖에.

모든 걸 말해 줄 때까지, 도움을 청해올 때까지, 이겨낼 때까지 믿고 기다릴 수밖에.

'윽… 제길. 민제후, 넌 어떻게 네가 연관되면 하나같이 다 짜증나게 복잡하고 긴장되는 사건뿐이냐.'

창밖으로 폭우가 쏟아지고 있었다. 여름에 접어들더니 이제 본격적인 장마철임을 알리는 비인가? 다른 방에서 나는 소린지 어디선가 A급 태풍이 올라오고 있다는 일기예보가 가느다랗게 들려온다.

"버르장머리없는 녀석 같으니!"

한편 장태현 이사는 자신의 거처로 이동하는 자동차 뒷좌석의 시트에 기대어 점잖지 않은 욕설을 퍼붓고 있었다.

"그 소년은 누굽니까, 이사님?"

어둠 속에서 규칙적으로 들려오는 요란한 빗소리.

견고한 차창에 의해 한 번 걸러져 들리는 둔탁한 빗소리로 인해 차 안은 바깥과 전혀 딴 세상 같다. 세상은 폭우와 뇌우로 정신없이 휘몰아치고 있었지만 자동차 안의 공간은 조용한 클래식 음악이 잔잔하게 흐르는 가운데 고요하다. 그리고 그런 분위기 속에 고급 벤츠 한쪽에 마련된 미니 바에서 맛보는 고급 위스키 향이 다시 한 번 더 전체적인 분위기를 조금 느슨하게 만들고 있었다. 물론 장태현 이사의 맞은편에 앉아 있는 안경을 낀 사나이가 내뱉는 웃음기 담긴 목소리는 전혀 느슨하지 않지만.

"누구긴 누구야! 그 오만방자하게 하늘 높은 줄 모르고 날뛰는 애새끼지!!"

장태현 이사가 얼굴을 울그락불그락하며 갑자기 언성을 높였다. '시건방진 쥐새끼'라며 있는 대로 씹어대는 그 이름에 현성우의 입꼬리가 미소 비슷하게 올라갔다.

"아~ 그럼 그 아이가 민제후라는… 바로 그 소년이군요? 대단하던걸요, 그 기백. 후후, 무슨 일 때문인진 모르겠지만 정말 놀랐습니다.

한순간 이 현성우의 등골이 다 오싹해졌으니까요. 아무리 이름뿐인 숨겨진 총수라 해도 역시 명색이 성전그룹의 수장이라서 그런지……."

"흥! 대단은 무슨! 장문수, 그 늙은이가 남겨놓은 추종자들의 절대 충성 때문에 이나마 성전이 유지되고 있는 거지. …그나저나 자네, 목은 좀 괜찮나?'

혼잣말 같은 현 사장의 음성에 장태현 이사가 굳이 기분 나쁜 티를 감추려 하지 않으며 그의 신변을 걱정하는 척했다. 이럴 때 쓰는 말이 바로 '고양이 쥐 생각'. 서로 필요와 각자 상대방의 이용 목적에 가장 큰 관심을 갖고 있는 양쪽이기에 진실로 걱정하는 듯한 이런 말은 어울리지 않는다. 게다가 걱정하는 척하기에는 이미 조금 늦은 감이 있다.

"아, 괜찮습니다. 그 정도야……."

장태현의 생색내는 듯한 걱정에 현 사장이 가볍게 대답하며 비가 들이치는 창가로 자연스럽게 고개를 돌렸다. 하나 말은 괜찮다고 했지만 칠흑같이 어두운 바깥 풍경 덕분에 얼굴이 잘 비치는 차창으로 셔츠로 가려진 목가에 희미한 붉은 손자국이 생겨나고 있음을 볼 수 있었다.

현성우는 비록 겉으로 내색은 하지 않았지만 내심 놀라워하고 있었다. 아마도 내일 아침이면 손가락 하나하나의 자국까지 붉게 선명히 나타나리라. 강한 자만 살아남는다는 그런 뒷세계에서 반평생을 살아남은 자신이다. 그런데 그런 자신이 아직 겨우 십대 소년일 뿐인 아이에게 힘으로 밀쳐지고, 더군다나 그 아이의 손아귀에서 빠져나오지 못한 채 목이 졸리다니…….

'그리고 붉게 타오르던 그 눈은…….'

"별일 다 보겠군."

"······?"

현 사장은 자신의 목 언저리에 나타나고 있는 작은 손자국을 슬쩍 쓰다듬다가 장태현 이사의 의미심장한 목소리에 계산적인 시선을 돌렸다.

"무슨 말씀이십니까?"

"하하, 아니네. 신기해서 그러지. 자네도 그렇게 웃을 줄 알고 말이야. 자넬 많이 겪어보진 않았지만 지금의 그 표정은 왠지 흔치 않아 보이는군."

그 말에 현성우 사장은 순간 안경 밑으로 위험한 눈빛이 스쳤다. 그러나 곧 냉막한 얼굴에 대외적인 스마일을 적당히 띠며 입을 연다.

"아~ 그건··· 훗! 오랜만에 익숙한 느낌을 만났거든요."

평소의 자신답지 않게 오늘은 솔직한 속마음이 스스럼없이 흘러나온다. 이상하게 느껴졌지만 별 거부감이 없는 자연스런 느낌이다. 오늘 성전그룹 창립 기념 파티에서 들은 마리안 양의 노랫소리가 그에게 마술을 걸은 건지도 모르겠다. 과거의 향수에 젖고 싶은 마술.

"내가 아는 어떤 분의··· 그분의 마지막 눈빛과 정말 닮은··· 그런데 그 소년이 이사님께서 말씀하신 그 아이라니··· 쿡!"

세월이 흘러가는 대로 묻어버렸던 과거.

과거 속의 영상들이 떠오른다.

되풀이되려는가? 어쩐지 전혀 다른 상대, 다른 상황이건만 리플레이 되는 낡은 비디오 테이프 같은 지금의 상황에 점점 재미있어하는 자신을 느끼는 남자였다.

현성우라는 이름을 가진 중년인의 입가에 잔혹한 미소가 짙게 맺혔다.

"정말 악연이군요. 그래도… 할 일은 해야겠죠?"

그 말에 장태현 이사가 몇 초 후에 그 뜻을 알아듣고 그때서야 기분이 풀리는지 메마른 거친 웃음소리를 크게 터뜨린다.

비바람이 몰아치는 어둠 속의 아스팔트 위를 검은색 고급 벤츠가 물보라를 일으키며 빠르게 달려갔다. 검고 검은 하늘에 신의 분노 같은 천둥 번개가 계속해서 번쩍이며 울리고 있었다.

쫘르릉!

천둥이 울고 번개가 친다.

폭우가 내리고 태풍이 몰아닥친다.

그림자와 같은 어둠이 내려앉은 넓은 방 안. 그 안에 놓여 있는 커다란 침대 위에 한 명의 소년이 죽은 듯이 누워 있었다.

반듯하게 누워 있는 자세.

백지장보다 더 하얀 창백한 얼굴.

눈은 감고 있지만 식은땀을 흘리는지 이마에 송골송골 맺힌 땀방울로 더욱 아파 보인다. 그리고 한낮에는 햇빛을 받아 황금빛으로 찬란히 빛났을 화려한 금갈색 머리칼도 지금은 식은땀에 젖어 어두운 갈색으로 변색되어 베개 위로 축 늘어져 있다.

어딘가 심하게 아픈 것인가?

자고 있는 것 같지만 그래도 작은 뒤척임조차 없이 창백한 얼굴로 누워 있어 시체 같다는 느낌마저 들었다. 그 소년의 얼굴에 땀방울마저 없었다면 정말 숨이 끊어진 것이 아닐까 하는 무서운 생각이 들었을 터.

"정신적으로 큰 쇼크가 있었던 듯합니다만… 후우~ 우선 지켜보십시다."

회장 주치의와 의료진들이 그 마지막 말을 남기고 보좌관들과 함께 민제후의 방에서 조용히 나갔다. 방 안의 모든 조명이 꺼진 상태라 복도로 나 있는 그 문이 닫히자 작게 스미는 불빛도 없어 그곳은 곧 더욱 깊은 어둠으로 잠겨갔다.

요란하지만 고요한 빗소리가 크게 울렸다.

*   *   *

파묻힌다.

떨어진다.

점점 깊이, 깊이, 더욱 깊어지는 어둠.

어디까지 추락하는 걸까?

대체 어디까지 떨어져야 이 깊은 애증의 터널이 끝나는 걸까?

배신도, 증오도 모든 끝은 슬픔으로 이루어져 있는데. 난 대체 어디까지 스스로를 태워가며 달려가야 하는 걸까?

"…아저……."

이건 무슨 소리?

그만 해. 쉬고 싶다. 이젠 나도 쉬고 싶어. 더 이상은 나도 나 자신을 감당하기 힘들어.

죽어버리면 모두 끝난다고 생각했어. 죽음이 모든 은원(恩怨)의 종착점이라고, 영원한 안식에 접어들면 모든 걸 잊을 수 있다고…….

'내가 죽어버리면 이제 이 모든 것이 끝이라고…….'

하지만 그 '죽음'을 맞이하던 내 영혼이 마지막에 간절히 원했던 것은 뜻밖에도 다른 어느 것도 아닌 '삶'이었다. 그토록 끝내고 싶어한 끔찍했던 삶이었는데…

지하도의 한낱 고깃덩어리에 불과한 만신창이가 된 병신 같은 내 육신을 눕히며, 그래도 살아보겠다는 본능이 거지 같아서 추위를 조금이나마 피해보겠다고 본능적으로 몸을 덮은 신문지를 꼭 부여잡고 웅크렸을 때 내 눈에 보였던 것은, 손가락을 움직이는 것도 힘들 만큼 뼈가 으스러져 뒤틀린 두 손과 마치 생명줄인 양 꼭 움켜쥐고 있던 소주병.

그때의 자괴감과 절망감이란…….

그렇게 숨을 쉬는 순간순간마다, 눈을 깜박일 때마다, 한 컷 한 컷 내 눈의 포커스로 세상이 담길 때마다 그토록 진저리치고 끔찍해했던 삶이었는데.

훗! 사람이란 참 이상하지? 그럼에도 마지막 순간 초연히 죽음을 맞으며 간절히 원하던 것은 바로…… 또 한 번의 '삶'!

그렇게 인간은 너무나 모순된 존재.

그러나… 아니, 이제 너무 지쳤어. 다시 옛날로 돌아가고 싶지 않아. 그 진저리쳐지던 전생의 지친 영혼으로 돌아가고 싶지 않아. 나 이대로 안주하면 안 될까? 지금의 안락하고 편안한, 따뜻한 이들이 품어주는 이 어린 금빛 소년의 생에서 안주하면 안 될까? 눈물이 날 만큼 처음으로 맛보는 밝고 유쾌한 세상인데… 이 행복, 나 놓치고 싶지 않은데…….

현성우, 그 아이를 용서할 수는 없지만 난… 지쳐 버렸어. 우리, 어디서부터 잘못된 것일까?

그래, 신이 허락한다면, 혜서가 허락한다면 조금만, 아주 조금만… 쉬고 싶다. 내 영혼을 갈기갈기 찢어 태우는 이 증오의 불길에서 벗어나 잠시라도 안식을… 아주 조금이라도 좋으니… 제발…

"쉬고 싶… 어……."

제발 날 구해줘.

그런데 그때였다.

"더 이상 안 돼요, 아저씨!"

"우왁!!"

쿠당!

그때 어딘가에서 날아온 여자의 목소리.

나는 누군가가 빽 지른 소리와 나를 밀치는 어떤 힘에 의해 몸이 어딘가에서 굴러 떨어져 바닥과 부딪쳐 버렸다. 그러자 곧 내 얼굴은 딱딱한 바닥과 극적인 상봉을 맞이하여 눈물이 핑 돌게 했으며 코에서부터 시작된 찌잉 울리는 그 예리한 전기적 통증은 안면 근육을 거쳐 뇌리를 강타한다.

"아윽! 내 코… 맞박이……."

난 아직 제대로 떠지지 않은 눈꺼풀에 힘을 주어 시야를 확보하려 하며 지금쯤 빨갛게 변했을 콧잔등과 이마를 부여잡고 간신히 일어나 앉았다. 휘적휘적 젓는 손에 잡히는 것은 부드러운 천 같은데. 이불인가?

"쓰으으읍… 어? 어라?"

눈이 떠지자 익숙하지 않은 풍경이 보여 잠시 당황했다. 자신의 방은 넓은 침실을 나가면 아름다운 테라스가 보이는 화사한 거실과 간단한 회사 업무를 보는 서재가…

"……!!"

아, 아니다. 다시 생각해 보니 이 방의 모습은 익숙한 것이다. 점차 눈앞의 현실에 익숙해지려니 순간적으로 떠오르던 화려한 일상은 멀어진다.

조금 더 깊이 생각해 보니 피식 웃음만 나왔다. 내가 언제 그런 화려하고 아름다운 저택에 살았었다고 귀한 장서들이 가득한 개인 서재와 정원이 딸린 고급스런 인테리어의 거실을 내 방으로 연상했을까? 어느 천년에 이 박경덕이가 재벌들이나 살 것 같은 그런 방에서 살 수 있다고. 아니, 구경이나 제대로 할 수 있을까? 쿡쿡… 꿈을 너무 리얼하게 꿨다. 꿈속의 난 재벌 집 도련님이 되어 있었다.

그렇다. 지금의 이 방 안 풍경이 바로 내 방인 것이다.

창가로 들어오는 빛에 보이는 것은 몇 개 안 되는 심플한 가구들과 구석에 여기저기 흐트러져 있는 아령과 운동 기구들, 또 때 묻은 검정 고시 책 몇 권과 그리고…

"쉬긴 뭘 더 쉬어요, 아저씨! 안 돼요! 해가 중천에 떴는데 도대체 언제까지 잠만 잘 거예요? 그리고 자더라도 밥은 먹고 자야 할 거 아니에요."

자신의 앞에서 침대 시트를 들고 귀엽게도 안 어울리게 엄한 눈빛을 보내는 여자.

'마, 마리안?'

난 그녀의 얼굴에 잠시 눈을 휘둥그레 뜨고 몸을 굳혔다. 가녀린 몸매와 상큼한 미소가 인상적인 여자가 자신을 보고 있다. 저 얼굴, 저 커다란 눈, 오목조목 귀여운 코와 입술은 분명 내 꿈속의 마리안이라는 소녀…

아니! 아니다, 마리안이 아니다. 쌍둥이처럼 똑같은 얼굴이지만 그녀는 매혹적인 청록빛 눈동자가 아니라 차분한 짙은 브라운 눈동자, 허리까지 쏟아지는 황홀한 은빛 폭포수 같은 머리칼 대신 어깨를 살짝 내리 덮은 찰랑이는 검은 생머리의 여자. 게다가 분위기가 확연히 다르지 않은가. 빨려들 듯한 아름다움의 어린 소녀가 아니라 조용한 분위기의 편안해 보이는 인상의 20대 초반의 여성.

'그렇다면 이 여자는……'

"…혜… 서?"

"왜, 왜 그래요? 내 얼굴에 뭐 묻었어요? 어머? 이상하다. 아까 목욕탕 청소할 때 거울에 이상한 건 안 비쳤는데."

나는 눈앞의 한 여성이 내 놀라는 눈초리에 얼굴에 뭐 이상한 게 묻었나 싶어 당황하며 손바닥으로 뺨을 문지르는 것을 멍하니 바라보았다. 하지만 난 곧 그녀의 그 모습에 점차 지독한 악몽에서 깨어난 표정을 띠며 안도와 기쁨의 눈물이 차 오르는 것을 막을 수 없었다.

윤혜서의 등장.

그것으로 어느 것이 꿈이고 어느 것이 현실인지 다시금 뒤섞일 뻔했지만 인간의 마음이란 고통이 적은 곳으로 기울기 마련인지라 자신도 알 수 없는 애매함 속에 '믿고 싶은 현실'과 '피하고 싶은 꿈'으로 나눠 버렸다.

머리 속이 한껏 복잡해지고 방금 전까지 현실처럼 생각하던 모든 일들, 친구들의 얼굴, 회사와 그동안의 사건·사고들이 점차 희미해지고 있었지만, 그리고 꿈을 현실로, 현실을 꿈으로 뒤바꿔 인지하기 시작하고 있었지만, 난 이 모든 상황들을 '윤혜서'라는 이름의 여성의 등장으로 다른 건 어찌 돼도 좋단 생각에 모든 걸 그냥 지나치고 있었다. 재벌 집 도련님이 되었던 꿈속의 자신이 기억을 잃고 있던 때에도 영혼 깊숙한 곳에서 배신과 슬픔, 죄책감의 상처의 이름으로 각인되어 있

던 여인. 그녀가 자신의 앞에서 일상을 말하며 웃고 있으니 기억하고
싶지 않은 과거는 꿈이라는 이름으로 뒤바꿔 봉해 버린 것이다.

나는 머리 한쪽 구석으로 '꿈'이라는 라벨이 붙여져 빠른 속도로 뿌
옇게 변색되어 가는 기억들을 무시하며 입가에 천천히 애잔한 미소를
띠었다.

아무리 괴로워도 꿈이라면 이겨낼 수 있다. 꿈은 현실이 아니니까.

"혜서야."

"네?"

이름을 부르니 그녀가 돌아보며 대답한다.

"혜서야."

"왜 그러세요?"

되돌아오는 대답이 신기해서 다시 불러본다. 그러자 이번엔 약간 찌
푸리긴 했지만 역시 다시 대답한다.

"혜서야… 혜서야……."

이유는 모르겠지만 그 이름을 부르자 되돌아오는 대답이 너무 신기
하기도 하고 감동스럽다. 그래서 바보처럼 실실 웃으면서 계속 불러본
다. 그렇게 나는 킬킬대며 평소 얌전하고 조용한 윤혜서가 짜증을 내
려는 것에도 상관없이 계속해서 이름을 불렀다. 햇빛에 그을린 투박한
뺨으로 눈물이 줄줄 흘러내리는 것도 모르고 건장한 몸뚱어리로 키득
거리며 계속 그 이름을 불러댔다.

"혜서야… 혜서야… 그래, 혜서구나. 진짜 혜서구나. 살아 있었구
나. 그럼 그게 다 꿈이구나. 하하… 하… 그, 그럼 그렇지. 우리가 그렇
게 될 리가 없지. 너희들이 그렇게 될 리가 없지."

"아저씨, 무슨 일 있었어요?"

"응? 아니, 왜?"

"아뇨. 오늘 진짜 이상해 보여서요. 자꾸 이상한 말만 하고. …꿈꿨어요?"

"꿈? 그래, 꿈꿨어. 아주 무서운 꿈을. 하지만 다행이야. 꿈이라서 정말 다행이다, 다행……."

빡!

"인데… 아윽—"

계속 혼자 방바닥에 주저앉아 키득대고 있자 머리 위로 뭔가 적지 않은 충격이 떨어졌다. 다른 곳도 아닌 정수리 부분이라서 아프다기보다는 정신이 번쩍 든다고 할까?

눈을 들어보니 혜서가 팔짱을 끼고 눈을 흘기고 있다.

"꿈꿨다고 얼버무리면 넘어갈 줄 알았어요! 그리고 또 이렇게나 잔뜩 생채기 내고 들어와 가지고선. 속상해, 정말. 흙먼지랑 핏자국 묻은 채로 씻지도 않고 들어오자마자 침대로 쓰러지기나 하고. 으~ 이 땀 냄새~ 내가 못살아요, 아저씨."

"아하하하… 그건 워낙 이 아저씨가 힘들고 바쁜 일을 하다 보니……."

"네네, 그건 알았는데요, 것보다 그동안 밥은 제대로 챙겨 드신 거예요? 어제 저녁은요?"

"밥?"

내가 영문을 모르겠다는 얼굴로 고개를 갸웃거리자 혜서가 어깨를 살짝 덮은 찰랑이는 머리칼을 흔들며 역시 어쩔 수 없다는 표정을 찌푸림 속에 짓는다.

"또 굶었어요? 아님 또 라면? 어휴~ 내가 정말 못 살아! 옷 꼴은 이게 또 뭐예요!"

"뭐, 뭐가 어때서 그러냐? 이 정도면 괜… 찮구만."

말을 더듬으며 쳐다보자 그 애가 이젠 쳐다도 보지 않고 방 안에 널린 빨랫감들을 주워 들며 중얼거린다.

"어서 씻고 나오세요, 상 차릴 테니까."

에궁~ 혜서가 화났다. 평소엔 온화하고 조용하기만 한 애가 다쳐서 들어오거나 끼니를 거른다거나 하면 이렇게 화를 낸다. 완전히 늙은 아버지 다그치는 딸 같으니… 난 아직 그렇게 안 늙었는데 말이다.

"형님, 또 혜서 씨에게 혼나고 계시는군요. 그 조용한 혜서 씨가 고함칠 정도라니… 쯧쯧."

그때 방문 앞에서 또 다른 익숙한 음성이 들려왔다.

'이 목소린?'

"현성우 씨! 당신도 마찬가지예요!"

어쩐지 난 그 목소리에 놀라야 할 것 같았는데 다음 순간 고개를 팩 돌리며 소리치는 윤혜서의 박력에 타이밍을 놓치고 말았다.

그런데 내가 왜 성우 녀석의 목소리를 듣고 놀랄 뻔했을까? 그게 정말 이상하다. 이 아파트에 나와 현성우, 그리고 혜서가 함께 살고 있으니 저 녀석 음성이 들리는 거야 당연한 것인데 말이다. 뭐, 이것도 꿈 탓인가?

어쨌든 현성우, 이놈의 자슥아. 하하, 내가 너도 언젠가 그렇게 당할 줄 알았다, 자식! 여인네들의 박력이 어느 땐 17대 1의 맞짱보다 더 박력이 넘치는 것이란 걸 나는 진작에 알았느니라. 푸하하하!

참, 근데 그건 또 어떻게 알았지? 여인네들의 박력이라~! 여자라곤 내 평생 주위에 윤혜서, 저 녀석밖에 없었는데 말이다. 그나마 저 녀석도 같이 지낸 진 얼마 안 됐고 윤락가에서 받은 깊은 상처와 지우고 싶은 치욕스런 기억들 탓에, 또 원래 성격상으로도 시끄럽지 않고 웃어도 크게 소리 내서 웃지도 않는 차분한 스타일이니… 오늘은 좀 특수 상황일 뿐인 것이다.

그렇다면 음… 음… 음, 우쒸~ 모르겠다. 하지만 아는 건 아는 건데 어쩌란 말인가! 그럼 역시 이것도 그 이상한 꿈 탓인가?

"성우 씨는 뭐 나은 줄 아세요? 밖에서만 철저하게 하고 다니면 뭘 해요?"

"예? 왜 갑자기 저까지……."

"혼자만 깔끔하게 다니지 말고 형님도 좀 챙겨 드리란 말이에요. 그리고 웬만하면 양말은 뒤집어서 벗어두지 마시고요. 전부터 몇 번이나 말씀드렸는데 왜 자꾸 그러시는 거예요? 또… 또 와이셔츠에 여자 루즈 같은 건 묻지 않도록 주.의.해. 주.세.요. 특히 빨간색은 따로 손대지 않으면 세탁해도 잘 지워지지도 않는다고요!"

"네? 루, 루즈라뇨? 오, 오해예요! 그럴 리가……."

나는 부스스하게 일어나 옷 속으로 손을 넣어 옆구리를 긁으며 하품을 하면서 문가에 다가가 기대섰다. 모처럼 매우 신기한 구경을 한다.

빨랫감을 모아 다용도실과 부엌으로 들락거리는 뾰로통한 윤혜서의 모습이랑 거실 한복판에서 집안일을 하며 빠르게 움직이는 그녀의 모습을 쫓아 뭔가 변명하려는 듯 쩔쩔매는 현성우의 모습이다.

혜서는 뭐가 그렇게 마음에 안 들어서 성우 녀석을 저렇게 계속 쏘아붙이는 걸까? 성우, 저 녀석은 바늘 한 개 안 들어갈 것 같은 평소의 비정해 보이는 얼굴은 어디다 내팽개치고 저렇게 끌려 다니는 걸까?

'저 아이들… 지금 뭣들 하는 거지? 하암~ 쩝!'

난 다시 하품을 늘어지게 하며 이번엔 목덜미를 벅벅 긁었다. 내가 방금 전에 간신히 일어났다는 것을 알려주는 신호음이다. 그 덕에 난 주머니 속에 잡히는 양녀 입적 서류를 꺼내지 못했다. 저렇게 열심히 투닥거리고 있는데 괜스레 주책없이 늙은이가 분위기 망치기도 그렇고, 졸음에서 아직 완전히 깨지도 않은 채로 이런 지저분한 몰골을 보여주고 싶지도 않아서였다. 허허허~

그런데 그 한순간의 결정이 그들의 운명을 미묘하게 뒤틀 줄이야……

"저기, 얘들아. 그만… 엇?!"

난 순간 입씨름이 감정적으로 너무 길게 늘어지는가 싶어 피식 웃으면서 말리려 다가갔다가 갑자기 조명이 어두워진 것에 놀라 주변을 둘러보았다.

"어떻게 된 일이지, 갑자기 해가 지다니?"

이상하다. 아파트는 어느새 붉은 노을이 창가의 긴 그림자와 함께 밀려들어 와 거실이 주홍빛으로 물들여져 있다. 조금 전까지 막 점심 무렵이 지난 것 같았는데 어떻게 이리도 빨리 시간이 지났는지……

게다가 어리둥절해서 내려다보니 어느새 자신도 자다 일어난 구겨진 옷이 아니라 깔끔한 정장으로 바꿔 입고 있다.

아파트 안의 공기가 이상하다. 단순히 시간 대가 점심때에서 저녁이된 것이 아니라 이것은 마치 갑자기 순식간에 수개월의 세월이 흘러버린 듯.

거실의 한쪽은 그 짙은 노을 속에서 장식장에 놓여 있는 수정구의 반사광에 의해 신비로운 빛이 반짝였다.

저것은 혜서가 나중에 우리도 시골에 이런 집 짓고 살았으면 좋겠다고 웃으며 사 왔던 둥근 수정구. 그것을 들고 흔들면 수정 구슬 속의 작은 통나무집 주위로 별가루가 흩날리는 멋진 경관이 나타난다. 그런데 난 오늘따라 어쩐지 그 수정구 속의 작은 통나무집이 쓸쓸해 보인다고 느꼈다.

…불안하다.

끼익—

"누구야?"

갑작스레 바뀐 풍경에 정신이 팔려 있던 나는 뒤에서 들려온 흔들리는 문소리에 놀라 뒤돌아보았다.

"아니, 혜서야. 여기서 뭐 해?"

"아저씨……."

주홍빛으로 물든 거실과 달리 짙은 그림자로 얼룩진 방 안 침대 위, 그곳에 웅크리고 있던 작은 여자가 자신을 부르는 소리에 흠칫 놀라더니 고개를 든다.

"왜 그러니? 어디 아퍼?"

"아저씨, 미안해요. 미안해… 나, 노력했지만 과거는 역시 바뀌지 않는 건가 봐. 아무리 노력하려 해도 그 추악한 과거가 내 발목을 잡고 놔주지 않아요."

자상하게 물어본 질문에 윤혜서란 여자가 눈물을 그렁그렁하게 담고 다시 고개를 푹 수그린다. 아직 소녀티가 채 가시지 않은 얼굴. 어깨 부근에서 찰랑이는 부드러운 검은 머릿결이 그녀의 슬픔만큼 어둡다.

추악한 과거. 발목을 잡는다는 과거. 아마도 없는 것만도 못한 주정뱅이에 노름꾼이었던 아비의 빚에 쫓기다 어느 틈엔가 윤락가로까지 흘러들었고, 마지막엔 절망 속에서 약물에까지 손을 댔던 과거를 말하는 것인 모양. 하지만 과거는 과거일 뿐이다.

한데 지금 무슨 일로 내게 미안하다고 하는 것인지…….

난 내 딸의 얼굴을 좀 더 자세히 바라보며 대화하기 위하여 혜서가 앉아 있는 침대가에 무릎을 꿇고 앉아 그 아이의 두 손을 따뜻하게 감싸 쥐었다.

"만약, 만약 내가 아저씨를 배신하면……."

"응?"

그 아이가 흔들리는 눈을 동그랗게 뜨면서 내 눈을 똑바로 쳐다보았다.

"그때도 날… 용서할 건가요?"

영문을 알 수 없는 질문에 난 다시 어리둥절해졌다. 그러나 당장은 그 궁금증보다 말을 하던 중간 꿀꺽 침을 삼키며 힘들어하는 그녀의 모습이 더 안쓰럽다.

"무슨 말……."

"아, 아니에요! 아무것도 아녀요! 정말 아무것도……."

갑자기 그 아이가 크게 당황하며 얼버무린다.

그 이상함에 그녀의 시선을 쫓아 뒤돌아보니 거실로 통하는 반쯤 열린 방문으로 자신들을 노려보는 현성우의 눈이 보인다. 너무나 차갑고 섬뜩한 시선, 그리고 경멸과 웃음.

분명 뭔가 변하고 있었다.

'엇?'

다시 바뀐 풍경.

일제히 무대 조명이 꺼지듯 주변이 암흑 속에 휩싸이는가 싶더니 곧 멀지 않은 바다 한곳이 어스름한 빛에 싸여 보여진다.

수정 구슬이다. 내 집에 있던 별가루가 날리는 통나무집을 볼 수 있는 그 예뻤던 수정 구슬. 하지만 이번에 볼 수 있었던 것은 바닥에 박살이 나서 산산조각 흩어져 있는 부서진 구슬이었다.

실수로 떨어뜨린 것 같진 않은데… 그 모양은 누군가 고의적으로 힘껏 내던졌다고밖에 생각되지 않는 파편의 흔적이다.

'누가 이런 심한 짓을.'

그런데 그때,

"아저씨… 미안해… 정말로 미안해. 모두 내 탓이야."

음성만이 들려온다. 하지만 고개를 돌린 곳에는 깜깜한 어둠뿐 아무것도 보이지 않았다.

"우우우욱… 우욱……."
"난 괜찮아… 모두 잊어. 나도 잊어. 할 수 있죠?"

이번에는 정면!

그러나 놀라서 돌린 시야엔 이번에도 역시 아무것도 보이지 않는다. 단지 나라고 추정되는 오열을 동반한 울음소리와 꺼져 가는 듯 힘없는 윤혜서의 음성이라는 것만 깨닫는다.

"흥! 아주 눈물겨운 사랑이군."

'헉!'

이번엔 바로 내 등 뒤!

"우린… 만나면 안 될 사람들이었는데."

그리고 또 완전히 다른 방향에서 날아온 희미한 소리.

나는 목소리의 출처가 거리상으로도 각각 다르고, 말투와 분위기로 보아 상황도 각각 다르다는 걸 알았지만 정신없이 고개를 헤매는 것은 막을 수 없었다. 누군가 울부짖는 환청이 들리고 막연한 공포가 밀려들고 있는데 어찌 꿋꿋하게 똑바로 서 있기만 할 수 있단 말인가. 무엇보다도 그 환청 속에 자신의 음성이라고 추정되는 소리도 섞여 있는데.

"그만—!!"

순간 땅이 90도로 기울기를 바꿔 솟았나 싶었다.

"……!!"

서 있는가 싶었더니 눈 깜짝할 순간 다시 한 번 흙바닥에 뺨을 대고 누워 있는 자신을 발견한다. 끈적한 땀 냄새와 피의 녹맛이 입 안에 진동한다. 역시 이 공간과 시간이 정상이 아니라고 느꼈지만 깊이 생각할 여유가 없었다.

눈을 뜨자 온몸이 쑤신다. 전신에 깊은 타박상을 입었는지 숨을 쉬기 위해 오르내리는 가슴의 움직임에도 통증을 느끼고 있으니… 아무래도 갈비뼈가 부러지고 여기저기 적지 않게 뼈에 금이 간 것 같았다. 이마가 찢어졌는지 핏방울들이 눈가로 흘러들어 시야를 방해한다.

정신이 하나도 없다. 순간순간 어지럽게 바뀌는 상황들이 롤러코스터를 타고 아찔해지는 기분.

"내보내 줘… 제발… 이곳에서… 내보내 줘……."

축축하고 어두운 창고.

나는 지금 태어나서 처음으로 공포를 느끼고 있다. 양손 열 손가락 끝은 벽과 바닥을 얼마나 긁어댔는지 피투성이.

한데 그때 들려온 낯익은 목소리!

"당신이 모든 걸 포기한다면."

'누구? 성우?'

아니, 지금 그게 중요한 게 아니다. 여길 나갈 수만 있다면…….

포기… 정말 포기만 하면 될까? 그럼 여기에서 벗어날 수 있어? 그럼 저 무서운 환청에서 벗어날 수 있단 말이지?

"…그래, 포기한다."

나는 서류에 떨리는 손으로 사인을 하고 붉은 지장을 찍었다. 울다 웃는 나는 이미 이때 제정신을 잃어가기 시작하고 있었다.

"훗! 푸후후후후후… 푸하하하하하하!!"

내 손가락이 붉은 인주를 묻힌 채로 종이에서 천천히 떨어지자 현성우의 웃음소리가 크게 터져 나온다. 십 년이 넘게 알아왔으나 난 그 아이가 그렇게 큰 소리로 웃는 것은 처음 보기에 조금은 얼이 나가 버렸다.

"드디어 해성파는 내 것이 됐군! 내 것이 됐어!!"

불쌍한 녀석.

"성우야… 혜서는? 그 애는 어떻게 됐니?"

"글쎄요, 어떻게······."

집단 린치로 말이 아닌 몰골이 되어 누군가를 걱정하니 그 꼴이 우스운 걸까?

새로운 해성파 보스의 안경이 어스름한 백열등 불빛이 유일한 창고 안에서 냉혹한 빛을 번뜩였다.

"됐을까?"

박경덕. 현성우의 올라간 입꼬리를 바라보다가, 이해 못하는 얼굴이 되었다가, 점점 커다랗게 확대되어 가는 동공.

"후후후후~ 큭큭큭큭큭~"

하지 마. 웃지 마. 그렇게 잔인하게, 가볍게···

'웃지 마!'

"설마··· 너, 혜서를··· 그 아이를 사랑했잖아?"

"사랑? 킥! 웃기지 마십쇼. 전 그런 년 따윈 모릅니다. 아하! 형님이 그 계집을 상대로 사랑이란 걸 하셨었나 보죠? 왜죠? 그년의 몸뚱어리가 그렇게 죽이던가요? 전 그다지 별로였는데 말입니다. 하하하하."

"무슨······."

"닥.쳐. 조용히 하라구. 가만히 들어주려 했더니 인내심에 한계가 오는군. 지금은 내가 말해야 할 순서야."

피곤죽이 되어 간신히 벽에 기대어 앉아 있는 내 앞에 현성우가 쭈그려 앉아 웃으면서 조용히 말한다.

"나 정말 열심히 생각해 봤지. 어떻게 하면 당신을 더 철저히 무너뜨릴 수 있을까."

뭔가 흐릿한 기억이 떠오르려 한다.

안 돼. 생각나지 마. 기억나지 마.

"윤혜서라~ 그게 글쎄, 나 혼자만 즐기는 게 미안해서 밑의 아이들에게도 조금 귀여워해 주라고 며칠 던져 줬었는데……."

'말하지 마!!'

난 두 눈을 질끈 감고 두 팔로 귀를 감싸고 미친 듯이 고개를 흔들었다.

자신의 눈앞에서 여러 명의 남자들에게 끌려가며 울부짖던 한 불쌍한 여자의 모습이… 꿈이 아니었던가? 그 울음소리와 비명은 환청이 아니었던가!

오열하는 내 목소리와 끔찍한 짓을 당한 내 딸이 오히려 날 위로하던 환각은 정녕 환각이 아니었던 건가?!

현성우가 나의 망연자실해져 멍하니 벌린 입을 힐끔 쳐다보더니 옆으로 돌아서며 쿡 웃는다. 일어서서 안경을 올려 쓰며 중얼대는 현성우의 얼굴은 비정함과 비웃음으로 가득하다.

"보이는 것처럼 역시 멍청한 여자더군요. 잠시 혼자 둔 사이… 어차피 깨끗하지도 않았던 주제에."

"……."

무, 무슨 말을 들었는지 모르겠다. 이상한 웅웅거림을 들은 것 같은데.

"아아, 오해할까 미리 드리는 말씀입니다만 '살인'이 아니었습니다. 확실히 자기 손으로 손목을 끊었으니 말이죠. 유서도 있습니다. 명확한 그녀의 글씨죠. 증인들도 많고."

"으으……."

지금… 지금 너, 뭐라 하는 거니?

"확. 실. 한. 자살이죠."

"으으으…… 으으으으으……."

난 이 믿을 수 없는 현실에 머리를 그러모아 쥐고 바닥을 기었다. 입은 크게 벌렸지만 꺽꺽대며 당장 소리가 터져 나오지 않았다. 부릅뜬 충혈된 눈에서 땅바닥으로 눈물이 똑바로 뚝뚝 떨어진다.

"으… 으으…… 아니야… 말도 안 돼……."

박경덕의 눈앞에 새하얗게 웃으며 멀어져 가는 한 여자의 영상이 점점 멀어져 간다.

이제야 겨우 갖게 된 내 가족…

피 한 방울 안 섞였지만 우리는 한가족이라고 믿어 의심치 않았었는데.

"마, 말도 안 돼! 거짓말!!"

강제로 서류에 서명을 했던 경덕은 현성우에게 달려들려고 하다가 뒤에서 붙잡는 여러 명의 덩치들 덕분에 먼지만 일으키며 발버둥 쳤다. 뿌옇게 흐려졌던 시야가 눈의 혈관이 터졌는지 어느 순간부턴가 붉게 물들어갔다.

내 눈, 박경덕의 두 눈에서 핏물이 흐른다. 피눈물이.

"아아아―! 죽여 버리겠다, 이 자식!!"

"죽여요? 절요? 네~! 좋습니다! 날 죽이겠다니, 그렇게 되면 정말 유쾌하고 재미있겠군요. 아하하하!!"

"널 내 친동생이라고, 또는 내 아들이라고 생각했건만!"

"그, 런, 데. 은혜를 원수로 갚다니, 어떻게 나한테 이럴 수 있느냐… 뭐, 그런 뜻인가요? 역시 순진하시군."

"이 악마 새끼!!"

여전히 현성우에게로 달려들고자 하지만 현재 자신을 밀어내고 최고의 보스로 등극한 그의 주변을 지키는 검은 정장의 떡대들이 그 근처에도 못 가게 찍어내며 차단한다.

"악마? 아~ 악마(惡魔)란 말이지. 흠… 훗! 그렇군요. 그 말이 맞을지도 모르죠. 전 악마에게 혼을 팔았으니. 큭큭!"

"어떻게 네가! 다른 누구도 아닌 네가 어떻게!!"

"자, 이 손을 보십시오. 보이는 바로는 아주 깨끗해 보이죠. 하지만 제 눈에는 이 손에서 여러 가지가 보입니다. 이 손엔 지워지지 않는 피가 묻어 있어요. 제가 형님도 모르게 적신 상당한 핏자국들이 끊이지 않고 비린내를 풍깁니다. 한 번 더럽혀진 손은 깨끗해질 수 없죠. 그래서 제가 내린 선택이 무엇인 줄 아십니까?"

현성우의 수하가 된 행동대원들에게 사지가 짓눌려 파닥댈 뿐인 무력한 내 앞에서 성우는 너무나 여유롭게 웃으며 서 있다. 그러다 무슨 생각이 든 것일까? 어느 순간 갑자기 다가와 느닷없이 구둣발로 나의 머리를 걷어찼다.

퍽—!

"끄악!!"

"난 철.저.하.게. 악마가 될 겁니다. 마귀도 좋고 사탄도 좋죠. 내 야심을 이루기 위해서라면."

입에서 울컥 피를 토해내며 부들부들 고개를 들려 하자 이번엔 세련된 고급 가죽 구두가 피 먼지로 뒤덮인 내 머리를 바닥으로 사정없이 짓이긴다. 마치 살기 위해 도망에 필사적인 벌레를 손가락에 천천히 힘을 줘 터뜨려 죽이는 것처럼.

그러나 난 그 순간 어이없게도 비싼 구두 밑창에 지저분한 핏자국이 남게 되어 성질을 낼 현성우의 얼굴을 상상하며 속으로 피실거리고 있었다. 미쳐 가고 있는 것이다.

"쿡쿡. 쿨럭쿨럭… 컥!!"

"살점도 팔고 뼈도 팔고 지금처럼……."

가뜩이나 퉁퉁 부어 떠지지 않는 눈을 그의 발에 짓눌려 힘들게 올려다보았다. 내가 본 해성파의 새 보스의 얼굴은 어린 시절 배불리 먹고 반짝이던 꼬마의 천진했던 그 얼굴과 겹쳐져 보인다.

"영혼도 팔 겁니다."

천진함은 곧 잔인함.

"후회할 거다, 네가 제정신을 차리게 되면."

"이 현성우의 사전에 결코 후회란 없습니다. 뭐죠, 그 눈은? 아, 왜 이러냐구요? 이유라는 게 꼭 있어야 합니까? 이유 따윈… 없습니다. 그저, 그저 마음에 안 들었을 뿐입니다. 밑바닥에 만족하며 실실대는 박경덕이라는 인간도, 윤혜서라는 순진한 척하는 가증스런 계집도, 또 이 끔~찍할 정도로 아름다운 세상도! 은혜니 원한이니 하는 짜증나는 구분도 말이죠. 모두 자기 만족이고 위선일 뿐이지. 당신도 마찬가지 야. 당신의 그늘이 내겐 독이었어."

어째서 저렇게 변해 버렸을까?

어떤 일이 있었기에 저렇게 갑작스레 변해 버렸을까?

하지만 현성우가 내뱉는 것들이 가장 중요한 이유가 아니라 하더라도 그것들은 그가 평소 마음속 깊이 품고 있던 생각들임은 분명하다.

"자, 전 악마입니다. 하지만 세력을 잃은 당신이 할 수 있는 일은 아무것도 없죠. 그러니 형님도 예전의 현성우는 잊어주시길 이렇게 정중히 부탁드립니다. 그리고 이 아우를 절대 용서하지 마십시오."

그 아이가 섬뜩하게 환한 미소를 짓는다.

"그러나 소용없을 겁니다, 전 당신과 달리 훨씬 더 거대한 힘을 키울 테니."

이제는 아예 마취가 된 듯 아무 감각 없이 멍하다.

눈앞의 승리감에 도취되어 웃고 있는 저 악마가 정말 내가 키우다시피 한 현성우란 이름의 꼬마 아이일까?

"으아아아아악!!"

세상에 신은 없어도 악마는 있었다.

시간이 얼마나 흘렀을까?

공복감을 호소하던 위장도 언제부턴가 감각이 없고 지금은 목이 탈 뿐이다.

비가 오는가? 그래서 더욱 물에 대한 육체의 갈망이 더욱 커져만 간다.

"물… 물……."

끼이잉―

철컹!

그때 철문이 열리는 거슬리는 쇳소리가 들리고 투박한 구두 발자국 소리가 말라 버린 피딱지와 흙이 땀과 버무려져 말라 엉망이 된 채 바닥에 굴러다니는 내 얼굴 앞에서 멎는다.

난 지독한 갈증으로 하얗게 갈라지고 터진 입술을 간신히 달싹거리며 속삭이듯 중얼거렸다.

"죽여라."

삶에 대한 의미를 잃어버렸다. 모든 것이 허무하고 무의미하게 느껴진다.

차라리 죽여줘.

"…죽이진 않습니다. 멀리 가서서 이쪽은 생각도 마십시오, 형님."

얼마 전 윤혜서의 죽음을 알리던 자해하는 듯한 극단적인 감정의 잔혹한 목소리가 아니다. 오늘은 차분하게 가라앉은 음성. 그러나 오히려 그것이 전보다 더 등골 시리다. 그래도 그때는 극단적인 잔혹함이나마 한때 가족처럼 지내던 이들에 대해 감정을 드러내고 있었는데… 지금은 그나마 그런 것조차 남아 있지 않다.

"형님을 죽이지는 않겠습니다. 그럼 이것으로 제 은혜 갚음은 끝내도록 하지요. 시작해."

예상대로다.

새로운 해성 보스의 나직한 목소리가 떨어지자 여러 개의 검은 그림자가 다가들더니 내 두 팔을 집중적으로 부숴뜨리기 시작했다. 그리고 창고 안에선 더 이상 크게 낼 수 없을 것 같은 내 목소리가 상상을 초월하는 고통에 갈라진 음성으로 강제로 터져 나오고 있었다.

텅 비어 있어 작은 소리조차 메아리로 돌아오는 창고 안은 마치 게 껍질 부서지는 소리 같은 효과음이 갈라진 비명과 섞여 어지럽고 끈적했다.

"이제 내다 버려."

그렇게 나 박경덕은 깔끔한 현성우의 웃음소리를 들으며 비 오는 한밤에 거리로 내쳐졌다.

쏟아지는 빗줄기…….

그래도 한 가지 좋은 것은 삼 일인지 오 일인지 모를 시간 동안 물 한 모금 대지 못해 바짝바짝 말라가던 입술이 그토록 원하던 물을 마음껏 받아 마실 수 있다는 것이었다. 그냥 입만 벌리고 있어도 빗물은 꿀떡꿀떡 넘어와 내 목을 충분히 적셔주었다.

"흐흐흐흐… 푸흐흐흐흐…… 우욱… 욱… 흑흑… 흐흐흐흐흑……."

천둥 번개가 친다. 그날 밤도 폭우가 쏟아졌다.

하늘에서 떨어지는 차가운 물줄기에 몸을 내맡기고 얼음장처럼 얼어붙은 땅바닥에 눕힌 커다란 덩치는 밤새 움직일 줄 몰랐다. 나의 투박한 얼굴에 눈물이 빗줄기와 뒤섞여 얼룩을 깊이 새겨 넣었다.

*　　　*　　　*

'여기까지가 나의 마지막 꿈!!'

냉정하게 눈을 뜬 제후는 아직 어두운 방 안 천장을 노려보며 움직일 줄 몰랐다. 그리고 알았다. 이제 과거에 관한 꿈은 없을 것이란 걸. 전생의 기억의 빈 공간이 모두 채워져 버린 지금에 와서 다시 과거 속에 들어가 헤맬 일은 없을 것이란 걸 알았다. 어떻게라는 말은 중요하지 않다.

그냥 알았다.

똑… 똑… 똑…….

제후는 폭우가 가라앉고 부드러운 부슬비만 안개처럼 뿌려지는 새벽의 창밖을 텅 빈 푸른 눈동자로 초연히 바라보았다.

꽝!

"김 비서님!!"

지독했던 3일간의 폭우가 간신히 잠잠해진 어느 아침. 성전그룹의 어느 공간의 방문이 거칠게 밀쳐지며 갑자기 큰 소리가 울렸다.

"도련님께서……."

그 고성의 주인공은 제후 도련님이 3일 전 성전그룹 창립 기념 파티에서 쓰러지신 이후 간호를 책임졌던 간병인과 비서실 직원이다.

항상 생동감 넘치고 장난기 가득한 유쾌한 소년, 그런 그가 혼수상태에서 깨어나지 못해 걱정이 많았던 사람들.

"사라지셨습니다!"

그렇기에 간병인의 말에 모두들 믿을 수 없다는 표정을 지으며 뛰쳐나갔다. 그러나 김 비서와 가까운 직원들이 뛰어가 보지만 이미 그 방 안엔 보고받은 대로 아무도 없었다.

텅 빈 침대와 벗어놓은 잠옷뿐.

"이게 무슨 소리야, 김 비서? 제후가 어떻게 됐다고?"

"오셨습니까, 아가씨. 그것이 도련님께서……."

김 비서와 보좌관, 의료진들이 텅 빈 방 안에 할 말을 잊고 굳어 있자 장혜영 여사가 뒤늦게 소식을 듣고 달려왔다. 하지만 그렇다고 달라지는 점은 하나 없었다.

열린 테라스 문으로 부슬비와 바람에 펄럭이는 하얀 커튼만이 오래전 주인이 사라진 싸늘한 방 안을 방문하고 있었다.

새벽이 물러가고 있는 어스름한 아침.

구름이 덮여 있으나 동쪽 하늘이 차츰 밝아져 오는 가운데 새벽일을 나가는 몇 안 되는 사람들로 드문드문 자리가 채워진 버스 첫차가 한적한 정류장에 잠시 멈췄다가 다시 떠나갔다.

부르릉—

서울 중심에서 조금 멀리 떨어진 변두리 동네 같다.

작은 산들이 보이고 멀지 않은 곳에 위치한 주택가, 그리고 주택가 맞은편에 보이는 곳은 상당히 넓게 펼쳐져 있는 논과 밭. 그래도 도로만큼은 한강과 서울 중심부로 통하는 길이라 비교적 널따란 아스팔트 차도로 시원하게 뻗어 있었다.

조금만 더 나가면 일산과 드라이브하기 좋은 자유로로 통하는 길목이라 그럴까? 이른 아침이라 그렇기도 하겠지만 비에 젖은 검은 아스팔트 도로 위에는 차가 거의 지나가지 않아 그 넓은 차도가 너무나 휭하니 느껴진다.

뚜벅—

"……."

그때 이슬비로 여기저기 물웅덩이가 생긴 길가로 한 소년이 천천히 발을 내디뎠다.

어딘가 아팠던지 창백한 하얀 얼굴, 그리고 귀족적인 품위가 느껴지는 단정한 선의 아미와 눈매 위를 금실 같은 예쁜 머리칼이 사락사락 스치며 흔들린다.

그 한적한 버스 정류장에 새벽 첫차가 지나가자 나타난 한 소년의 모습이 그러했다.

이른 아침, 그것도 날이 좋은 때도 아니고 태풍의 주 영향권은 지나갔다고는 하나 지난밤에서야 겨우 폭우가 멈췄기에 아직도 수시로 부슬비가 내리는 이런 날, 왜 이런 한적한 장소에 이런 소년이 나타난 것인지…….

만약 지나가던 누군가 있어 그것을 봤다면 굉장히 의아해했을 광경이 아닐 수 없었다.

귀타나는 단정한 이목구비를 보아도 그렇고 걸음이나 움직임 같은 사소한 것도 어릴 적부터 제대로 교육받은 듯 절도가 스며 있어 결코 평범하게 볼 수만은 없는 학생이었기 때문이다. 차림새를 보아도 언뜻 보면 편해 보이는 구두와 간편한 옷이지만 조금만 더 유심히 살펴본다면 서민들은 평소 이름도 들어보지 못했을 유명 디자이너 브랜드이니 절대 평범한 아이는 아니었다.

그런데 그런 귀한 집 자식이 날도 궂은 날 논과 밭이 보이는 서울 변두리로 버스를 타고 이른 아침 왜 나타났을까? 알 수가 없었다.

"그래, 맞아… 바로 여기야. 길 건너에 새벽 하늘을 이고 서 있는 십자가……."

그 순간 그 학생이 뜻 모를 어떤 소리를 중얼거리고 있었다. 분명 그 학생 말대로 그곳의 한적한 차도를 건너면 큰길가에서 멀지 않은 곳에 작은 교회가 있었다. 하지만 그것을 말하는 목소리에 어린 물기는 어떻게 해석해야 할지…

"이곳이 바로……."

뚜벅뚜벅 천천히 걸음을 옮기던 금갈색 머리칼의 소년이 흔들리는 표정으로 주변을 정신없이 돌아보았다. 울음과 웃음이 어지럽게 섞여 일그러져 가는 표정이 안타깝다.

"내가 죽었던 곳."

민제후!

제후다. 인적이 없는 비에 젖은 거리에 금갈색 머리칼의 소년 민제후가 있었다. 바람에 멋대로 나부끼는 긴 재킷을 아랑곳하지 않고, 최근 조금 길어진 듯한 앞머리가 휘날리며 눈앞에서 정신없이 춤을 추는 것도 신경 쓰지 않으며 멍하니 혼자 그렇게 서 있었다.

파란 유리알같이 변해 버린 심연의 눈은 아름답지만 너무나 공허해서 슬픔이 묻어난다.

제후는 박경덕이 죽었던 장소에 와 있었다. 멀리 교회가 보이고 뺑소니 차에 치여 머리에서 피를 흘리며 누워 있던 차도.

하지만 그는 생각보다 훨씬 담담한 마음으로 이상한 기분에 사로잡혔다.

도저히 끊어낼 수 없는 자신의 과거의 편린에 쫓겨 찾아온 이곳. 또한 지금의 삶으로 이어지게 한 전환점이 되었던 전생의 죽음의 장소에 전혀 다른 사람이 되어 돌아왔는데 이해할 수 없을 정도로 담담했다. 미치광이가 되어서 발광을 하거나, 아니면 비명을 지르며 울음을 터뜨리게 된다 해도 절대 놀라지 않을 자신이 있었는데…….

그런데 어째서 오히려 기분이 차분하게 가라앉고 있는 것일까?

이상하기 그지없었다.

한데 그때,

"에구구~ 거기, 학생! 조심혀~ 큰일 날라구."

'누구……?'

"여기가 교통사고로 사람이 죽었던 곳이구먼! 그러니 차가 안 다닌다고 함부로 길로 내려서거나 하지 말어야. 가끔씩 미친 연놈들이 드라이븐지 도라이븐지 뭔지싸 한다고 무섭게 씅씅 지나댕긴께. 근데… 으메~ 머스마가 참 곱게도 생겨부렀다. 핵교에서 얼라들이 기집이라고 놀려도 할 말 없겠네~ 그쟈?"

제후는 차도로 내려서다가 갑자기 들려온 칼칼한 노파의 목소리에 놀라 고개를 돌렸다. 그리고 그렇게 민제후의 시선이 닿은 곳에서 발견한 것은 허둥대며 손을 흔들어대는 할머니.

변두리고 이른 아침이라서 아직 이 거리에 사람이 없을 거라 생각했는데 의외로 몸뻬바지 차림에 얼굴에 주름이 가득한 작은 할머니 한 분이 라면 박스와 폐지 등을 묶어서 짊어지고 어느새 버스 정류장으로 다가와 계시지 않은가. 폐품을 모으러 다니는 할머니이신 모양.

하지만 제후는 지금 자신을 보며 중얼대는 그분의 감탄과 걱정의 목소리보다도 이곳에서 죽었다는 어떤 사람에 대한 말에 정신이 번쩍 들었다.

어쩌면… 어쩌면…….

"죽… 어요?"

떨려 나오는 목소리는 아니었지만 제후가 멍하니 있다가 소리의 간격을 두고 입을 달싹였다.

그러자 폐품 모으시는 할머니가 정류장 벤치에 폐지들을 올려놓고 자신은 바닥에 쭈그리고 앉아서 주머니를 주섬주섬 뒤져 담배를 꺼내 무신다. 삼백 원짜리 싸구려 라이터가 몇 번의 헛손질 끝에 작은 불꽃을 내자 하얀 담배 연기가 구름처럼 퍼져 나왔다.

"그랴. 한 서너 해 됐나? 떠돌이 부랑자 하나가 요기 요 앞에서 차에 치어 죽었제. 뺑소니였다지. 날이 훤하게 밝아서야 발견됐는디 요기 근방이 한가득 피로 흥건했어야. 불쌍한 인생이었어. 참말로 안됐었제. 끌끌."

"그럼 시신은… 요……?"

어떤 인간이 자신이 죽었던 장소를 다시 방문하고 또 죽음 이후의 일을 들었을까?

제후는 얼음처럼 싸늘하게 식어가는 듯한 심장을 느끼며 잘 떨어지지 않는 입을 다시 억지로 움직였다.

듣고 싶지 않지만… 듣고 싶었다.

"아, 몰러. 누가 그 딴 거 신경이나 쓰남? 알코올 중독자에 머리도 확까닥한 중늙은이였던가 븐데… 요 근방에 나타나 한 몇 주 헤매고 다니더만 술 퍼마시고 새벽에 길 건너다 뒈져 버렸는디, 객사한 그런 폐물을 누가 제대로 장례를 치러주겠어? 나중에 순경 양반한테 얼핏 들었는디 그런 걸 연고… 아니, 무연고… 하이고~ 모르겠네. 이 할매가 기억력이 예전만 못해서 그랴. 우쨌튼 연고 무시기 없는 행려 어쩌구라고 한다지?"

"무연고자 행려 사망자요?"

"엥? 어, 맞어! 맞구만! 그랴그랴. 케케케~ 그거네, 그거! 허메~ 어린 학생이 참말로 똑똑하네 그랴."

제후가 가까이 다가가 폐품 수집 할머니의 가래 끓는 듯한 탁한 목소리에 집중했다. 할머니는 쭈그려 앉은 자세 그대로 한 갑당 이 백원짜리 솔담배를 깊게 빨아들였다가 '후우' 하고 내뱉으며 말을 이어가셨다.

"아마 구청에서 대강 서류 정리해서 처리했겄제."

"……."

한데 갑자기 두리번대다가 소곤소곤 말하는 할머니.

"근디… 학생만 들어야. 소문에 시립병원에 있다가 의대로 보내져서 학생들 해부 실습하는 데로 기증됐다는 얘기도 있어야."

"……!!"

그 소리에 쓸쓸한 미소를 지으며 고개를 푹 숙이고 서 있던 제후의 고개를 번쩍 들렀다.

정수리로 번개가 직격으로 꽂힌 듯한 충격!

휘둥그렇게 커진 소년의 눈동자는 생각지 못한 충격에 감당치 못하고 무섭게 흔들리고 있었다. 담담했던 그의 감정의 표면이 큰 충격과 혼란으로 불안한 파동을 쏟아냈다.

"의대? 해부 실… 습?"

'무, 무슨 소리지? 설마 내, 내가……? 내, 내 몸이?! 내 몸이!!'

"하… 아아…… 우웁……."

그러나 폐품 수집 할머니는 여전히 쭈그려 앉아 먼 하늘을 바라보며 담배를 태우고 계셔서 제후가 뭔가 터져 나오려고 하는 입을 필사적으로 주먹으로 막는 걸, 커다래진 눈으로 몸을 무섭게 떨기 시작하는 것을 볼 수 없었다. 다만 깔끔한 용모의 남학생을 만나 이른 아침의 적적함을 쫓으며 그를 말동무 삼아 반가운 마음에 이런저런 이야기를 계속 꺼내놓을 뿐이었다.

"연고자 없이 길에서 죽은 부랑자 시체는 그렇게 되기도 한다는구만. 에휴~ 죽어서까지 진짜루 흉하게 됐제. 사는 게 뭔지~"

"……."

"그래도 체격은 좋았어야. 젊었을 땐 장난 아니었을 거구만. 그라서… 엥? 학생, 가는 겨?"

"그래요… 결국……."

"이봐, 학생!"

할머니는 자신의 말도 다 끝나기 전에 키득대며 휙 돌아서는 제후를 보고 주름이 가득한 눈을 가늘게 떴다. 그리고 멀리 휘적휘적 불안하게 휘청이며 걸어가는 창백한 금빛 소년의 뒷모습을 바라보며 할머니가 혼잣말로 중얼거렸다.

"근데 왜 우는 겨? 허이구~"

'뭘 그렇게 서러워하는 거지? 그건 단지 껍데기였을 뿐인데… 나는 여기 이렇게 살아 있는데……'

한편 제후는 폐품 수집 할머니의 짧은 이야기를 듣다 못해 발길을 돌려 되는대로 걸음을 옮기고 있었다. 아니, 걷는다는 느낌보다는 무의식적으로 다리가 멋대로 반복하는 움직임일 뿐이다. 의식하지 않아도 심장이 뛰고 피가 돌고 세포가 분열하듯이.

"나는……."

한데 문득 다리가 저리고 아프다는 둔한 감각이 뇌로 전달되자 그때서야 제후가 의식적으로 걸음을 멈추곤 고개를 들었다.

어느새 그가 서 있는 곳은 한강의 다리 위.

시간도 제법 흘렀던지 하늘은 구름이 짙게 끼어 있음에도 아침임을 깨닫게 할 만큼 밝아져 있었다. 그리고 도로 위에는 아침 출근을 서두르는 차량들도 적지 않게 보이기 시작한다.

강물은 지난 폭우로 인해 많이 불어 있었다. 상당히 높은 수위까지 물이 불어 한강 고수부지의 일부마저도 흙탕물에 잠겨 수면 위로 삐죽이 솟아 있는 농구 골대가 멀리 어렵지 않게 보였다.

뿌연 황톳빛으로 변색되어 굉음을 내며 무섭게 흘러가는 강물만이 지금 다리에서 내려다보는 한 소년의 유일한 마음의 교감 대상이었다.

그는 외로웠다. 뼈가 시릴 정도로 외로웠다. 그러나 다른 어떤 일도 아닌 전생의 문제, 혼란스런 자아를 가지고 친구들에게 찾아갈 순 없었다. 그 자신이 먼저 어떤 결단을 내리지 못한다면 갈 곳도, 찾아갈 곳도 없었다.

　민제후가 되어서 처음으로 맛보는 그 끝을 알 수 없는 사무치는 외로움과 설움이 결단을 망설이는 자신을 더욱 힘들게 했다. 세상에서 가장 어려운 것은 정(情)과 인연을 끊는 것이라 했던가.

　후두둑―

　진지한 것과는 인연이 없어 보였던 장난꾸러기에 유쾌한 소년이었던 민제후. 그리고 조건으로써는 무엇 하나 부러울 것이 없어 보이던 인물이었는데… 그런데 그런 소년의 얼굴에서 누구보다도 깊고 복잡한 한이 서린 굵은 물방울들이 소리없이 떨어져 내리고 있었다.

　꿈에서 깨어나 무언가에 이끌리듯 거리로 나왔을 때도 마음으로 울지 않았던 제후였다. 눈물이 흘러내려도 그것은 신체의 단순한 반사작용이라고 표현할 만큼 그의 감정은 슬픔보다 혼란과 의아함이 더 강했기에.

　하지만 지금은 정말로 온전히 울고 있었다. 소리없이 오열하고 있었다, 몸과 마음이……

　"오늘만… 이야, 오늘만! 다시는… 다시는 약해지지 않을 거야. 다신!!"

　다리 밑의 강물을 지켜보던 제후가 고개를 숙인 채 난간을 손가락 관절이 하얗게 튀어나올 정도로 세게 부여잡고 읊조렸다. 억지로 억지로 씹어내듯 뱉는 음성.

　'지금 이건 나 자신의 죽음에 아무도 흘려주지 않았던 눈물을 내가 흘리고 있는 거다. 그리고 흘러가 버린 전생의 모든 인연들을 애도하며. 절대, 절대 다른 의미는 없어! 없다!'

　"다신 약해지지 않아!"

다시 비가 내리기 시작했다. 거리에 차량 행렬이 늘어서고 지나는 사람들이 늘어날수록 찬 빗줄기가 추적추적 망설임없이 대지로 내려오기 시작한다.

끊이지 않는 자동차의 물결.

그 소음과 차량, 사람의 해일이 아침과 함께 깨어나 도심을 향해 들어갈 때, 민제후라는 이름의 소년은 잔잔히 내리는 비를 그대로 맞으며 소용돌이치며 거칠게 흐르는 강물 위 다리에서 풍경의 일부마냥 존재했다.

선택의 순간이 다가왔다.

박경덕과 민제후. 그 두 영혼 주체에서의 선택. 아니, 또는 제 삼의 선택까지도.

잊을 수 없는 '과거'와 포기할 수 없는 '미래'의 선택.

바로 삶[life]의 선택!

고개를 든 소년의 목덜미로 비에 젖어 늘어진 머리칼을 타고 빗물이 다시금 물방울을 이루어 똑똑 떨어져 내렸다. 하늘은 한강을 품고 있는 서울에 조용히 오래도록 비를 내렸다.

*   *   *

"으응… 제, 제후야… 제후야!"

예지가 책상에 엎드려 있다가 갑작스레 벌떡 일어났다. 하지만 눈에 보이는 것은 여느 때와 다름없는 자신의 방 안.

째각째각—

시계를 보니 아직 밤 10시도 채 안 된 시각이다.

불을 켜놓은 채 책상에 앉아서 깜빡 졸았던 모양이다. 조용한 방 안에 벽시계의 초침 소리만 크게 울리는 것 같았다.

예지는 앞으로 늘어진 긴 검은 생머리를 손으로 쓸어 올리며 천천히 한숨을 내쉬었다. 김 비서님에게 제후가 깨어나자마자 사라졌다는 전화를 받았기 때문에 그런 이상한 꿈을 꾼 것이라고 생각됐다. 3일 동안 혼수상태에서 깨어나지 못하던 애가 갑자기 새벽녘에 그 넓은 저택의 사람들 아무도 모르게 홀연히 사라지다니.

민제후가 사라진 시각은 바로 오늘 새벽이었지만 예지는 하루 종일 걱정되어서 혹시나 하는 생각에 전화기와 핸드폰을 끼고 앉아 집에서 한 발자국도 움직이지 못했다. 그래서 지금 너무 피곤하고 힘들었다. 어떤 노동보다도 피를 말리는 스트레스가 가장 힘겹고 지친다. 하지만…

띠리리.

"여, 여보세요! 제후니?! 너, 제후지? 제후 맞지?"

예지는 핸드폰 벨소리가 울리자 한 번 울리기도 전에 전화를 급히 받아 소리쳤다. 순식간에 발신자 표시에 모르는 번호가 찍힌 것을 보고 직감적으로 느낀 것이었다. 확신이라고 할 만큼 너무나 강한 직감이었다.

"야, 민제후! 너, 그렇게 사라지는 게 어딨어! 네 어머니하고 김 비서님이 얼마나… 우리가 얼마나 걱정했는… 후흡, 아니다. 우선 그건 됐고 너, 지금 어디야? 어디니? 응?"

예지가 정신없이 말을 쏟아내다가 자기 감정을 추스르며 눈물이 나려는 눈가를 문지르고 제후의 소재를 급하게 물었다. 이러다 전화가 갑자기 끊어질까 봐 겁이 나기도 했다.

《…너희 집 앞.》

탕!

한예지가 즉시 집에서 뛰쳐나와 대문을 닫고 집 앞 골목까지 한달음에 뛰어 내려왔다.

"제후야! 민제후!!"

혹시나 전화를 끊고 마음이 변해서 사라질까 무서웠던 예지는 자신의 시야가 닿는 곳에 익숙한 뒷모습이 있는 것을 보고 안도와 화가 반씩 섞여 소리쳤다.

성전그룹 창립 행사장에서 말도 못할 행패와 소란을 일으켰고 그 즉시 정신을 잃어서 주변 측근들의 가슴을 철렁하게 만들더니 그 다음엔 3일간이나 혼수상태에 빠져서 있는 대로 겁을 줬었다. 그랬는데 오늘 새벽엔 간병인도 모르게 옷도 갈아입고 홀연히 사라져 한나절 동안 연락도 없었으니… 게다가 비도 오는데…….

예지는 제후의 모습을 발견하고 숨을 고르면서 천천히 걸어갔다. 그녀가 다가가자 그 인기척을 눈치 채고 돌아서는 금갈색 머리칼의 소년. 아니, 지금은 온종일 비를 맞고 돌아다녔는지 흠뻑 젖어 머리칼도 이마와 목덜미에 착 달라붙어 있어 금빛을 발견하기가 어렵다. 그러나 어쨌든 돌아서는 소년의 얼굴은 분명 성전그룹의 신화적인 업적을 이뤄가는 신비의 신임 총수이자 그들의 대책없는 무대포 친구인 민제후가 분명하다.

"야! 너, 어떻게 이런… 응? 어머나?!"

그렇게 한예지가 돌아서는 그 소년의 얼굴을 노려보면서 화를 내려고 하는데, 그때 그런 그녀에게 어느덧 제후가 다가서서 기대듯 안겼다. 아니, 무너졌다.

예지는 자신에게 와서 쓰러진 그 소년의 당황스런 돌발 행동에 어찌해야 할지 몰라 머뭇머뭇거리다 귓가로 들려오는 가냘픈 목소리를 들었다.

"다녀왔어."

무언가에 지친 듯 완전 녹초가 되어 늘어지는 제후.

"…기다렸어."

예지가 망설이다 한 그 말에 제후의 입가에 살풋 미소가 어렸다.

"알아."

한겨울 보름달보다 더 창백한 안색이 피곤이 극에 달했음을 보여준다. 마음 고생이 심했던 모양. 기운없이 웃는 얼굴에 그나마도 짙은 그늘이 담겨 있다.

"그래서 돌아왔어. 그래서 돌아올 수 있었어. 너희들이 있어서……."

안개비를 하루 종일 맞고 다녔는지 촉촉하게 젖은 금빛 머리칼의 소년. 비에 젖어 늘어진 앞머리가 소년의 단정한 하얀 이마에 착 달라붙어 또 몸이라도 안 좋아질까 걱정된다.

예지는 그런 소년이 너무나 안타깝고 안쓰러워서 아무 말 없이 자신의 어깨에 기대어 있는 그의 등 뒤로 팔을 둘렀다. 제후가 괴로워하는 것이 무언지 알 수 없고, 슬퍼하는 이유를 추측조차 할 수 없어 답답했다. 그리고 자세한 것은 몰라도 한눈에 정말 힘들어한다는 것을 느낄 수 있는데 전혀 도움이 될 수 없다니 그게 더욱 속상해 눈물이 나는 예지였다.

'언제까지 보고만 있어야 되니? 어째서… 무슨 일인데…….'

"제후야……."

자신의 어깨에 얼굴을 묻고 있는 소년. 그녀는 자신의 그 한쪽 어깨가 조금씩 젖어 들어가는 것을 느꼈다.

"그래, 한예지. 난 민제후야. 지금까지 그랬던 것처럼 앞으로도 민제후일 뿐이야. 난 민제후야… 난 민제후… 욱……."

잊을 수 없지만 전생의 연을 버리고 현생을 선택한 한 영혼이 알 수 없는 서러움에 소리없이 어깨를 들썩거리고 있었다. 그 선택이 어떤 결과를 불러올지는 모르지만 모두에게 좋은 결과로 귀로하길 바랄 뿐이다.

그 두 아이들 위로 안개비가 흩날리듯 내리고 있었다.

제2장 날카로운 첫 키스의 추억?

하늘이 완전히 개인 어느 아침.

정말 태풍이 지나갔던 하늘이 맞는 걸까? 천둥 번개로 갈라지고 깨진 줄 알았던 하늘이 어느 사이엔가 깨끗한 하늘빛을 빛내며 거울처럼 맑았다. 그리고 지금 그 거울처럼 맑은 하늘과 비슷한… 아니, 사실은 일반적인 '맑다' 와 '거울 같다' 라는 수식어로서만 연관성이 있는 물체, 그저 그런 사각 나무 테두리를 가진 평범한 벽거울에 한 인물이 비춰지고 있었다.

거울 앞에 서서 교복 넥타이를 바로잡는 소년.

그런데 거울에 비춰진 소년의 얼굴이 범상치 않다.

잘생긴 외모.

간단하게 말하자면 이렇게 표현되겠지만 그 얼굴은 단순히 '잘생겼다' 라고 부를 수 있는 수준을 뛰어넘었다고 해야 할 듯싶다.

하루에도 수십 명씩 신인 가수, 탤런트들이 쏟아지고 있는 대한민국이고 꽃미남 절정 시대라고 불리우는 현 시대이지만 브라운관에서도 이만큼 잘생긴 남학생은 보여진 적 없었다. 웃음기없이 차분함으로 일관된 서늘한 표정도 이처럼 멋지건만 살짝 미소라도 짓는다면 어떨까?

한마디로 대중에게 알려지기만 한다면 단번에 수많은 뭇 여성들을 눈 돌아가게 만들 얼굴이다.

하지만 그 소년의 외모가 황홀할 정도로 멋있다는 것 말고도 느껴지는 매력이란 바로 그 소년에게서 풍겨 나오는 깔끔한 분위기와 지적인 카리스마!

가느다란 갈색 모발의 앞머리가 부드럽게 흔들리는 것 뒤로 총명함이 가득한 천재의 눈동자가 반짝인다.

짤랑—

넥타이까지 마무리하고 마침내 학교 갈 준비가 모두 끝난 그는 자신의 모습을 전체적으로 다시 한 번 점검하고 나서 거울 옆 테이블에 놓인 열쇠와 가방을 챙겨 들었다. 열쇠 고리에 매달린 방울이 내는 소리가 모처럼 상쾌한 아침을 더욱 기분 좋게 하는 듯해서 거울 앞의 단정한 교복의 남학생은 무의식적으로 입가에 가느다랗게 미소를 띠었다.

그토록 상상해 보고자 했던 모습. 밖에서가 아니라 아무도 없는 원룸에서 표정이 나타났다는 것만이 아쉽기 그지없다.

띵동!

그런데 그때였다. 그가 막 가방을 챙겨 들고 밖으로 나서려 할 그때 들려온 초인종 소리.

"계십니까? 택배 회사에서 나왔습니다, 신동민 씨!"

'택배 회사?'

"아, 네!"

소년이 자신을 부르는 소리에 안경을 쓰고 현관에 다가가 서둘러 문을 열었다. 그러자 유니폼을 입은 국제 택배 회사 직원이 웃으면서 인사한다.

"아침 일찍 죄송합니다. 그런데 이른 아침 시간에 가야 수령자가 있을 거라고 되어 있어서. 저, 신동민 씨 계십… 니까……?"

"제가 신동민인데요."

"……."

"이보세요? 아저씨?"

동민은 사람을 불러놓고 말을 안 하는 택배 직원을 쳐다보며 얼굴을 살짝 찌푸렸다. 서류를 들여다보고 있다가 고개를 들더니 갑자기 입을 벌리고 말을 잃어버린 평범한 청년. 여드름이 채 가시지 않은 모습이 아직 20대 초반의 나이임을 알게 했지만 청년은 곧 철저한 직업 정신에 의하여 제정신을 차린다.

"아! 그, 그러세요? 그, 그러고 보니 학생이시군요. 아하하하… 이른 시간에 도착해야 한다더니 그래서 그랬나 보네요. 그런데 진~짜 잘생기셨네요. 아차차! 여기 물건 있습니다. 그리고 여기에 사인 부탁드립니다. 아하하하."

"아… 네."

동민은 택배 회사 직원이 머쓱한지 머리를 긁적이며 하는 말에 볼펜을 받아 들고 수령증에 사인을 했다.

택배로 온 물건은 누런 서류 봉투 하나. 우편이 아닌 전문적인 국제 물류 회사를 통해 날아온 만큼 무슨 중요한 것인가 본데…

"오~ 그런데 공부도 진짜 잘하시는가 봅니다. 미국 대학에서 온 서류인가 본데, 유학 가시나 봐요?"

사인을 하고 서류 봉투를 건네받는 사이 서글서글한 인상의 택배 회사 청년이 하는 말에 동민은 피식 웃음 지었다.

"글쎄요… 어쨌든 이른 아침부터 수고하시는군요. 감사합니다."

동민은 간단한 인사에 이어 문을 닫고 들어와 봉투에서 꺼낸 서류들을 잠시 살펴보곤 거실 테이블 위에 던져 놨다. 프리스턴에서 날아온 입학 관련 서류들이었다. 장학금과 그 밖의 자잘한 수속 및 절차에 관한 서류들도.

오늘이 바로 성전특고의 방학식 날. 만약 가게 된다면 가을 학기부터 프리스턴 대학에서 공부하게 되니 지금부터 정신없이 준비해야 할 것은 틀림없다. 더군다나 더할 나위 없이 좋은 조건. 신동민에게도 커다란 기회다. 또 그쪽 대학에서도 이렇게 호의적이고 관심을 크게 두니 마다할 이유는 하나도 없는데…

'그런데 어째서 이렇게 가슴이 답답한 걸까?

동민은 맑게 빛나는 무테 안경 밑으로 눈 사이를 누르며 한숨을 내쉬었다.

삐이이익―

하늘과 땅, 바다와 산맥이 너무도 아름다운 지상.

천지개벽이라고 불릴 만큼 천둥 번개와 폭우를 동반한 대형 태풍이 지나간 그곳이 지금 아침의 싱그러움으로 깨끗하게 피어오르고 있었다. 천재지변이었으나 온전히 나쁜 면만 있었던 것은 아니다. 덕분에 하늘에 정체되어 움직이지 않았던 더러운 대기와 먼지들을 청소하듯 싹 쓸어가 버렸으니.

그래서 오늘 아침은 맑디맑은 푸른 하늘과 초록의 기운이 더욱 상쾌하다.

하늘을 자유롭게 활공하며 좋아하는 금빛 새끼 매의 울음소리가 매우 먼 곳까지 울려 퍼진다.

"……."

그리고 그 아름다운 금빛 깃털의 새가 마음껏 날다가 마침내 푸득거리며 내려선 어느 숲.

그 숲에 있는 넓은 공터 한가운데에 한 명의 소년이 날이 없는 검을 들고 서 있었다. 특별히 특이할 것은 없었지만 굳이 고르라고 한다면 하늘을 날며 맑은 울음소리를 내던 새끼 금웅과 같은 금빛을 띠는 머리칼의 소년이라는 점. 외국인도 아니건만 햇빛에 찬란한 빛을 뿌리는 햇살 같은 머리칼은 그 소년의 몸에서 뿜어져 나오는 강한 기운을 더욱 강력하고 신비롭게 느껴지도록 한다.

끼룩?

금웅은 그 소년에게서 멀지 않은 곳에 앉아 꽤 오래도록 지켜보고 있었지만 전혀 미동도 없이 청아도를 들고 석상처럼 굳어 있는 주인을 이상하다는 듯이 쳐다보았다.

동그란 눈동자를 데굴데굴 굴리며 고개를 갸웃갸웃하는 모습이 귀엽기 그지없어 그 새가 사실은 그 소년 이외에겐 야생의 맹금이나 다름없음을 잊게 만든다. 물론 이 금웅은 자기 주인과 주인의 측근들 외에는 발 밑의 벌레가 지나가는 걸 쳐다보는 것보다 더 무관심하여 야성을 그리 내보이진 않지만.

그런데 그때 청아도를 앞에 겨누고 고요히 눈을 감고 서 있던 금빛 머리칼의 소년이 눈을 번쩍 뜨며 움직이기 시작했다.

느리다고 생각한 순간 빠르고, 격하다고 생각한 순간 물 흐르듯이 부드럽고 자연스럽게.

자연을 거스르지 않고 흐름을 따라 움직이는 제후의 칼날이 공기를 베어간다. 춤을 추듯 움직이는 몸짓, 아니, 이미 춤이라고 이야기해야 할 듯한 아름다운 검무(劍舞).

환상적인 빛이 그 검무에서 쏟아져 나온다. 소년의 머리칼에서만이 아니라 그의 영혼 자체에서 뿜어져 나오는 듯한 아스라한 금빛 오로라와 청아도에서 스며 나오는 푸른 잔영.

어떻게 한 인간에게서 이렇게 베일 듯한 위압감과 부드러움을 함께 느낄 수 있는지 물어본다면 대답할 길이 없다. 또 시선만으로 숟가락을 휘게 만드는 간단한 초능력조차도 사기나 속임수라고 치부하는 현시대에서 어떻게 사람에게서 아스라한 빛무리가 스며 나올 수 있냐고 묻는다면 그것 또한 대답할 방법이 없다. 하지만 한 가지 확실하게 대답할 수 있는 것은 이 세상엔 과학과 상식이라는 이름만으로도 설명할 수 없는 것들이 많다는 것뿐.

아니다. 어쩌면 증명할 길이 없는 현상들에 대해서 사람들이 감추고, 잊으려 하고, 보지 않으려 하기에 그런 현상들이 점차 사람들 곁에서 멀어져 갔는지도 모른다. 본래 존재하고 있으나 우리가 보지 않았을 뿐일지도 말이다.

어쨌든 지금 탁기가 깨끗이 씻겨 나간 청정한 숲 한가운데 금 실타래 같은 머리칼에 묻은 아침 햇살을 바람에 털어버리며 화려하고 아름다운 검무를 추는 소년, 바로 민제후라는 이름의 한 소년에게서 그 모든 불가사의하면서도 아름답고 신기한 현상들이 일어나고 있었다.

쏴아아―

나뭇잎들이 큰 바람에 휩쓸려 내는 바즈락거리는 소리가 제후의 환상적인 빛의 검무 속에 합창을 이루어 노래한다. 무아지경에 빠져 청아도를 휘두르며 자신을 잊고 검에 몰입하는 아이. 그 모습이 너무도 아름답다.

그리고 마침내 절정에 이르며 마지막으로 달려가는 환상.

새끼 금웅 한 마리의 관객 앞에서 펼쳐진 그 아름답던 검의 춤사위는 청아도의 위력적인 마지막 움직임과 함께 끝이 났다. 또한 그와 함께 민제후의 주위를 휘몰아치던 나뭇잎들이 초록빛으로 부서져 날렸다.

파사사—

한동안 정적이 찾아든다.

삐익! 삑! 꺄루룩!!

"아……!"

박수 대신이라고 생각되는 닭둘기의 오두방정 푸드덕거림과 삑삑거림이 무아경에 빠져 있던 민제후를 다시 현실로 끌어들였다.

현실에서 떠나 있던 제후의 눈동자가 점차 또렷하게 초점을 갖추었다.

"설마 이 정도까지라곤……."

제후는 아직 청아도를 집에 넣지 않고 쥔 손을 바닥으로 내려뜨리며 중얼거렸다.

주변은 정말 그 소년의 말대로 놀람과 감탄의 한 장면이었다. 특별히 어딘가 부서지고 엉망으로 망가진 풍경은 아니었으나 민제후를 중심으로 회오리 모양으로 쏠려 있는 땅바닥도 그러했고 몇 조각인지 모르게 조각조각 부서져 둥글게 흩뿌려져 있는 녹색 나뭇잎들이 놀랍기 그지없다.

　물론 예전에도 감정이 극단적으로 격양되거나 불안정해지면 꽃병이나 물건들이 저절로 깨지고 터진 적은 있었지만 무의식적이 아니라 이처럼 자신의 의지에 의해 힘을 발산해 보일 수 있다니…

　놀랍고 충격적이기까지 했다. 허공을 향해서 검무로써 부드러움을 펼쳤으니 망정이지 평정을 깨뜨리고 파괴를 목적으로 날뛰었다면 이 아름다운 숲이 어찌 되었겠는가! 생각만 해도 오싹하다.

　이것은 그가 전부터 신에게 투덜대던 '초능력'이라고 분류되는 그것.

　그가 항상 위험한 순간에 매달리고 했던 그 이해할 수 없는 미지의 힘, 마지막 보루.

　하지만…

　"가슴은 왜 생각처럼 진정되지 않는 거지?"

　마음을 비워도 그 순간뿐.

　알 수 없는 갈증과 타오름을 느낀다.

　"……읏!!"

　완전한 전생 기억의 자각은 인간 같지 않은 어떤 신비한 능력과 함께 자신의 내면에서 들려오는 검은 속삭임까지 자각시켰다. 악마의 유혹과도 같은 끈적이는 검은 자아.

　큭큭큭, 이것이 나의 힘. 영혼의 이동 때 부여받은 새로운 힘. 단지 인간의 잠재력을 극상으로 깨운다 하였던가? 쿡! 하나 그것은 인간을 너무나 과소평가한 말이었지. 자, 이제 내 존재를 인정해라, 내 일부여. 나를 불러… 네가 잊지 못하는 그 원한, 설움, 복수, 모두 내가 해결해 줄 수 있다.

"필요없어! 잊었어. 다 잊었다고!"

잊어? 크하하하하! 웃기는군. 네가 무슨 성인 군자라도 되나? 넌 인간일 뿐이야. 그것도 어떻게 하면 욕심과 허영, 증오를 채울 수 있을까 얄팍한 자기 감정에 허덕이는, 힘없는 그저 그렇고 그런 인간. 그래서 넌 나를 버릴 수 없어. 약하기 때문이지. 후후후후… 푸후후후…… 크큭큭…큭…… 키득키득키득…… 킥… 킥킥…….

귀를 틀어막아도 안 들을 수가 없다. 한 번씩 마음이 약해진다고 느껴질 때마다 그 미세한 틈을 파고들어 와 괴롭히는 저주파.

킥킥킥… 큭큭…… 난 너… 넌 나야……. 히히히…… 키륵키륵키륵…….

영혼을 갉아먹는 것 같은 소름 끼치는 주파수.
숲의 공기가 불안한 진동을 일으킨다.
"그만 해!! 시끄럿!!"
민제후가 그만 청아도를 쨍그랑 떨어뜨리며 양팔로 머리를 부여잡았다.
"저리 꺼져 버려!! 난 민제후야! 내 인생에 끼어들지 마! 제기랄!!"
오랜만에 정신없이 악을 썼다. 그랬더니 아침부터 눈앞이 흐려지고 난리다. 아마도 눈에 티가 들어가서 그럴 거라고 스스로에게 다짐시키는 제후였다.

"박경덕이든 현성우든 다 엿이나 먹으라 그래……."

거친 숨을 몰아쉬며 자신에게도 들리지 않을 정도로 중얼거린 대사
는 자기 신발 끈이 제대로 매어져 있나 검사하려는 듯 땅바닥에 시선
을 고정시킨 채로 내뱉었다.

물리적인 영향력은 소년의 잠재적인 신비한 능력을 어느 정도 자유
롭게 사용할 수 있게 되면서 더욱 올라갔지만 정신적인 면에서는 예전
과는 비할 데 없이 어느 한쪽이 완전히 비어버린 느낌이다.

약점. 아킬레스건.

민제후의 악다구니가 약발이 있었던 건지 검은 자아의 소름 돋는 웅
성거림이 사라지고 고요해지자 그곳은 다시 아침의 햇살과 초록의 싱
그러움이 아름다운 기분 좋은 숲 속 정경으로 되돌아갔다. 마음을 치
유해 주는 듯 불어오는 서늘한 여름 솔바람도.

그런데 그때,

푸드득!

삐이익!!

"우왓?! 뭐, 뭐야?!"

삐익— 삑! 삐!

제후는 무념의 상태에서 펼쳐 낸 검무와 또 다른 자아와의 정신적인
격돌로 진기가 빠져 약간 멍하게 서 있다가 갑작스런 공격에 무방비하
게 당하고 있었다.

점점 더 강해지는 주인의 더욱 열렬한 팬이 되어버린 한 명… 이 아
니라 한 마리.

열렬한 추종자 및 제1꼬붕의 지위를 최근 더욱 다지고 있던 둘기가

좀 전에 보였던 제후의 검무에 홀딱 반해 오빠 부대 저리 가라 할 만큼 푸득푸득 날아다니며 부비부비 공격(?)을 퍼붓고 있었던 것이다. 사람의 말소리를 내지 못하는 새끼 매이지만 반짝반짝 빛나는 땡그란 눈알, 존경심에 가득 찬 삑삑거리는 울음소리와 오두방정 날갯짓을 보자면 마치 '주인님 멋져~ 주인님 최고~ 주인님 캡짱~ 랄라라라라~' 라는 음률 섞인 환청이 들리는 듯하다.

"이 씨댕 닭둘기가! 야, 임마! 비, 비켜!! 아푸풋!"

어쨌든 덕분에 괴로움과 우울한 기분을 한 번에 날려 버린 제후였다.

"너, 어떻게 된 것이 날이 갈수록 더 촐랑대냐? 앙! 에구… 이거 배때기에 살찐 거 봐라."

끼룩?

"땡글땡글 눈알 굴리지 마, 이 잡것아. 하나도 안 귀여워."

제후가 자신의 머리며 얼굴, 어깨 위로 정신없이 날아다니는 둘기를 간신히 잡아 또 거꾸로 들었다. 이젠 그 새끼 금응의 낯설지 않은, 편안해 보이기까지 하는 자세. 제후에게 다리 잡혀 거꾸로 매달리기.

제후는 둘기의 배를 한쪽 손가락으로 꾹꾹 찔러가며 야단쳤다. 하지만 대답이라고 들려오는 소리는 여전히 삐약거림뿐이니 허탈해질 뿐이다.

"쳇! 내가 지금 뭐 하는 짓이람. 아야야! 둘기, 너 내 머리카락 하나라도 뽑으면 네 깃털 몽창 다 뽑아버릴 줄 알어!"

꺄륵꺄륵~

"에혀~ 이건 딴 사람들 앞에선 의젓한 척하면서 꼭 나랑 있을 때만 오두방정 난리 부르스란 말이야."

제후는 바닥에 떨어진 청아도를 주워 들고 이제 슬슬 저택으로 걸음을 옮기면서 머리 꼭대기에 찰싹 붙어 부비부비하며 좋아 죽는 새끼 금응을 겨냥해 중얼거렸다. 그러나 말은 그렇게 해도 입가엔 정이 담긴 부드러운 미소가 걸려 있음은 물론이다.

이 사랑스런 작은 동물을 만나지 않았다면 어땠을까?

만약이라고 하지만 생각만으로도 어쩐지 가슴 한쪽이 허전해지는 소년이었다. 철없고, 장난꾸러기에 영물은 영물이지만 실질적인 도움은 별로 없는 새끼 매. 그렇지만 어떤 의미로는 가족보다 친구들보다 더 가깝게 다가와 가슴을 따뜻하게 해주는 소중한 존재.

'하긴 이 녀석 덕에 아침 수련도 거의 빼먹지 않고 나도 재미있긴……'

뚝!

한데 그 순간 들려온 풀 뽑는 소리. 동시에 왠지(?) 굉장히 아프게 들리는 소리가…

찰나간 모든 화면이 정지한 듯했다. 평면적으로 정지된 제후와 닭둘기의 모습.

고의는 아니었던 것 같지만 실수든 어쨌든 간에 결과적으로 제후의 머리털 위에서 뒹굴고 놀다가 땜빵을 만든 닭둘기이니…

유구무언(有口無言). 문답무용(問答無用).

금응은 눈도 깜박이지 못하고 정지 화면이 되었다. 새가 땀을 흘릴리는 없겠지만 부리에 금갈색 머리털을 물고 있는 금응의 모습이 마치 식은땀을 삐질삐질 흘리며 얍쌉하게 눈치를 살피는 것처럼 보여지는데, 그런데 그것이 과연 눈의 착각일까?

그리고 그 다음 순간이었다.

"으꺄꺄꺄꺄꺄꺄~!! 꺄아악—!"

삐약—

허둥지둥 도망가는 금빛 깃털의 새끼 금웅.

"이 씨댕 닭둘기 자식아!! 너, 일루 안 와! 소중하긴 무슨 개뿔~! 이번에야말로 펄펄 끓는 물에 다이빙시켜 주마!! 이리 와, 새끼! 어어? 마지막 발악이냐!! 오~ 그래, 한번 해보자 이거지? 좋.았.어! 너, 오늘 주~우겄어, 이놈의 닭새끼!!"

상당한 공백 이후에 바닥에 주저앉아 땜빵난 부근을 감싸 쥐며 울부짖는 제후의 목소리가 꽁지 빠지게 달아나는 금빛 새끼 매를 쫓아 싱그러운 아침 숲 속을 메아리쳤다. 동전의 양면처럼 빛과 어둠이 함께하는 즐거운 아침의 시작이었다.

"『운명의 여신이여 세계의 왕비여(Fortuna Imperatix Mundi)』… 크흑!"

오전 등교 시각, 성전특고의 특급 클래스 안.

그곳의 한 남학생이 한 손으로 천장을 향해 있는 얼굴 콧날을 잡으며 연극조의 과장된 성악 목소리를 내고 있었다.

"오~ 이런, 세상에~ 그것만이 이런 충격적인 사건들로 인해 상처받은 내 마음을 표현하는 유일한 음악이로고."

"그게 무슨 자다가 남의 뒷다리 긁는 소리냐, 박원우? 그 시끄러운 배경 음악은 또 뭐고?"

"후후, 〈카르미나 부라나(Carmina Burana)〉 중 제1곡의 합창을 말하는 것이라네, 친구. 이 순간엔 베토벤의 운명 교향곡보다도 더 가슴을 때리는 음률이지."

"…어째 요즘 점점 더 망가져 가는 것 같다, 너?"

제후는 앉아서 자기 책상까지 마실 온 박원우를 끔벅이며 쳐다보았다. 특급 클래스의 일원이면서도 의외로 소탈하고 재밌는 녀석이란 건 알고 있었지만 마치 세상 다 끝났다는 듯한 오늘의 연극 같은 행동거지는 정말 의아하다.

"그게 문제가 아니란 말이다. 오늘이 방학식인데 말이야……."

'아, 맞다! 오늘이 방학식이지?'

제후가 습관적으로 학교에 왔다가 오늘이 방학식이란 사실을 듣고 손바닥에 주먹을 쳤다. 요즘 힘들긴 힘든 모양이었다. 민제후가 방학식을 다 까먹다니 말이다.

"그.런.데. 어째서 우리가 이렇게 칙칙한 교실에서 방학을 맞아야 하느냔 말이다! 원래대로라면 우린 지금쯤 수.학.여.행.을 떠나야 한다구~!!"

"아야~ 그렇다고 내 책상 위에 올라가진 마라. 그리고 내 교과서에 신발 자국 내면… 죽.을. 줄. 알.어."

제후가 열을 내며 자신에게 얼굴 바짝 들이밀며 절규 아닌 절규를 하는 박원우를 말리며 생긋 웃음 지었다.

가끔씩 이런 화사한 미소로 위협적인 대사를 내뱉는 제후의 모습에 원우도 익숙해질 때도 됐지만 죽인다는 말에 움찔하는 소년이었다. 민제후의 죽인다는 대사는 다른 녀석들이 하는 말과 전혀 다른 무게감을 가지고 있어 식은땀이 삐질삐질 솟아난다.

그러나 그렇다고 꿀릴 것도 없는데 숙이고 들어갈 박원우와 기타 등등 브라더스도 아니었다. 그래서 그들, 민제후를 눈에 쌍심지를 켜고 쳐다보며…

"아유~ 책이 참 깨끗하구만. 아하하."

…비굴 모드로 잽싸게 발을 치웠다. 물론 책과 제후의 교복까지 손으로 탁탁 털어주는 서비스도 잊지 않는다.

"그거야 태풍 때문에 어쩔 수 없이 연기된 거잖아. 근데 너, 중국은 별로라며?"

"장소가 문제야, 지금?! 그래도 수. 학. 여. 행. 인데!!"

"그래서 어쩌라구."

"몰라, 자식아! 으아~ 차라리 수학여행 쫑 내고 호주 멜버른으로 스키 여행이나 갈까?"

투덜투덜대며 자리에 앉는 박원우가 턱을 괴고 심드렁하게 중얼거리자 그 소리에 제후가 고개를 들었다.

'엑? 호주?'

지나가는 듯한 대답이지만 장난으로 넘기기엔 정말 과하다. 게다가 진지한 목소리. 그건 해외 스키 여행을 진지하게 생각한다는 의미라기보다 본인의 마음이 동하지 않아서 그렇지 생각만 있다면 그런 해외 여행쯤 별로 어려울 것이 없다는 의식이 깔린 말투. 옆 동네로 놀러 가자는 식의 가벼움은 아니나 이건 마치 해외 여행을 친구들과 하루 날 잡아 놀이동산에나 놀러 가자는 듯하다.

성전특고의 아이들은, 또 그중 스페셜 클래스 아이들은 이렇듯 기본적인 생활 의식이 서민들의 상식 수준을 훨씬 뛰어넘는다. 물론 지금은 흉허물 없이 지낼 정도로 많이 친해져서 대부분 시간을 잊고 지내지만 제후는 이럴 때 다시 한 번 이 아이들의 배경과 앞으로 이들이 맡아갈 지위에 대해 놀랄 뿐이다.

'이 잡것들이 지금 시방 뭔 소리다냐? 설마 「단란주점 멜버른」… 은 아니겠지? 아하하……'

"그래!! 그거 좋다! 민제후, 말 꺼내고 보니 진짜 괜찮지 않냐?"

제후가 혼자 중얼중얼거릴 때 박원우는 자신이 충동적으로 내뱉은 말이 퍼뜩 너무 멋지단 생각이 들었는지 갑자기 눈을 빛내며 손가락을 튕겨 딱 소리를 냈다. 태풍 때문에 몇 주나 연기된 수학여행으로 뿌옇게 흐려졌던 실망의 눈빛이 한순간에 한밤중 북극성만큼 반짝반짝 빛이 난다.

"스키랑 스노보드도 타고 싶은데 잘됐네! 그치? 여름방학 때 눈을 찾아 놀러 가는 것도 좋지 않아? 멜버른 동북방 산악에 폴스크릭 스키장이 괜찮다고 우리 형이 그러더라."

"스노보드? 건 또 뭐냐?"

뭔 소린지 모르겠다는 듯 뚱한 민제후 얼굴에 아이들이 다시 한 번 별종 보듯 쳐다본다.

"어이! 정말 몰라, 아니면 관심없어서 모른 척하는 거야? 눈 위에서 타는 보드 말이야. 이렇게~ 스키는 요렇게 두 발로 타는 거고."

"두 발 모아… 아~ 판때기 하나에 두 발 다 올려놓고 미끄러지는 그거?"

"응?"

"요즘엔 그런 게 재밌나 보지? 난 소싯적 비료 포대 하나면 끝내주게 놀았었는데. 냐하하하하!!"

옆에서 알짱대던 기타 등등 브라더스들이 스노보드 타러 스위스 가자는 말에 알아듣질 못하는 제후를 위해서 모션을 취하다가 주룩 미끄러질 뻔했다.

"판… 때기… 아하하, 한데… 비료 포대라니?"

"싸~나이의 로망과 향수라고만 알아둬라. 푸헬헬헬헬~!!"

아이들의 얼굴이 묘하게 일그러진다.

제후가 완전하게 명랑 소년으로 돌아온 건 축복할 만한 일이지만 아이들은 이 알 수 없는 미묘한 기운에 전염될까 두려웠다. 신동민도 두 손 들며 말했던 그 무대포 막가파 바보균.

"야야! 뭐 하는 거야! 여행 가자니깐~ 한여름에 새하얀 눈과 얼음, 스노보드를 타고 설경을 헤치는 짜릿함이 손짓하고 있지 않니? 응? 앗! 혹시 비용 때문인가? 여행 경비 때문이라면 걱정하지 마라. 멜버른의 한 특급 호텔에서 우리 사촌 형이 지배인으로 있거덩. 아님 호텔이 스키장과 멀어서 불편한 것 같음 그 형한테 부탁해서 스키장 주변에 아담한 산장 하나 빌려도 좋구. 글루 애들이랑 놀러 가자. 크흑~ 진짜 재밌겠다!!"

"폴스크릭? 오~ 그거 진짜 좋겠다! 거기 정말 괜찮데. 나도 갈래."

"민제후, 박원우 짱. 벌써 노는 거 계획 짜는 거야?"

"……."

기타 등등 브라더스들도 그 계획에 동참하려는가 보다.

하지만 놀러 가는 배경과 규모가 어마어마해서 그렇지 논다는 것 자체에 들떠 있는 소년들의 마음은 보통 아이들과 다를 것 없이 똑같은 것 같다. 좀 한다 하는 집안 자제들만 아니면 그저 방학을 맞이하여 여행 계획을 세우는 걸로 볼 수도 있을 텐데.

그러나 아무리 도련님들이라 해도 대학생도 아니고 아직 고등학생인데 소박한 계획이나 세우지…….

"삼복더위에 스키 여행이라는 호사라… 까까꺄~ 이 엉아한테 감사의 큰절을 올리거라, 민제후!"

"에효~ 난 됐네. 난 안 가."

"그 참, 돈은 걱정하지 말라니까."

"시.끄.러."

그때 와자지껄하게 시끄럽던 아이들을 향해서 제후가 싸늘하게 말을 뱉어냈다. 그리고 그 순간 찬물을 끼얹은 듯 조용해진 소년들.

민제후의 얼음장 같은 눈동자와 냉랭한 목소리가 방금 전까지 방학식을 맞아 들떠 있던 공기를 한순간에 얼어붙게 만들었다.

"그만 해. 돈은 나도 썩어 문드러질 정도로 있어."

듣기 좋은 꽃타령도 한두 번이다.

"이번 방학엔 집 안팎으로 내가 처리해야 할 일들이 산적해 있어. 그래서 안 돼. 결코 돈 때문이 아니라고. 그리고 자랑은 아니지만 나도 그리 못사는 건 아냐. 그러니 고맙지만… 그.만.들. 좀. 해."

이 아이들의 생활 방식을 뭐라 하는 건 아니다, 태어날 때부터 그렇게 살아온 것이니.

더구나 자신을 가난한 고학생으로 생각하면서도 따돌리기는커녕 어울려 주는 것을 보고 배경이 그럴 뿐이지 착한 아이들이라고 웃음 짓기도 하였다. 하지만 예전엔 자각하지 못해서 그냥 넘어갔지만 아이들이 자신을 불쌍하지만 꿋꿋하게 살아가는 소년 가장이라고 여긴다는 걸 깨닫고는 이런 분위기를 그냥 넘길 수가 없다.

'무엇보다도 거짓말을 하고 있는 것 같아 찜찜하단 말이다! 젠장!!'

그러나…

"짜식! 그래도 존심은 있어가지고. 내가 다 알어알어, 너 마음이 부~잔 거."

"그래그래. 괜찮아, 제후야. 원우, 이 자식 더 벗겨먹어도 돼."

"혹시 우리가 소외감 느끼게 했어?"

제후는 자신의 어깨를 툭툭 치는 박원우를 이젠 거의 체념의 표정으로 한숨을 쉬며 쳐다보았다.

"됐다. 그만 하자."

또다시 원점.

처음엔 믿기는커녕 애들이 하도 자신의 말을 들어 처먹질 않아 속이 답답했지만 이제 그러려니 해야겠다 생각하는 제후다. 그렇지 않으면 어쩌겠는가? 믿지도 않고.

사실 일이 이렇게 된 것은 너무 가난해서가 아니라 오히려 너무 말도 안 되는 제후의 배경 탓이 컸다.

만약 그에게 한 그룹의 CEO로서 능력이 있음을 증명해 보였다 하더라도 이제 막 열여덟 살짜리 고등학생이 한 그룹의 총수라는 것이 밝혀져 봐라! 상상만으로도 사람들의 경악과 혼란이 아찔하다. 사람들은 직접적으로 보여지는 겉모습에 연연하니.

이렇듯 회사의 대외적인 신용도에 치명적인 영향을 줄 수도 있고 투자자와 주주들에게 쓸데없는 불안을 야기시키게 될 수 있는 일이라 성전그룹 신임 총수, 즉 민제후 회장에 관한 모든 신상 정보는 극비로 붙여졌다. 굳이 김 비서와 한 실장의 당부가 아니더라도 그가 학업을 마칠 때까지 비밀을 지켜야 한다는 건 제후 본인도 일찌감치 납득한 사실이다. 아니, 단순한 납득이라기보다 대그룹의 신용과 대외적인 이미지상 자신의 존재를 철저히 함구시킨 자가 오히려 민제후 본인이었다.

물론 그것과 함께한 또 다른 이유로 먼저 시끄러워지는 게 싫고, 또 회장 자리는 장 회장이 돌아올 때까지 억지로 임시로 맡은 것뿐이니 그러는 것이 당연하다는 말발, 그리고 만약 그런 사실이 세상에 폭로되면 자신은 학교에서 왕따에 전따, 마침내는 기자들까지 가세하여 사회에서도 따돌림당해 결국에 다시 한 번 삶의 의지를 잃어버리고 외롭게 세상을 등질지도 모른다는… 그런 말도 안 되는 협박, 위협이 함께했었던 것이다. 죽어도 밥 때는 놓치지 않는 성격에, 때때로 무섭게 화가 나서 집무실로 쳐들어오는 장혜영 여사의 손아귀에서 벗어나려고 창문에서도 가차없이 뛰어내리고, 그러면서도 단 한 번도 생채기 하나 내지 않았을 만큼 생존 본능이 강한 주제에 말이다. 그래서 제후가 그 억지 주장을 펼치는 내내 민 회장 측근들은 말도 안 된다는 표정으로 계속 식은땀을 닦아내야 했지만.

어쨌든, 그렇다면 제후 본인이 신상에서 밝힐 수 있는 부분은 자기도 빠지지 않는 집안에서 특별히 돈 걱정 안 하고 사는 놈이라는 것까지인데…

그러나 아예 직설적으로 '나 안 가난해! 우리 집 부자야! 진짜야, 진짜란 말이다~!' 라고 교실에서 부르짖기까지 했던 민제후다. 그런데도 아무도 자신의 말을 믿어주지 않는 현실에 암담할 뿐이었다. 양치기 소년 같은 거짓말쟁이도 아니었는데 아무도 자기 말을 안 믿다니… 엄청 충격!

'흐음… 하긴, 내가 평소 워낙에 빈대 짓을 많이 하고 다녔어야지.'

일부에선 빈대신공을 십성 이상 연마한 것 같다고 은근히 감탄까지 하지 않았던가. 이것은 현 사회에서 취직을 하지 못해 집에서 방바닥을 긁는 백수들의 절전비기로서 '부르는 곳은 없어도 갈 곳은 많다'의 신조와 긍지를 가지고 가벼운 주머니 사정을 사정없이 비웃으며 끝발 날리게 놀러 다닐 수 있는 절정의 신공!

아, 말이 다른 곳으로 샌 것 같지만 하여튼 주변 상황과 정황이 이러하니 그런 민제후가 성전그룹 전(前) 총수 장 회장의 외손자라는 말은 애들에게 씨알도 안 먹혔다는 건 어쩌면 너무나 당연한 결말이었다.

'에이 씨, 그렇다면 좋.아! 이제부터 너희들이 원하는 대로 가난한 고학생인 척 실컷 뜯어먹어 주겠다!! 음훼훼훼훼~'

…이젠 될 대로 되라인가 보다.

"좋은 아침입니다."

그런데 그때였다. 복잡한 교실로 들어서는 간만에 듣는 낯설지 않은 목소리.

"엇?! 세진이 아냐?"

"세진아!! 이게 어떻게 된 거야?"

모두들 오랜만에 들려온 맑은 미성에 놀란 눈이 되어서 교실 문을 향해 고개를 돌렸다.

"늦지 않았죠? 오랜만에 학교에 오니 기분이 좀 이상한데요."

유세진이다.

파란빛으로 찰랑이는 검은 머리와 새하얀 얼굴, 그리고 약간 날카로운 듯한 눈매를 가리는 검은 뿔테 안경.

병원이나 제후네 일행과 있을 때와는 달리 학교 안에서는 안경을 쓰고 있기에 조금 이질적인 느낌이 들기도 하다. 예리한 시선의 빈틈없어 보이는 녀석이 안경만 끼면 그저 그런 순한 모범생처럼 느껴지니…

"이제 괜찮아, 세진아? 이제 정말 학교 다시 나와도 되는 거야?"

제후가 '쳇! 안경 하나로 인상이 저렇게 변하다니. 완전 사기야, 사기' 라며 중얼중얼대는 사이 유세진 추종자인 여자애들 몇몇이 꺅꺅거리며 세진에게 다가가 묻는다.

"아, 네, 이제 괜찮습니다. 그런데 예지 양은?"

"아~ 오늘 방학식이잖아. 교무실로 호출."

아이들의 대답에 유세진이 천진난만한 순백의 미소를 생긋 지었다.

"아, 네, 그렇군요."

그리고 그 샤방한 미소에 껌뻑 넘어가는 여자애들. 동시에 같은 반 남학생들은 떫은 듯한 표정으로 변모하는 순간이다.

"햐~ 누군 좋겠네."

그런데 그때 그런 유세진을 겨냥해서 빈정대는 목소리?

'엑? 박원우?'

제후는 그 목소리의 주인공이 또 원우인 것을 알고 쟤가 오늘 왜 저러나 싶어 놀라면서 내심 휘파람을 불었다.

원우가 겁대가리를 상실한 채 자리에 털썩 주저앉아 의자에 늘어지게 기대어 껄렁하게 중얼대고 있는 것이 보인다. 한동안 민제후랑 어울리더니 드디어 마이 페이스가 옮아 눈에 뵈는 게 없어진 건지, 아님 지나가던 용기가 '어이, 형씨! 심심한데 나랑 한번 놀아봅시다. 앙?' 하며 하이 파이브라도 쳐줬는지 그건 알 수 없지만 세진에게 시비를 걸고 있는 건 분명 박원우.

어쨌든 대놓고 덤비는 정면 승부도 아니고 유세진을 상대로 은근슬쩍 비꼬고 비웃는 것은 민제후도 후한이 두려워 안 할 짓인데 대단하다.

하긴 박원우를 비롯한 다른 애들은 예의범절 만점인 범생이 유세진밖에 모르니 그럴 수도 있겠지만.

'쯧쯧, 명복을 빌어주마.'

무식하면 용감하다는 건 불변의 진리였다.

제후는 피식 웃고는 원우의 비꼬는 말투에 안경 뒤로 한순간 파랗게 번쩍인 세진의 섬뜩한 눈빛을 깨닫고 은근슬쩍 뒤로 빠졌다.

재미있을 것 같은데?

"누구는 녹색 요정이랑 연.애.도 하고, 지겨운 학교 수업도 빠지고, 좋~겠네! 그런데 또 그나마 학교에 다시 나온 첫날이 방학식이로구나!"

"……."

다시 시작되는 빈정대는 목소리.

그런데 녹색 요정? 녹색 요정이라면 아마도 마리안을 가리키는 소리 같은데.

발 없는 말이 천 리를 가다 성전특고에도 잠시 들렀었나 보다. 스포츠 신문에도 안 났는데 세진과 마리안이 아는 사이라는 건 어떻게 눈치 챈 건지…

'자식들, 그냥 솔직히 부럽고 샘난다고 하면 될 것을. 쯧쯧.'

한데 예기치 않게 마리안이 언급되는 그 말 한마디로 상황이 급변했다.

그래도 이때까진 한 발자국 물러서서 바라보는 것 같던 유세진의 분위기가 갑자기 살을 엘 듯 날카롭고 위험해졌다. 험악하다는 것이 아니라 말 그대로 위.험.했.다.

천진난만하게 생긋 웃고 있는 유세진의 미소가 원우의 시비에도 전혀 흐트러지지 않고 있어 보는 이로 하여금 등골이 오싹하게 만든다. 악의는 없다지만 그런 말을 듣는다면 누구라도 약간이나마 표정이 굳을 만도 할 텐데 흔들림없이 미소를 유지하며 상대의 눈을 똑바로 쳐다보니…….

그런데 초점은 웃고 있는 세진인데 눈은 결코 웃고 있지 않다는 것에 있었다. 표정은 순백으로 웃고 있으나 눈빛은 전혀 다른 사람의 눈인 양 소름 돋을 정도로 차갑게 가라앉아 사람을 질리게 만든다.

푸른빛으로 찰랑이는 검은 머리칼이 매혹적인 그 아이. 그 차가운 소년의 시선을 받은 반 친구들이 움찔하며 물러서는 것이 느껴진다.

'오옷~ 이거 진짜 흥미진진하다―'

발끈하는 유세진이라…

제후는 항상 냉철할 줄 알았던 녀석이 의외의 반응을 보이자 반짝반짝 눈을 빛냈다. 학교에서는 단 한 번도 화내지 않고 방긋방긋 웃으며 순진무구한 척하던 유세진이었기에 이런 상황에서 녀석이 어떻게 나오나 흥미롭게 관찰 중.

'이런 맛에 세진이 놈이 항상 재미타령하는구나.'

그런데 왜 이렇게 예민하게 반응하는지 모르겠다. 세진이가 의외로 마리안과 관련된 일에 지나치게 민감하다고 느껴지는데…

'혹시 쟤들 진짜 사귀는 거 아냐?'

"하하핫. 설마. 말도 안 돼……."

한데 그 순간 두터운 뿔테 안경 너머로 미간을 찌푸리며 불쾌한 감정을 그대로 드러내는 세진의 흑요석 같은 눈동자!!

방심한 건지 평소 페이스를 유지시키는 것도 잊어버릴 정도로 열받아 버린 건지 프라이버시 침해에 나빠진 기분을 둔탱이 민제후도 알아차릴 정도로 여실히 드러낸다.

"…는 게 아니라 말이 되는구나."

요즘 애들은 정말 조숙하다니까. 동민이랑 예지가 이 모습을 봤어야 하는데.

흠… 어쩐지 좀 쓸쓸해진다.

'마리안…….'

그리고 그 이름을 떠올리자 자연히 따라오는 또 다른 얼굴. 윤혜서.

제후는 단아한 이미지의 혜서를 상기하자 가슴에서 뜨거운 뭔가가 치밀어 오르고 심장이 찌르는 듯 아파와 잠시 독하게 입술을 깨물었다. 그러나 좀처럼 볼 수 없는 세진의 이상 행동에 곧 옛 감정을 털어버린다.

잊기로 했으니까… 선택은 미래였으니까… 지독하다 해도, 이기적이라 해도.

"이, 이런 씨!! 그 눈초린 뭐야, 유세진!!"

아! 드디어 시작인가?

제후가 째지게 터지는 원우의 큰 소리에 혼란스런 머리 속에서 현실로 다시 주의를 돌렸다. 싸우려나 보다. 그래, 애들은 싸우면서 크는 법이다.

"뭘 어쩌겠다는 거야, 너!"

"무얼 말입니까? 제가 지금 뭐라고 했나요? 홋! 전 아무 말 없이 가만히 있었는데요."

"지금 날 비웃으며 야리는 거잖아!!"

"쿡! 착.각.이시겠죠."

당연한 것이지만 원우가 세진에게 밀린다.

유세진의 분위기에 벌써부터 압도된 원우는 무작정 소리 지르는 것에 반해서 세진은 천진난만한 미소 속에 조용한 어조로 일관할 뿐이다. 물론 눈빛은 여전히 싸늘하고 목소리는 차갑다.

"쳇! 연예인이랑 사귀면 범생이도 성질 부릴 줄 알게 되나 보지?"

'와우~ 나이수 샷~ 박원우!!'

유세진, 크게 한 방 먹었다.

하지만 모처럼 통쾌하고 즐거운 제후와는 달리 세진이는 전혀 재미 없나 보다. 세진이 미간을 잠깐 꿈틀하더니 제후도 처음 보는 무시무 시한 눈초리로 상대를 노려보며 주먹을 꾹 틀어쥐는 것이 보인다.

"와앗! 이런이런… 왜들 그래, 오늘같이 좋은 날. 응?"

그만 말려야지. 잘못하면 애 하나 잡겠다.

"방학을 맞이하는 경사스런 날인데다가 우리 세진이 완쾌된 것을 축 복해야 할 좋은 날에 말야. 이렇게 쓸데없는 걸로 얼굴 붉히면 쓰나."

제후는 세진이 녀석 폭발하는 꼴을 한번 보고 싶었지만 그럼 아무래 도 큰 사단이 날 것 같아 안 되겠다 싶었다.

그리고 보너스처럼 또 한 가지 새롭게 깨달은 것은 저 얼음왕자 녀 석이 청록색 눈동자의 은빛 요정에게 생각보다 마음을 많이 주고 있는 것 같다는 것. 겨우 빈정대는 말 몇 마디에 평정을 잃는 것이 그 증거 고.

솔직히 놀랐다. 물론 본인은 아직 그런 자기 마음을 눈치 채지 못하 는 모양이지만.

"쿡쿡."

제후가 세진이 움직이기 직전에 후닥닥 달려가 원우와 세진, 그 두 소년을 양팔로 억지로 어깨동무를 한 상태로 넉살 좋게 씨익— 웃음 짓는다.

"뭐야, 민제후!"

"뭡니까!"

서로 험악해진 얼굴로 고개를 홱 돌려 동시에 소리치니, 둘…

똑같다. 어리버리 박원우나 완벽주의 유세진이나. 이제야 제 나이 또래 같아 보이는 세진이의 모습이 더 흥미롭지만.

"어허~ 웃는 얼굴에 침 못 뱉는다고 했다. 그러니 우리 서로를 향해 방긋방긋 열심히 웃어주자. 게다가 오늘은 방학식이 아닌가! 하늘도 우릴 축복해 주느라 햇님도 구름님도 방긋 웃음 짓는데 한낱 인간으로서 얼굴 찌푸리며 싸움박질을 할 순 없는 노릇! 오늘같이 아름다운 날은 마음에 여유와 자비를 품고 아리까리한 인생살이 어야둥둥 즐겁게 살아보세~ 오오~ 세상은 아름다워. 오~ 해피 데이~ 그렇지 않은가, 여러분?"

"그게 무슨 헛소리야, 임마!"

"하하하, 그러니까, 즉 천지인(天地人), 하늘과 땅, 인간에 대한 이 민제후의 심오한 진리 탐구와 세상에 대한 찬양이라고 할 수 있네, 친구."

"쉽게 말해!"

성격도 급하군.

"그러니까 우주와 만물을 간추려서, 힘들지만 비교적 쉽게 이야기하자면……."

"한 문장으로 간. 략. 하. 게!"

조용.

"친구끼리 사이좋게 지내자…… 그거지."

벗이 원하는 대로 가지 치고 줄기 쳐서 기둥뿌리만 이야기했다.

"……."

"냐하하하하~"

"빌어먹을… 언젠가 네 녀석 머리를 갈라 뇌 구조를 연구할 테다."

'아차, 원우 녀석 의대 지망이었다. 딸꾹!'

어쨌든 그와 함께 어색하게 굳어졌던 교실 분위기도 곧 훈훈하게 풀어졌다.

요즘 너무 칙칙한 분위기 속에서 허우적거리고 다녀서 간만에 오바한 게 조금 효험(?)이 있는 것 같다. 그래도 아직 몸이 잘 안 풀려서 그런지 신체 반응은 진지 모드 쪽으로 익숙하게 굳어져 버려 좀 힘들다. 뭐, 저택 사람들은 이제야 철들었네 어쩌네 하지만.

'짜식. 진작에 그럴 것이지.'

제후는 긴장을 풀고 덩달아 편안한 웃음을 터뜨리는 세진을 쳐다보며 흐뭇한 미소를 떠올렸다.

그리고 이제 보니 지금의 세진은 결벽증도 많이 없어진 듯. 예전 같았으면 어깨동무는 고사하고 누가 자기 어깨에 손만 얹어도 상당히 불쾌해했을 텐데.

하지만 그건 그거고.

"므흐흐흐~ 그런데 어디까지야?"

"네? 뭘 말씀이십니까?"

궁금한 건 궁금한 거다.

간만에 진실로 편안해 보이는 세진에게 방글방글 웃으며 진지하게 물어보자 세진이가 어리둥절해서 쳐다본다. 한순간일지도 모르지만 가면을 벗어버리고 이제야 제 나이를 찾은 듯한 지금의 유세진에게 물어야 그 답을 들을 수 있을 것이다! 만약 묵비권을 행사한다 하더라도 어느 정도 감정이 얼굴에 드러날 테니…

제후가 '오홍홍홍~'이라고 음흉하게 웃으며 가늘게 뜬 눈으로 세진에게 슬금슬금 다가갔다. 그리고 그에 맞춰 알 수 없는 불안감에 휩싸여 뒷걸음질치는 세진 군.

"아니, 나도 그냥 애들처럼 궁금해서. 마리안이랑 진도 어디까지 나갔냐? 아참, 사귀기로 한 거긴 한 거냐? 맞지?"

갑자기 얼굴에 불이 붙듯 화악 붉어지는 세진이.

"그, 그게 무슨!!"

어쩔 줄 모르는 모습이 참 귀엽다.

'흠… 아무래도 진도가 좀 나간 모양이야.'

다시 한 번 느끼는 거지만 요즘 애들은 진짜 조숙하다.

"우왓!! 진짜냐? 진짜냐, 유세진? 진짜 너, 마리안이랑 사겨? 네가 정말 지금 3개 방송사 가요 순위 상위 차트를 모두 석권한 히트곡「달콤한 꿈」을 부른 우리의 요정 마리안이랑 사귄다고? 네가 정말 이번 성전영상사업단의 초절정 히트를 친 포스터 모델 마리안 양이랑 사귄단 말이냐?"

"아니, 그게 저……."

"우와아앗!! 이건 말도 안 돼!! 나의 천사 마리안이~"

영재고 천재고 간에 애들은 역시 애들이다. 혈기 왕성한 십대 소년들이 현재 대한민국 톱 아이돌 스타인 마리안이 세진의 여자 친구라는 소리에 눈에 불을 켜고 달려든다. 곧 대만과 홍콩, 일본 진출까지 눈앞에 둔 깜찍한 녹색 요정이 같은 반 친구의 여친이라는 소리에 머리 속이 다들 하얗게 날아간 모양이다.

"그, 그건 그렇다 치고… 그럼 너, 진짜 어디까지 나갔어? 제후 말대로 진도 어디까지 간 거야? 엉?"

"네? 그게 저……."

"손목? 팔짱?"

"그게요……."

당황해서 그런가? 오늘은 신기하게 세진이가 그 특유의 냉랭한 표정을 유지하지 못하고 있다.

색다른 느낌.

"그것도 아니야?! 그럼 서, 설마… 입술?!"

"……."

침묵.

"우아악!! 이건 말도 안 돼!! 이건 꿈이야!!"

여학생들은 '꺄아～ 싫어, 세진아' 라고 꺅꺅거리고 남자애들은 머리를 부여잡고 패닉 상태에 빠져 있는 녀석과 진중하게 자리에 앉아 머리를 책상에 쿵쿵 박으며 현실 도피 하는 한 떼거리, 또 차라리 모든 걸 인정하고 새끼치라고 할까 고민에 빠진 실속파 등으로 나뉘어졌다. 기타 반응으로 '으아앙' 하고 울음을 터뜨리며 교실을 뛰쳐나가는 학생도 한두 명 있었음을 밝혀두는 바이다.

세진은 그렇게 엉망으로 뒤집어져 절규하는 아이들 사이에서 곤란해하며 붉어진 얼굴로 고개를 돌리고 있었다.

"…제.후. 군."

그리고 그때쯤 민제후는 자신의 이름을 한 자 한 자 끊어 다정히(?) 부르는 유세진의 음산한 목소리를 들을 수 있었다.

'아하하… 이런, 좀 떨리는데.'

뒤늦게 아주 조금 세진의 보복이 두려워져 얼빵한 웃음으로 때우는 제후였다.

강렬하고 빠른 비트의 리듬이 터진다.

방금까지 정적이 감싸고 있던 어느 공간이 CD 플레이어가 작동되는 미세한 기계음과 함께 매력적인 팝으로 가득 울리기 시작했다. 그리고 그 음악 한가운데에 서 있는 소녀 마리안.

순간 강렬한 느낌, 경쾌한 비트의 전주가 끝나고 팝송이 시작됐다. 그리고 그와 동시에 번쩍 떠진 그녀의 두 눈!

신비로운 청록빛 눈동자. 마치 최상으로 세공된 아름다운 녹빛 보석 두 개를 보는 듯한 매혹적인 아름다움이 노래의 시작과 함께 떠졌다.

「Oops I did it again」!

연습실을 가득 채우는 브리트니 스피어스의 매력적인 목소리에 맞춰 마리안이 역동적으로 춤을 추기 시작한다. 다이나믹하고 사람을 매혹시키는…

한국의 브리트니 스피어스라는 별명답게 마리안은 그 노래 자체를 자신이 부르는 것처럼 하면서도 흡입력있는 댄스를 선보이고 있었다.

리듬에 맞춰 유연하게 흔들리는 골반.

비스듬히 다가오는 남자를 유혹하는 눈빛.

더구나 도도하면서 자신감이 넘치는 마력(魔力)의 미소와 손짓.

사람을 홀리는 매혹적인 댄스는 만약 구경꾼이 있었다면 얼이 나가 입을 헤벌릴 정도로 너무나 섹시하고 역동적이다. 보고 있자면 자신도 모르게 그냥 얼굴을 붉어지는 그것.

이 소녀가 과연 열여섯이 맞는 걸까?

움직이는 대로 허리까지 찰랑이는 은빛 머리칼이 땀에 젖은 어깨와 얼굴 주위로 자유롭게 물결치고 눈을 의심케 할 만큼 진한 유혹의 향기를 내뿜는다.

포니테일 스타일로 하나로 높이 올려 묶은 은빛 머리는 너무 길어서 묶으나마나 등허리까지 치렁하게 흔들렸다.

구불구불 굽이치는 화려한 은빛 폭포수 같은 머리칼. 열여섯이란 아직 앳된 나이임에도 꾸준한 트레이닝으로 인해 균형 잡힌 몸매와 사랑스런 작은 얼굴이 너무나 예쁜 소녀. 하지만 이마와 목덜미를 시작으로 온몸을 흠뻑 적시고 있는 땀은 단순히 '어리다'는 말을 입에 올리지 못할 정도로 프로패셔널하다.

마리안(Marian).

한국 이름으로는 채마리란 이름의 소녀.

데뷔한 지 얼마 되지 않아 국내 가요 차트를 한 번에 휩쓸었고, 현재 일본, 대만, 홍콩 진출 초읽기에 돌입한 대한민국 최고의 아이돌 스타.

게다가 이것은 역시 이런 대형 스타의 자리는 TV 카메라 앞에서 인형처럼 예쁘게 치장하고 나와 단순히 '여러분, 사랑해요'를 연발하며 얻은 것이 아니라는 것을 보여주는 현장이다. 백댄서들도 연습을 끝내고 돌아간 듯한데 혼자 남아 음악에 몸을 맡기고 있는 이 작은 소녀의 열정이 놀라울 따름이다. 더구나 오랜 연습 시간으로 머리칼도 땀에 젖어 뺨에 찰싹 달라붙어 있지만 마리안의 얼굴엔 피곤한 안색이 없다. 아니, 오히려 에너지가 넘쳐 생기발랄한 미소를 머금고 있으니…….

여기에서 다시 한 번 그녀의 인기와 매력이 어디에서부터 시작되는지 느끼게 한다.

그러나 시작이 있어 끝도 있는 법.

마침내 마리안이란 매혹적인 소녀의 다이나믹한 댄스가 브리트니 스피어스의 노래가 끝남과 함께 인상적인 마지막 모션을 강렬한 끝으로 아쉬운 막을 내렸다.

"하아… 하아……."

CD 플레이어에서 흘러나오는 노래가 끝나자 춤추는 동안 얼굴에서 떠나보내지 않던 상큼한 미소가 마리안의 얼굴에서 사라졌다. 대신 힘들어 죽겠다는 표정.

곡이 끝난 뒤 한동안의 여운을 마지막 동작으로 멈춰 있던 마리안이 크게 한숨을 내쉬면서 마루 바닥에 허물어지듯 주저앉았다.

"하이고… 몸이 고되니까 잡생각은 안 들어서 좋긴 한데……."

헐떡이는 숨을 가다듬던 마리안은 어떤 사람들의 얼굴이 떠올랐다. 알게 된 시간은 길지 않지만 지금까지 만났던 누구보다도 인상이 강하게 남는 사람들. 피식 웃음이 나온다.

'다들 이번 불꽃 축제 콘서트에 꼭 불러야지.'

모두 보고 싶다.

외할머니의 혼혈계 피를 이었기 때문에 특이한 금갈색 머리를 가졌다는 제후 오빠. 하지만 성격도 머리카락만큼이나 굉장히 독특하고 특이한 소년이었다.

그리고 그 다음은 여왕님처럼 아름답고 위엄있는 혜영 아줌마. 제후 오빠의 어머니라고 하는 믿을 수 없는 사실이 놀라웠지만 시간이 갈수록 이상하게 점차 당연하다는 듯 수긍하게 되는 신기한 일을 겪었다.

또 예지 언니는 천사처럼 너무 예쁘고 상냥했다. 그런데 여기에서 마리안이 발견한 이상한 점은 그렇게 착하고 상냥한 예지 언니가 제후 오빠한테만은 너무너무 쌀쌀맞고 겁나게 대한다는 것이다.

'하긴, 맞을 줄 뻔히 알면서 먼저 장난 거는 제후 오빠가 더 큰 문제지. 푸홋!'

다음으로는 이미 학위도 몇 개 갖고 있다는 천재 동민 오빠.

이 사람은 똑똑하고 자상한 데다가 얼굴까지 끝내주게 잘생긴 킹카다. 마리안은 연예계 생활을 하면서 잘생겼다고 하는 수많은 남자 탤런트나 가수들을 봐왔지만 신동민처럼 잘생긴 소년은 처음이었다. 더구나 분위기도 날라리들처럼 요란한 액세서리 등으로 꾸며서 괜찮다는 느낌을 갖게 하는 것이 아니다. 신동민의 분위기는 조용히 있는 그대로의 모습에서 흐르는 지적인 분위기와 샤프한 매력이었다.

외모에도 격이 있다는 것을 처음으로 느꼈다고나 할까?

하지만 그 사람들이 아무리 예쁘고 멋지고 대단하다고는 하나 마리안의 신경은 훨씬 전부터 또 다른 한 사람에게 쏠려 있었다. 자신과 동갑이지만 머리가 뛰어나게 좋아 벌써 고등학교 2학년인 유세진이란 이름의 소년.

아직 한참 자라는 중이라 민제후나 신동민보다는 약간 작은 키, 그리고 하얀 얼굴과 대비되는 새까만 머리칼과 눈동자가 매혹적인 남학생. 그 검은빛이 너무나 깊고 깊어서 파르스름한 빛을 뿜어내어 상대의 영혼을 빨아들이는 듯하다.

화르륵—

아마도 사람의 얼굴에 진짜 불이 붙는다면 이런 소리가 났을 텐데.

"아앗! 잠시 방심한 사이 또 생각나고 말다니!!"

마리안의 얼굴이 토마토처럼 새빨갛게 익어버렸다. 그 빨개진 얼굴을 어쩔 줄 몰라 하며 두 손으로 감싸고 허둥대는 모습이 귀엽기 그지없지만 곧 그 녹색 요정의 표정이 다시 멍해져서 의아해진다.

소녀의 몽롱한 눈이 꿈속을 헤맨다.

살짝 닿아오던 입술.

그때 더욱 가까이 다가온 세진의 향기.

'마, 맞아. 그런 일이 있었지.'

마리안은 헤헤거리며 며칠 전의 일을 회상하다 그 다음엔 다시 그 일을 떠올리고 있는 자신에게 화들짝 놀라 새빨갛게 익어버린 얼굴을 두 손에 묻고 바닥에 철푸덕 엎드렸다.

'꺄아~ 난 몰라! 지금 헤실거릴 때가 아니잖아! 이젠 어떡해~! 이제 어떻게 세진 군 얼굴을 보지?'

유세진이 부르자 아무 생각 없이 고개를 돌렸던 마리안. 그리고 그 순간 예기치 못했던 입맞춤.

하지만 마리안은 너무 놀라서 첫 키스 내내 두 눈을 동그랗게 뜨고 있었다. 반면 세진은 살짝 내리 감은 눈으로 부드럽게…

'우—아앗!! 또또! 안 돼, 마리안!! 생각하지 마, 생각하지 마!! 꺄아~ 안 돼!!'

그러나 그게 잘 안 된다.

'으윽~ 어떡해… 나 너무 응큼한 거 아닐까?'

마리안이 두 팔을 파닥파닥거리다 다시 머리를 감싸 쥐고 울상을 지었다. 아무래도 첫 키스 생각이 떠나지 않는다. 그 뒤로 며칠이 지났는데도 시도 때도 없이 그때 일이 떠오른다. 그래서 전엔 몰랐었는데 자신이 사실은 굉장히 음란한(?) 여자가 아닐까 고민에 빠져 울고 싶은 마리안이었다.

첫 키스… 키스… kiss… k.i.s.s.

그래도 한 가지 다행인 것은 불꽃 축제 콘서트 준비로 밤을 새면서 연습하는 동안은 그런 부정한 생각에 빠질 여유가 없다는 것이었다.

그러나 또 한 가지 불행한 사실도 있었으니… 바로 그 바쁜 일정 속에서도 이렇게 조금 한숨이라도 돌릴라 치면 여지없이 도로 생각난다는 것이었다.

'이런 응큼한 내 속마음을 알아채면 세진 군은……'

마리안이 이번엔 안절부절못해서 붉어진 얼굴로 기분 탓인지 열기가 느껴지는 입술을 손등으로 꾹 눌렀다.

상대의 내면을 꿰뚫어 보는 듯한 유세진의 검은 눈동자와 그 소년다운 시원한 맑은 향기, 따뜻한 감촉 등이 자꾸 떠오른다. 생각이 꼬리에 꼬리를 물고 길어질수록 곤혹스럽다.

"아마 나한테 정나미가 떨어질 거야… 허걱!"

거기까지 생각이 닿으니 다음 생각을 하기도 전에 신체 반응부터 먼저 일어난다.

하얗게 비워져 버린 머리 속. 그러나 그것과는 정반대로 그 큰 청록색 눈에 순식간에 그렁그렁하게 차 오르는 눈물. 은빛 머리칼의 아름다운 소녀는 '마리안에게 실망했습니다' 라고 쌀쌀맞게 대답하는 유세진을 상상하곤 마치 버려진 은고양이처럼 불쌍하게 축 처져 버렸다.

그러나 그 다음 순간,

"안 돼!! 싫어!!"

곧 마리안, 언제 그랬냐는 듯이 무시무시하게 번쩍이는 눈으로 결의에 가득 차서 주먹을 불끈 쥐었다.

"싫어! 그렇다면 더욱 도망 못 가게 붙잡아야쥐!! 그래! 혜영 아줌마도 그랬어! 사랑은 쟁취하는 것이라고! 또한 용감한 자만이 미인(?)을 얻는다고 했떠!! 프흐흐흐……."

좀 전의 애처롭게 눈물을 글썽이던 미소녀는 어디로 간 것일까?

아무래도 민제후와 장혜영 여사가 버려놓은 인간이 여기 하나 더 있는 것 같다. 혼자 북 치고 장구 치고, 거기다 박력까지 넘치는 마리안의 모습을 보아하니 유세진은 이 시각 어디선가에서 이유 모를 한기에 부르르 떨고 있을 듯하다. 그리고 이 대책없는 아가씨를 감당하려면 세진이가 좀 피곤할 것 같다는, 안됐다는 생각도 함께 든다.

한데 그때였다. 그 순간 갑자기 마리안의 등골을 스치고 지나가는 오싹한 한기.

'누구?'

마리안은 누군가 자신을 몰래 지켜보고 있다는 것을 느끼고 순식간에 공포에 빠져들었다. 지금 이 근처엔 사람들이 없는 것 같은데.

마리안은 문 실장님이 절대 혼자 다니지 말고 조심하라고 했던 말을 기억하고 겁에 질렸다. 세진이도 예전에 혼자 문병 온 그녀를 보고 무섭게 화를 내지 않았던가. 아직 위험하다고, 나쁜 사람들이 더 있을 수 있다고. 하지만 오늘은 워낙에 많은 사람들로 북적거렸던 연습실이라 혼자 움직이지 않는 것만 생각했지 그만 혼자 남는다는 생각은 못하고 말았다.

다가온다. 가벼운 발자국 소리. 하지만 뒤돌아서기 무섭다.

그리고 마침내 다가온 그 낯선 인물이 팔을 뻗는 것이 느껴진다. 그 손아귀에 잡힌다!

"꺄아— 엄마야!!"

"어머, 마리안? 왜 그래? 무슨 일 있어?"

"어… 어엇? 선생님?!"

상상력이 지나쳤던 건가?

자신을 잡아챈 사람은 살인자나 스토커가 아니라 마리안의 이번 새 앨범의 안무를 담당하는 선생님이시다.

"뭐예요, 선생님! 놀랐잖아요!"

"호호호~ 미안미안. 그런데 마리안이야말로 돌아가지 않고 여기에서 뭐 하는 거야? 이제 좀 쉬었다 와도 돼요."

"전 이게 쉬는 건데요?"

안무 선생은 화려한 외모의 소녀가 말똥말똥 쳐다보며 하는 말에 어리둥절해졌다.

얼마 남지 않은 대형 콘서트 준비로 어제도 밤새도록 연습을 강행군했는데 무슨?

"춤추고 노래하는 거, 재밌잖아요. 헤헤헤."

상큼하게 방긋 웃으며 말하는 이 어린 소녀의 말에 안무 선생은 그녀의 에너지에 질리면서도 어쩔 수 없다는 듯 빙그레 미소를 떠올렸다. 평소에는 보이는 것과는 달리 별다를 것 없는 소탈한 보통 소녀이지만 일이 연관되면 무서워지기까지 하는 아이. 아직 십대 소녀이지만 마리안은 프로다.

외모는 모델로서 활동하는 만큼 더 이상 말할 것도 없었고, 어린 나이답지 않은 놀라운 가창력과 끼가 넘치는 춤 실력, 또한 무대에 서면 사람을 열광시키는 매력을 마음껏 뿜어내어 이 아이가 스타로서 세계로 뻗어 나갈 재목이란 점을 그녀는 의심치 않았다.

"하여간 넌~ 훗!"

안무 선생은 이번에 위성과 케이블 TV로 동북아시아 전역에 생방송으로 방송되는 여름 불꽃 축제 콘서트를 계기로 해외 진출을 시작하는 마리안이 꼭 성공하리란 걸 믿었다. 물론 그 무대엔 일본, 중국, 대만, 영국 등 해외 유명한 가수들도 함께 참가하지만 이 아이라면 절대 자신의 독특한 빛을 찬란히 보여줄 거라고.

멀지 않은 시일 내에 한국에서 세계적인 스타를 배출해 낼 것이 틀림없었다.

한편 그렇게 마리안이 컨디션 관리도 중요한 거라고 선생님에게 야단맞고 있을 그때, 연습실 문밖에서 몰래 지켜보는 낯선 그림자가 있었다. 그리고 그것이 한동안 그들을 노려보고 있다가 조용히 모습을 감 췄다는 것을 그들은 눈치 채지 못했다.

《에, 그리하여 오늘 우리 성전특고는 여름 방학을 맞이하게 되었심 다. 에, 그러니까 여름방학이란 무엇이냐! 에, 그것은… 학생들의 자율 적인 학습…… 에, 어쩌고저쩌고…… 에, 이러쿵저러쿵…… 에, 어쩔 시구리 저쩔시구리…….》

교장 선생님 훈시가 있었다.

그러나 어느 학교나 마찬가지이듯 교장 선생님의 말씀을 듣는 자리 는 너무나 힘들고 고통스러운 시간이 아닐 수 없다. 이곳 엘리트 명문 고교인 성전특고도 그것을 피해 가진 못했다.

수면제보다 뛰어난 효능을 발휘하는 평이한 어조와 문장을 시작하 기 전에 항상 먼저 튀어나오는 '에' 라는 말머리는 학생들의 지루함을 배가시키며 고문한다. 객관적인 시간으로는 얼마 되지 않을 교장 선생 님 말씀이지만 그 순간에는 왜 이리 견디기가 힘든지… 마치 그 순간 만큼은 시간이란 게 엿가락처럼 죽죽 늘어진다고 느끼며 눈이 돌아간 다.

《에, 그럼 마지막으로 한마디 더 하자면…….》

'또 마지막이냐? 으윽… 벌써 세 번째 마지막이라구요!'

제후는 눈앞이 어질어질한 것 같은 느낌에 빨리 방학식이 끝나길 기 도했다. 강당도 예전에 음악제나 문화 공연을 할 때 사용한 좌석이 있 는 곳을 이용하면 될 것을 왜 군이 학생들을 열중쉬어 자세로 꿋꿋이 세워둬야 하는지 그 이유를 모르겠다.

'앉아서 방학식하면 엉덩이에 치질이라도 걸려? 쳇!'

《에, 그럼 또 마지막으로…….》

'네네, 이번이 네 번째 마지막이네요.'

그렇게 민제후가 이제 미친 척하고 빈혈기있는 여학생처럼 픽 쓰러져 버릴까 진지하게 머리 뽀개며 고민할 그때였다.

《저는 오늘 이번 록히드마틴 사 주최의 국제 미래 항공기 설계 제작 공모에서 당당히 깊은 인상을 심어준 한 참가자가 우리 학교 학생이라는 자랑스런 소식을 들었습니다. 가상의 수요자가 요구하는 까다로운 설계 요구에 부흥하면서 획기적이고 창조적인 아이디어로 많은 국제 항공기 전문가들을 놀래켰다는 소식이었죠. 물론 그것은 실용성과 부차적인 다른 이유들로 인해서 실격하여 그랑프리를 잡을 수 없었으나 신선한 충격이었다고, 그 대회 주최자께서 저에게 직접 전화를 주셨습니다.》

'뭐? 오호~'

제후는 한자리에 꼼짝 않고 부동 자세로 꼿꼿이 서 있기가 힘들어 이리저리 몸을 비틀다가 다음 교장 선생의 말에 눈빛을 달리했다.

한마디로 상은 못 먹었어도 국제 전문가들에게 될 성싶은 어린 떡잎으로 인정받은 놈이 여기에 있다는 것이다. 그 소리에 제후는 귀가 쫑긋 일어섰다. 아직은 학생이지만 누군진 몰라도 앞으로 미래의 자신에게 꼭 필요한 녀석이 될지도 모른다.

현재 단군 프로젝트가 진행되고 있었다. 그리고 후에 세월이 많이 흐른 뒤에도 단군 프로젝트는 여전히 주춧돌이 되어 끊임없이 계속 이어가야 할 것이다. 미래, 저 멀지 않은 미래에 대성전그룹은 그 인재를 필요로 하게 될지도 모른다. 인재는 아무리 많아도 부족한 법이다.

그런 생각이 드니 그 지긋지긋하게 듣기 싫던 지루한 교장 선생님의 목소리가 더 듣고 싶어지는 제후였다. 두근두근 심장이 빨리 뛰고 흥분되어 조급증이 일었다.

　어떤 대단한 녀석인지…

　'빨리요, 교장 선생! 빨리 그 녀석 이름을 말하라구!!'

　《에, 정말 자~랑스럽습니다. 세계 최고의 항공기 전문가들이 혀를 내두르며 가능성을 칭찬했다니. 정말 노올~랍습니다! 에, 그런데 그런 학생이 바로 우리 성전특고의 공학과 엔지니어링 부분 전공, 클래스 C—Ⅰ의 3학년 학생이었던 것입니다.》

　'아, 역시 전공이 클래스C였군! 그런데 지금 3학년?'

　하긴 항공기 설계와 제작이라면 기계, 전자, 엔지니어링 전공인 클래스C라는 것이 당연하다. 그건 단순히 머리가 좋은 것만으로 할 수 있는 일은 아니니.

　《에, 게다가 그 학생의 소식을 듣고 알아본 바 너무나 품행이 방정하고 바른 학생인 것을 알고 이 교장 선생님, 얼마나 감격했는지 모릅니다.》

　'알았어요! 그러니까 그게 누구냐니까요?'

　《에, 그 학생은 여러분들도 모두 얼굴쯤은 알고 있을 겁니다. 아침마다 교문에서 보았을 테니까요. 성적도 우수하고 타에 모범이 되는 생활 태도로써 현재 선도부 부장을 맡고 있는 학생입니다.》

　'아, 진짜 짜증나네!! 그러니까 이름을…… 엥? 잠깐! 지금 선도부장이라고?'

　"에엑—!!"

　제후가 조급증에 투덜대다 작달막하고 배가 나온 대머리 교장 선생님의 말을 듣고는 그만 비명 같은 경악성을 터뜨렸다. 하지만 다행스럽게도 그전에 벌통처럼 웅성거리는 아이들 소리에 그 소리가 묻혀 들리지 않았다. 그래서 다만 휘둥그레 커진 눈으로 입을 벌리고 굳어버린 민제후가 아이들 무리 속에 섞여 있을 뿐이었다.

'선도부 부장이라면……!'

《에, 그래서 교장인 본인은 그 기쁜 소식에 이번 일을 계기로 클래스C 전체에게 더욱 열심히 학업에 정진하라는 뜻에서 전공 연구 지원비를 인상하고자 합니다. 에, 물론 또한 그 학생에게 별도로 전공 연구 특별 지원금을 장학금 형식으로 전달하겠습니다. 그럼 3학년 C-I반 문승현, 앞으로.》

"문. 승. 현?!"

"와아아—"

제후가 '허걱' 하며 놀라고 있는 사이 강당의 단상 위로 문승현이 올라가 교장 앞에 섰고, 같은 클래스 녀석들과 선도부 아이들은 그가 특별 지원금을 전달받자 환호를 질러댔다. 그리고 문승현의 반응은 워낙에 무표정하고 무감동한 녀석이라 제후가 아무리 시력이 좋아도 도무지 좋아하는 건지 싫어하는 건지 알 수가 없었다.

처음 만남부터 특별했지만 문승현의 성격과 기질도 특이하고 저번에 그의 전공 연구실 창고로 찾아갔을 때도 그 아이가 대단하다는 건 느낄 수 있었다. 그렇지만 설마 이 정도로 실력파인 줄 몰랐던 제후는 조금 어리벙벙했다. 아주 가까운 곳에 있던 보석이었는데 자신은 그 가치를 깨닫지 못했던 것이다. 오늘 일이 아니었다면 어쩌면 평생 깨닫지 못했을 수도 있었다. 그러면서 무슨…….

"햐! 이런 세상에. 푸하하하하! 푸후후후후후!!"

옛날 언젠가는 자신은 빈틈이 없다고 생각한 적도 있었다. 하지만 그게 아니라는 것을 깨닫게 되었었다.

그리고 이번 생에선 다른 건 몰라도 나 자신은 다른 사람들과 한 가지는 다르다고 생각했다. 자유롭다고. 생각도 자유롭고, 삶에서도 자유롭고, 세상에서 자유롭다고. 하지만 이번에도 그 생각에 조금씩 금이 가려 한다.

하지만 문승현이라는 친구의 새로운 모습을 발견하였기 때문인가? 기분이 나쁘지 않았다. 유쾌했다.

'다음 기회에… 둘이 한번 꼭 봐야겠군.'

제후는 방학식이 이런저런 소란 끝에 겨우 마무리되자 흩어지는 학생들 틈에서 문승현을 찾다가 아직도 선생님들과 학생들 사이에 묻혀 있는 걸 보고 다음을 기약하며 웃으며 돌아섰다.

제후는 문승현 선배에게 아주 큰 제안을 할 생각이었다. 신동민과 유세진처럼 자신의 일을 도와줄, 아주 큰 제안. 그 시기가 아직은 먼 훗날이래도.

금갈색 머리칼의 소년은 모처럼 즐거운 오늘 기분을 유지한 채 발걸음도 가볍게 해서 교실로 향했다. 방학도 했겠다, 기분도 좋겠다, 앞으로 수학여행도 기다리고 있고. 모두 즐거운 일만 남은 듯해서……?

"어? 너, 여기서 뭐 해, 세진아?"

제후는 교실 문을 열고 들어서다가 문가 가까이의 벽에 팔짱을 끼고 기대서 있는 유세진을 발견하고 의아하게 물어보았다. 하지만 돌아오는 대답은.

생긋—

'생긋?

세진이 그냥 웃기만 한다.

어쩐지 불길한 예감.

제후는 유세진의 깨끗한 미소에 어쩐지 기분이 불안해져서 서둘러 자리로 돌아가려고 했다.

강당에 가기 전 뭔가 보복을 당할 거라고 생각했는데 빨리 강당으로 모이라는 방송이 세진의 손아귀에서 자신을 구해주지 않았던가. 그렇다면 그리 쉽게 잊는 성품이 아닌 유세진이 저렇게 해맑게 웃어준다는 것은 상당히 사람을 불안하게 만든다.

'저 녀석, 도대체 무슨 음모를 꾸미고 있는 거야?'

그런데 그때 막 돌아서서 자기 자리로 들어가려던 제후를 세진이 불러 세웠다.

"잠깐만요, 제후 군."

"어?"

하지만 제후는 그때 자신을 부르는 소리에 반사적으로 고개를 돌려 무방비 상태로 세진을 바라본 것에 대해 곧 땅을 치고 후회하게 되었다.

민제후의 눈에 모든 사건들이 아주 천. 천. 히. 슬로 모션으로 보여지고 있었다. 제후가 뒤돌아보는 그때, 한 무리의 남학생들이 농구공을 가지고 장난을 치며 우당탕탕 뛰어 들어오고 있었던 것이다. 바로 기타 등등 브라더스들.

강당에서 교실로 돌아오는 학생들이 많아서 교실은 어수선하고 복도는 복잡했다. 그런데 그런 복도를 한 무리가 촐랑대며 뛰어들어 오니… 당연히 그들은 유세진이 교실 문 옆에 기대서 있는 걸 몰랐다. 아니, 알았어도 그저 자기들끼리 떠들며 스쳐 지나가려 했다. 그리고 그때 제후는 보았다. 유세진이 아주 천진난만하게 생긋 웃으며 소리없이 아주 살.짝. 그들의 앞에 발을 내미는 것을. 나비처럼 날아 벌처럼 쏜다는 말처럼 사뿐히 발을 내밀어 아주 정확하고 적절한 타이밍에 넘어뜨리는 그 간단한 동작! 그러나 문제는 유세진이 같은 클래스의 장난꾸러기들인 기타 등등 브라더스들의 발을 걸었다는 사실이 아니었다. 그 아이들이 무너지며 덮치는 위치가 문제였다.

"······!!"

너무나 충격적인 사태였고, 정말 눈 깜짝할 사이에 벌어진 일이라서 제후는 '안 돼'라는 비명조차 지르지 못했다. 설명은 길었지만 정말로 유세진의 부름에 고개를 돌리는 것과 거의 동시에 벌어진 일이었으니······.

게다가 기타 등등 브라더스들이 무너지면서 제후를 덮쳤고 결국 일어나선 안 되는 일이 벌어지고 말았다.

입술에 뭔가 물컹하게 닿는 느낌. 더구나 상대방이 발이 걸려 넘어지면서 부딪친 것이기에 입가가 찢겼는지 녹 맛이 났다. 제후는 여자도 아닌 머스마들과 부딪쳐 입술 박치기를 했다는 사실을 인지하기 어려웠다. 그리고 그전에 그는 우선 자신의 위로 무너지는 남자애들 뒤로 사악하게 웃음 짓는 유세진을 본 듯했다. 보복치고는 아.주.아.주. 사.소.한. 불.행.이지 않냐고 입 모양으로 말하며 한쪽 입꼬리를 사악하게 치켜 올리는 유세진을.

"끄아아아아악~!!"

성전특고 특급 클래스에 인간적으로 너무나 처절한 절규가 울려 퍼졌다.

"아하··· 하하··· 이런, 말도 안 돼······. 나한테 이런 개 같은··· 일이··· 허허허~ 인생 무상이로세······."

제후에게 정신적인 데미지가 너무나 컸나 보다. 충격받아 이런저런 헛소리를 뱉어내니. 하지만 같이 부딪쳤던 남자애들은 워낙에 장난꾸러기들이고 같은 남자끼리라서 별로 큰 의미를 두지 않은 듯 오히려 계속 짓궂은 장난질이었다.

　"이런! 그건 내 첫 키스였어! 물어내! 물어내, 민제후! 흑흑……."

　"꺄하하하~"

　'저 자식들이!'

　제후는 태연하게 여자 목소리를 흉내 내며 장난치고 반 아이들에게 폭소까지 유발하는 기타 등등 브라더스들을 노려보았다.

　"흑흑… 미워, 제후야. 믿었었는데. 난 이제 어떡해! 몰라몰라! 책임져! 책임지란 말이야!"

　"꺄하~ 꺄하하하하하하~"

　이젠 토닥토닥 상대 남자의 가슴을 치는 흉내서부터 두 손에 얼굴을 묻고 바닥에 쭈그리고 앉아 흐느끼는 시늉까지. 그것에 이르니 웃음소리는 광란의 지경까지 이른다.

　'그래, 확실히 웃기긴 웃기지만…….'

　"난 진짜 첫 키스였다, 이 빌어먹을 자식들아! 놀려먹니 재밌냐!! 앙!!"

　제후가 부들부들 떨리는 몸으로 참다가 결국 폭발해 버렸다. 괜히 종로에서 뺨 맞고 한강에서 화풀이하는 식으로 세진이는 또 잘못 건드릴 수 있으니 엉뚱한 방향으로 터진 것이었다. 그래서 그렇게 장난치며 자신을 놀려먹던 녀석들을 폭주해서 꾹꾹 지그시 밟아주고 있었는데. 그런데 그때,

　"첫. 키. 스? 누가 누구랑?"

나긋나긋하고 부드러운 어조이나 얼음처럼 싸늘한 어느 소녀의 음성이 제후의 뇌리를 강타했다. 아주 낯익은 목소리다. 익숙한 마녀의 음성.

"헉! 예, 예지야!"

"누가 누구랑, 제후야? 응? 누구랑 했는데?"

오싹한 한기에 재빨리 뒤돌아본 소년은 문 앞에서 출석부를 든 채 무섭게 노려보는 긴 검은 머리의 아름다운 소녀를 볼 수 있었다.

단정하게 교복을 입고 있고 예쁜 얼굴에도 미소 또한 띠며 묻고 있지만 제후를 노려보는 그 눈초리가 너무 매섭다. 문밖에서 불어오는 바람이 오랜만에 특수 효과처럼 예지의 검은 머리카락을 날리자 한예지의 박력과 함께 시너지 효과를 일으켰는지 소년은 은근히 떨렸다.

"냐하하하. 아니, 사실은 네가 생각하는 그런 게 아니구⋯⋯."

'그런데 내가 왜 떨어야 하지? 게다가 웬 변명까지?'

그럴 이유도 없는데 왜 이렇게 떨며 변명까지 해야 하는 것인지 머리 속이 복잡한 제후였지만 곧 그 고민도 할 필요가 없어졌다. 오해라며 상황을 설명하려던 제후의 말에 두 주먹을 꽉 쥐고 고개를 푹 숙이고 있던 예지가 어깨를 부들부들 떨며 이렇게 중얼거렸기 때문이다.

"너 같은 건⋯⋯."

"어?"

눈을 번쩍 든 한예지. 한 손에 들고 있던 출석부를 홱 치켜 올려 오랜만에 민제후의 머리로 빛의 강속구를 날렸다!

"너 같은 건 딱 질색이야!!"

빡!

"꾸엑─!!"

"이 바보 멍텅구리야!!"

곧 가방을 챙겨 들고 교실 밖으로 한예지가 뛰쳐나가자 교실은 다시 어이없는 침묵에 빠져들었다. 멍한 눈빛의 아이들. 방금 뭐가 지나갔나요 싶은 표정들.

도대체 오늘 무슨 일들이 벌어졌던 건지…….

"쿡! 첫 키스는 정말 날카롭고 짜릿하지 않습니까?"

그리고 음흉하게 웃음 짓는 유세진.

그제야 특급 클래스의 아이들은 유세진이라는 인물에 대해 재평가가 이루어져야 하지 않을까 조심스레 생각해 보았다 한다.

제3장 축제 전야 I

"그럼 이제 남은 건 주총 전 주주들을 정중히 방문하는 것뿐이군요."

"후후… 그렇지."

대성전그룹의 총본산, 성전 밀레니엄 중앙 센터의 초고층 빌딩에 위치한 장태현 이사의 이사실. 전망이 너무 멋진 그곳에 성전그룹 장태현 이사와 해성유통 사장 현성우가 가벼운 웃음을 흘리며 대화를 나누고 있었다. 하지만 그들 사이에 오고 가는 이야기는 좋은 차를 함께 마시며 담소를 나누면서 나올 수 있는 가벼운 것들이 아닌 것 같다. 위임장이니 이사회, 주주총회 같은 전혀 허투루 들을 수 없는 단어들.

"걱정 마십시오, 이사님. 적당히만 손을 더럽혀도 일이 쉽게 풀릴 것 같습니다. 또 성전의 몇 가지 신사업에 약간씩만 타격을 주면… 훗! 아무리 장문수 창업주의 열렬한 신봉자인 주주들이라도 더 이상 버티지 못할 겁니다."

"하하! 당연하지. 전혀 걱정하지 않네. 그럼 자네만 믿겠네."

물고기 같은 장태현의 비릿한 눈이 본격적으로 어떤 일을 시작하는 모양. 그리고 그 손을 잡고 그것에 힘을 보태는 한 중년 사업가. 안경 밑으로 빛나는 이해타산적인 느낌의 눈초리가 엷은 비웃음을 동반하며 장태현 이사에게 가볍게 목례한다. 이 두 인물이 한자리에 모여 있다는 것만으로도 불안하기 짝이 없다.

현성우의 시원한 대답에 장태현은 벌써부터 회사를 장악한 듯한 기분으로 통쾌한 웃음을 터뜨렸다.

"그래서, 이번 주주총회 건 때문이야?"

한편, 같은 건물 다른 공간에 건들건들 앉아 있는 한 소년. 역시 성전 밀레니엄 중앙 센터의 초고층 건물에서만 느낄 수 있는 웅장한 전망을 한 아름 품에 안는 사무실 안이었다. 그러나 이곳을 그저 사무실이라는 한 단어로 지나가기에는 너무너무 아쉬운 장소다. 장태현의 이사실도 넓고 화려하기 그지없었지만 이 방도 그 못지않아 보이니.

탁 트인 경관과 어울리는 드넓은 회장 집무실.

그렇다. 이곳이 바로 아시아의 경제를 쥐고 흔드는 대(大)성전그룹의 총수 사무실이었다. 하지만 장태현 이사의 방이 부와 사치, 오만함으로 물들여져 있었다면 이 독특한 금갈색 머리칼의 소년이 건들건들 앉아 있는 이 방은 어떤 고집과 위엄이 느껴지는 공간이라고 하겠다.

고풍스러운 가구. 간혹 쉽게 구할 수 없는 희귀본도 눈에 뜨이는 장서들이 꽂힌 책장과 편안한 분위기로 이끄는 명품 그림들.

하나하나 일일이 따져 본다면 작은 장식품 하나까지도 만만치 않은 가치를 가진 명품들이었지만 안으로 스며드는 고귀함과 편안함은 특별히 시선을 확 잡아끄는 것이 아니라 그 공간을 안락하게 느끼도록 한다. 또한 반면에 전(前) 회장이신 장문수 창업주의 분위기를 버리지 않고 그대로 가져왔기에 어설픈 사람이 들어온다면 아직 남아 있는 장회장의 위엄에 그대로 주눅이 들 듯도 하다.

어쨌든 그런 그곳 한가운데, 성전의 총수가 사용하는 거대한 데스크 의자에 감히 한 소년이 건들거리며 앉아서 다트 놀이를 하고 있다.

"그런데 김 비서도 별일이야. 아무리 그렇다 해도 내가 특별히 성전 본산까지 나올 일은 없을 것 같은데 말이야. 게다가 김 비서는 내가 회사에 얼굴이라도 한 번 비추려 하면 뭔 큰일이라도 날 것처럼 굴었었잖아? 안 그래? 푸헤헤헤~"

'그거야 오실 때마다 사고를 치니 그랬죠! 얌전히 조용히만 들렀다 가시면 누가 뭐라 합니까!'

김성민 비서실장은 울컥 올라오는 기분을 눌러 참은 채 빙글빙글 웃으며 자신을 이상한 놈 취급하는 어린 상관을 힘겹게 바라보았다. 그동안 저 소년 때문에 기절할 만큼 놀라고 가슴 졸이며 뒷수습하러 다녔던 것이 생각나 쌓이고 묵혔던 말들이 터져 나오려 한다.

회사에 나오면 매번 어느 순간 귀신처럼 사라지고, 언젠가는 사라졌다 싶었더니 거긴 어떻게 갔는지 촬영장에서 사고가 나 죽을 뻔했었다. 또 그 사고 수습 이후엔 어땠는가. 한숨 돌리는가 싶었더니 다음 순간엔 전국에 민제후의 모습을 찍은 포스터가 뿌려졌다.

설마 그런 일이 있을 거라고 상상조차 못했던 김 비서였던지라 그 사실을 보고받던 순간 정말로 꽥 하고 소리 지르며 넘어갈 뻔했었다.

비밀로 감싸고 숨어도 모자랄 판에 아예 대놓고 얼굴 찍어서 뿌려댔으니… 생각만으로도 한숨과 식은땀이 공존한다.

더군다나 다음번엔 뜻밖에도 그 이미지 포스터가 최고의 히트를 쳐서 태양신 아폴론 역할을 한 신인 모델의 정체가 무엇인지 찾겠다고 모든 연예계 언론이 저 소년을 찾는 데 혈안이 되었었다. 그래서 민제후는 다시 한 번 김 비서를 신경성 위염으로 쓰러뜨릴 뻔했으니.

결국 그 마지막 소동이 가장 큰 고비와 위험이 되었었지만 성전그룹의 엄청난 돈과 압력, 권력의 남용과 협박까지, 정말 그늘에서 온갖 수단과 방법을 안 가리고 막은 덕분에 그 포스터 모델 사건은 베일 속에 가려진 인물로 흐지부지 넘어갈 수 있었다. 물론 그 일 이후로 김 비서는 의사에게 스트레스 주의라는 엄중한 경고를 받았지만.

'한데 이번 일은 그렇게 간단하지가 않다. 이번 주주총회는 장태현의 함정이자 승부.'

"조용하군."

제후가 책상 앞에 흔들림없이 서 있는 김성민을 힐끔 쳐다보다 다음 순간에 아주 빤히 바라보았다. 그러나 상대가 무안해할 정도로 아무리 들여다보아도 김 비서는 보좌관으로서 당황이나 실수를 보여주지 않는다.

제후는 턱을 괴고 한참을 그렇게 김 비서의 얼굴을 뚫어지게 바라보다가 곧 소년다운 치기 어린 미소를 씨익 지었다.

타탁!

벽에 걸려 있는 다트에 날카로운 다트 화살 두 개가 한꺼번에 날아가 꽂혔다.

"난 이래서 김 비서가 좋다니까. 말도 아낄 줄 알고. 좋아, 이제 하고 싶은 말 있으면 해봐."

"저기… 사실 이번 주총은……."

"장 이사가 술수를 피우고 있지?"

"네? 그걸 어떻게……."

김성민은 미간을 찌푸리며 신중하게 천천히 말을 이어가다 자신의 말허리를 잘라먹는 민제후의 목소리에 깜짝 놀라 고개를 들었다. 하지만 그 금갈색 머리칼의 소년은 여전히 다트 놀이에만 정신이 팔려 있다.

"별거 아냐. 예상했던 일이잖아. 얼마 전에 망할 영감탱… 아하하, 아니, 할아버님이 직접 전화 주셨던 일도 있고, 또 이때쯤 한번 싸움을 걸어올 거 생각했어."

"그런데 그걸 아시면서… 이렇게 계셔도 되는 겁니까?"

"뭐가?"

"이렇게 태연하다니! 노는 것만 생각하지 마십시오, 제발! 어떻……."

"그럼 뭘 어째야 되는데?"

김 비서는 그렇게 잘 알고 있으면서 한가롭게 노는 데만 정신이 팔려 있는 도련님이 너무 어이가 없어서 그만 목소리를 높이려 하다가 갑자기 날카롭게 찌르는 말에 멈칫했다.

민제후란 이름의 소년이 다트를 겨냥하던 화살들을 거두고 회전의자를 빙그르르 돌려 그를 똑바로 쳐다보았다.

"그럼 내가 어찌해야 할까? 그쪽에선 아직 특별한 움직임을 보이는 건 아닌데. 까놓고 얘기해서 그저 낌새가 이상하다 여길 뿐인데 내가 어떡하면 좋을까?"

소년의 깊은 두 눈이 냉정하게 김성민을 꿰뚫고 있었다.

"좋아, 김 비서 말대로 생각 좀 해보자고. 장태현이 뭔가 일을 칠 것 같다고 쳐. 그런데 장태현 이사도 장씨 문중의 일원. 이 성전그룹이 적대적 M&A되는 걸 그쪽도 바라는 건 아닐 거고 그대로 앉아서 당할 성전도 아니니… 그렇다면 뻔한 거잖아?"

여기까지 말을 마친 민제후가 화사하게 생긋 미소 지었다.

"경영권. 바로 내가 앉아 있는 이 의자를 말이야. 지금의 성전그룹이 통째로 갖고 싶은 거지."

'이딴 자리를 왜 그렇게 갖고 싶어하는지 원~' 이라며 투덜거리는 제후를 바라보며 김 비서는 눈을 크게 떴다.

하긴 지금 어떻게 할 뾰족한 방법이 있는 건 아니다. 주의해서 지켜보고 있으나 아직 표면적으로 드러나는 움직임이 없으니. 아는데, 알고는 있는데, 그래도 신경이 곤두서고 불안했다. 하지만 장태현의 직접적인 공격 대상이 될 본인은 저렇게 아무렇지도 않게 대범할 수 있다니. 이 믿을 수 없는 천문학적인 규모의 기업을 두고 벌이는 신경전에서 어린 소년이 저렇게 꿋꿋할 수 있다는 사실이 놀랄 뿐이다.

"복잡하게 생각할 거 하나도 없잖아. 갖고 싶다면 주면 돼."

"악! 도련님!!"

"아아~ 말이 그렇다는 거지, 말이. 사람도 참. 아하하하… 그렇게 도끼눈을 뜨고 달려들 건 없잖아? 무섭게시리."

'대범한 게 아니라 철이 없는 것일 수도…' 라고 생각하며 머리에 손을 짚고 휘청이는 김 비서였다. 지끈지끈한 두통이 올라온다. 아직 신경성 위염도 다 낫지 않았는데.

그러나 그때 그런 김성민에게 제후가 피식 웃으며 제법 진지한 어조로 말을 걸었다.

"그러니까 복잡하게 생각하지 말라고. 그쪽에서 싸움을 걸어오면 우린……."

"……?"

깨끗한 민제후의 얼굴에 웃음이 번진다.

"거기에 맞춰 방어만 하면 돼."

하지만 말처럼 그렇게 쉽지는 않을 것이다. 장태현 이사는 이번 주주총회에서 각종 약점과 꼬투리를 잡아 지금의 총수가 이뤄놓은 일들에 대해 깎아내리고 비난할 것이며 경영자의 자질 여부를 물고늘어질 것이다. 더구나 어린 나이의 철부지를 경영자로 내세웠다는 사실은 다시 한 번 장태현 이사에게 훌륭한 반격의 도구가 될 것이었다. 한편으로 주주들을 매수하거나 협박 가능성도 있고.

물론 지금까지 훌륭히 잘해왔지만 이번 일만큼은 예사롭지가 않았다. 순조롭게 아무 문제 없이 순항을 하는 새로운 프로젝트들이지만, 특별한 실책이나 문제가 없는 현 상황이지만 김 비서는 장태현 이사 측에서 어떤 일을 꾸밀지 불안하기만 하다. 한 번도 제대로 드러난 적은 없었으나 온갖 추문과 불법적인 스캔들이 터질 때마다 거론되는 인간들이니.

탁! 타탁!

이런저런 복잡한 상념 속에 잠겨 있던 김 비서는 다시 코르크 다트판에 화살이 꽂히는 소리에 정신을 차렸다. 민제후란 이름의 소년이 다시금 아무 걱정도 없는 얼굴로 다트놀이에 열중하고 있었다. 화살들이 꽤 깊은 타격음을 내며 놀랍게도 가운데로만 모여들듯 꽂힌다.

진지할 정도로 열심히인 모습. 그저 장난 삼아 하는 것 같지가 않은데…

"흐흥~ 훈련이라고나 할까?"

의아해하는 김 비서의 시선을 느꼈는지 제후가 다트 화살을 또 하나 날리며 그를 보지도 않고 중얼거렸다.

"훈련요? 무슨 훈련을……."

"글쎄, 그건……."

끼잉―

순간 제후는 현기증과 함께 시야가 뿌옇게 되며 흔들리는 것을 느꼈다. 이중으로 분리되어 흔들리는 형상들.

티틱!

잘 맞추던 다트를 빗나간다. 코르크용 다트 화살이 다트판에 박히는 대신 바닥에 떨어져 뒹굴고 있었다.

"……."

점차 시력이 불안정해 간다는 것이 이리도 마음을 좀먹는 것인 줄 몰랐던 제후.

몇십 대 일의 깡패들 패싸움도 겁나지 않고 경영권 싸움도 두렵진 않지만… 시간이 갈수록 앞이 보이지 않을 수도 있다는 현실은 무서웠다. 또 이중인격처럼 숨어 있는 자기 자신도.

통제할 수 있을까? 겁이 난다.

"아차차! 이런… 실수했네. 꺄하하하~"

제후는 잠시 어색한 침묵이 흐르자 머리를 긁적이며 장난스런 웃음으로 그 실수를 무마했다. 그러자 김 비서도 조금 이상해하긴 했어도 그저 그러려니 넘어갔다.

모든 걸 좋은 쪽으로 생각하려고 노력해야지. 좋은 일만 생각하도록. 모두 잘될 것이다.

Don' t worry, be happy.

'하지만 오늘은 정말 해피하지 않은 날이군. 제길.'

제후는 간단하게 일을 보고 돌아가려다 회사 복도에서 누군가를 보고 욕을 집어 삼켰다.

맞은편에 다가오는 저들은 오늘 자신의 측근들에게서 경계하라고 귀 따갑게 들었던 그 사람들. 바로 장태현 이사와 그의 수족들이다. 공교롭게도 주주총회를 얼마 남겨놓지 않은 시점에 이렇게 딱 마주치다니 껄끄럽기 그지없다. 신경전이 장난 아닐 텐데. 더구나 상대는 먹구렁이 장 이사.

김 비서도 그것을 눈치 챘는지 얼굴이 약간 굳어지며 민제후의 옆으로 바짝 다가섰다.

'쳇! 저 재수없는 늙탱~'

제후는 전생의 자기 나이는 생각지 못하고 멀리서 다가오는 장태현 일행들의 모습을 살피며 꿍시렁거렸다. 어쩌면 저렇게 정이 안 가게 생겼는지.

'어? 저 모습은…….'

한데 그때 제후는 장태현 일행들 중 한곳에 시선이 꽂히는 걸 느꼈다. 그것은 자석의 같은 극이 가까이 다가가면 서로를 튕겨내는 이질적인 감각. 서로 만나서는 안 됐을 인연의 사슬들이 걸그럭거리며 질기게 얽어오는 이 느낌.

'현… 성우?!'

제후는 마치 까마득히 높은 벼랑에서 추락하는 듯한 기분이 들었다.

"현성우가 왜… 장태현과?!'

장태현 이사의 옆에서 걷고 있는 저 남자, 안경을 낀 매정해 보이는 인상의 저 남자.

전생의 기억 속 모습에서 나이도 더 들어 보였고 분위기 또한 건달이 아닌 완벽한 사업가의 그것으로 변해 있었지만 분명 현성우였다. 자신의 야심을 위해서 가족보다 더 가까웠던 사람들을 처참하게 망가뜨리고 죽음으로 몰아넣었던 잔인한 얼음심장의 소유자. 그러면서 필요하다면 언제든지 악마가 될 수 있다던, 아니, 마지막 순간 이미 완벽하게 악마의 모습이 되어 있던 그 아이!

눈앞에 불꽃이 터지는 것 같다. 다시 저번처럼 자신을 제어하지 못하고 죽일 듯 달려들 것만 같았다. 그래서… 이를 악문다.

'꿈속에서라도 평생 마주치지 않기를 바랐는데…….'

박경덕이란 이름을 완전히 지워 버리겠다고 결심했다. 민제후로 살겠다고 다짐했다. 과거를 버리고 미래를 선택했다. 하지만 잊겠다 한 그것은 그들을 용서하고 스스로 분노와 슬픔에서 해방된 것이 아니다. 그것은 눈앞의 행복을 선택한… 지독한 이기심.

이젠 현성우의 모습에서 자신의 추한 이기심까지 함께 떠올리게 되어 더욱 폭발할 것만 같아 또 이를 악문다. 너무 세게 이를 악물어서 그런지 입 안에서 찝찌르한 피 맛이 났다.

"아니~ 이게 누구야~ 우리 사랑스런 가주나리 아니신가? 하하하!"

그때였다. 저쪽에서 먼저 민제후와 김성민을 발견하고 장태현 이사가 과장되게 인사를 건넸다. 웬일로 호탕하게 웃으며 먼저 아는 척을 하다니.

제후네 일행은 그냥 가볍게 목례만 하고 지나치려 하다가 걸음까지 멈춰 서서 아는 척을 하는 장 이사를 무시할 수가 없어서 돌아섰다. 비록 그 아는 척이 비아냥거리는 어조의 인사말이었지만.

"안녕하셨습니까, 장 이사님."

"흠, 김 비서, 자네도 함께였군. 자네 소식도 항상 듣고 있지. 하하하."

무표정이다 못해 냉랭한 제후의 얼굴을 눈치 채고 김 비서가 제후의 앞으로 재빨리 나서며 장태현의 말을 대신 받아넘겼다.

"…저, 그럼 이만."

그러나 장태현은 그것으로 대강 넘어갈 위인은 아니다. 역시나 곧 장태현 이사가 민제후를 향해 비웃음을 피식 흘리며 스쳐 지나가려던 제후의 앞에 팔을 쑥 내밀어 길을 가로막았다. 그리고 그의 움직임에 냉랭하게 쏘아보는 소년의 눈초리에 그 구렁이가 그것을 자연스러운 행동으로 위장하면서 자신의 옆에 있던 현성우를 가리키며 말을 이었다.

"아차차, 여기 인사하지. 이쪽은 해성유통의 현성우 사장. 앞날이 상당히 기대가 되는 유통업계의 샛별이야. 우리 가주님도 앞으로 언젠가 제대로 된 사회 경험을 하고 싶으면 알아두는 게 좋을 사람이지. 아차! 이미 우리 가주님은 현 사장과 구면이군 그래. 전에 창립 60주년 기념 행사장에서 봤었지, 아마? 아주아주 인.상.적.이고 부.드.러.운. 만남이었다고?"

얼굴 근육에 경련이 오는 것만 같아 제후는 입술을 깨물었다. 장태현의 측근들이 고개를 돌려 자기들끼리 수군대며 키득거리는 것도 보인다. 천박하다느니 어떻다느니 하는 소리가 귓가를 울려 있는 대로 신경을 긁는다.

그래서 자기들은 그렇게 고상하고 훌륭한 혈통이라 매번 각종 뇌물 수수나 비리 스캔들 따위에 연루되어 진흙 구덩이, 구정물 통 등에서 허우적대나? 그런데도 한 번도 기소되지 않고 미꾸라지처럼 잘 빠져나오는 걸 보며 그것도 기술이라고 해야 될지, 재능이라고 해야 될지.

"어른에게 인사하는 법도 모르는 막돼먹은 아이라고 책 잡힐까 봐 그러는 거네. 성씨는 다르지만 우리 가주나리, 명색이 장씨 문중의 대표인데 내 손님에게 그럼 안 되지 않겠나? 언제 만났었는지, 또 현 사장에게 어떤 안 좋은 감정이 있는진 몰라도."

"아뇨, 그런 거 없습니다."

"으응?"

장태현 이사는 제후가 자존심 때문에 절대 허리를 굽히지 않을 거라 예상하고 능글맞게 위하는 척 어르고 치려다 갑작스레 말을 자르는 제후의 목소리에 깜짝 놀란 듯싶었다.

자기 생각대로라면 민제후는 자기가 잘못이 있음에도 사과하지 않고, 그러면 자신은 집안 어른으로서 버릇없다고 훈계하는 흉내라도 내볼 요량이었던 것 같은데.

훈계라고 비슷하게 하면서 철없다고 비웃고 역시 천한 출신은 어쩔 수 없다고 깎아내리면서 자신들 수하 앞에서 '현재 그 대단하다던 베일 속의 성전그룹 총수가 이런 철부지 어린애다'라고 더욱 각인시켜 철저히 망신 주려고 했을 텐데 일이 묘하게 틀어져 속이 뒤틀리는 모양이다.

"현성우 사장님 만난 적 없습니다. 그때 처음 뵙는 것이었습니다."

제후가 의외로 가라앉은 표정으로 현성우에게 고개를 돌려 정중하게 허리를 굽혔다.

"전엔 실례가 많았습니다, 현 사장님. 사과드립니다."

힐끔 돌아보니 장태현 이사가 얼굴이 일그러져 있었다.

한편 제후는 성우 녀석에게 고개 숙이는 것 자체가 피가 역류하는 것 같았지만 지금의 생에서 지켜야 할 것들을 떠올리며 이를 악물고 꾹 눌러 참았다. 그리고 장태현이 일그러진 얼굴로 이를 가는 모습이 자못 통쾌하게 위로가 되어주기도 했고. 그것이 제법 효과가 있었는지 심장이 싸늘하게 식어갔다.

주문이다. 지금 보이는 것들은 모두 돌덩이… 저건 사람이 아니라 움직이는 무생물… 지지 않아… 지지 않아…….

"이제 됐습니까?"

민제후가 허리를 펴고 다시 싸늘한 표정으로 장 이사를 돌아보니 측근들과 함께 특별히 할 말을 찾지 못하고 굳어 있다. 다만 현성우 사장만이 재밌다는 듯 한쪽 입꼬리를 살짝 올리고 방관자로서 그 상황을 평가하며 지켜볼 뿐이다.

금빛 머리칼의 소년은 그런 그들을 무시하고 김 비서를 불러 그들을 스쳐 지나갔다.

다음에 또다시 이렇게 마주치게 되는 얄궂은 운명이 있다면 그땐 차라리 으슥한 골목이 더 낫겠다는 생각이 들었다. 저 재수없는 잡것들, 있는 대로 흠씬 두들겨 패주게. 비 오는 날 먼지가 나려면 어떻게 패야 하는 것인지 기술 전수의 용의도 있었다.

'단, 성우 놈은 빼고. 저 자식은 절대 위험해!'

우연이라도 더 마주치게 된다면 자신보다도 주변 사람들이 더 위험해질 테다. 예전처럼.

세상엔 상처 입히고 부숴 버리는 것이 특기인 위험한 인간도 있다.

그런데 그때,

"큭! 싸가지없는 건 지 아비랑 쏙 빼다 박았군."

등 뒤로 들려오는 모욕적인 어떤 소리가 민제후의 걸음을 우뚝 멈춰 세웠다.

"혜영이 그 어리석은 것이 음악 한다고 어릴 때 유학 가선 어디서 굴러먹다 온지도 모를 개뼈다귀 같은 가난뱅이 국비 유학생하고 서로 죽고 못 산다고 했을 때 알아봤지. 갓 스무 살 되어서 널 낳았을 때도 난 웃음밖에 안 나왔고 말이야. 그때부터 우리 집안에 싹수가 노란 새끼가 하나 더 늘었구나 싶었지. 큭큭. 고아 출신 지 아비 핏줄이 어디 가나? 응?"

장태현 이사가 걸음을 멈춘 채 돌아서지 않고 그대로 굳어 있는 민제후에게로 뚜벅뚜벅 다가와 속삭이듯 느끼하게 중얼거린다. 계속 듣고 있자니 구역질이 날 정도다.

하지만 제후는 무슨 생각을 하는지 표정 하나 변하지 않고 자신의 가슴을 손가락으로 쿡쿡 찌르며 도발하는 장태현 이사를 조용히 쳐다볼 뿐이었다. 금실이 섞인 갈색 앞머리칼이 검은빛으로 차갑게 가라앉은 경멸의 눈동자를 가려주듯 살짝 흘러내렸다.

"쿡! 개.새.끼. 주제도 모르고."

곧 장 이사가 입술을 비틀며 약간 격앙된 어조를 씹어 내뱉는다. 제후의 얼굴 가까이에 바짝 다가오며 중얼거린 내용이라 다른 사람들은 못 들었을 테다. 다만 민제후 혼자만 장태현의 고약한 입 냄새와 함께 똑똑히 들을 수 있었다.

"훗!"

어이없어 헛웃음만 터진다.

"아아~ 그게 아니지. 예전엔 쥐새끼였었지? 개새끼가 아니라 쥐새끼. 비에 젖어 오들오들 떠는 겁 많은 쥐새끼 말야. 그러고 보니 쥐에서 개로 승급한 건가? 크하하하!"

"글쎄요, 그런가요?"

제후가 피식 웃으며 여유롭게 질문하자 이번에 표정이 굳어지는 쪽은 장태현이다.

어떻게 하면 사람이 저렇게 추하게 늙을 수 있을까? 그래도 부하 직원들과 같이 있을 때는 어느 정도 위엄도 있어 보이고 실력도 있어 보이는 오너인데 유치할 정도로 악의를 드러내는 오늘의 모습이 정말 추하다. 겉으로는 교양있고 품위있는 척하더니.

그리고 비 맞은 쥐새끼라……

익숙한 말이다. 처음엔 상당히 많이 들려오던 단어였다. 죽었다가 다시 살아났을 때부터 가장 익숙하게 들려오는 말이 비웃음이라니, 웃기지도 않았다. 문병을 핑계로 염탐하러 온 장씨 문중 친인척들은 민제후가 죽지 않고 살아나 미래에 자신들의 재산 분배가 늘지 않았다는 것을 아쉬워했고, 그리고 그런 악취가 진동하는 사람들은 심약하고 의지가 없는 원판을 그렇게 비웃으며 손가락질했다.

'그래, 나도 알어. 안다구. 그게 원판 녀석 별명이자 학교 이미지였고 실제로도 집안 사람들 앞에서의 원판은 다른 사람들과 제대로 눈도 못 맞출 만큼 비 맞은 쥐새끼 꼬라지를 해 비웃음을 샀다는 것 또한 역시 아는데, 알고는 있는데 흐음~ 아무리 그렇다 해도……'

그 순간 조용하다 싶었던 민제후의 눈빛이 시퍼렇게 번쩍였다.

'열.받.는.다!!'

꽝!

"……!!"

로비 복도에 있던 자판기가 완전히 찌그러졌다.

순식간에 벌어진 그 일로 장태현과 그 일당(?)들은 눈알이 튀어나올 것처럼 변해 버렸다. 김 비서는 저 성질에 그럴 줄 알았다는 듯 한숨을 쉬는 것이 보였다.

복도와 로비를 지나던 사원들이 그 큰 소리에 무슨 일인가 싶어 웅성대며 몰려드는 것이 보였다.

"어머? 귀엽고 깜찍한 내 발이 왜 또 저런 곳에 얌전히 올라가 있을까?"

제후는 처참하게 옆구리가 찌그러져 철판이 덜컹거리는 커피 자판기 위에 놓여 있는 자신의 작고 예쁜 발을 보며 화사하게 눈웃음을 쳤다. 자기도 영문을 모르겠다는 듯한 말도 안 되는 소리를 해대는 민제후였지만 사람들은 너무 놀라서 제후의 그 황당한 명랑 말투에도 반응 없이 찬물을 끼얹은 듯 조용하기만 하다.

"냐하하하~ 이런, 죄송합니다. 발이 미끄러졌나 보네요. 이상하게도 장 이사님과 만날 때만 매번 발이 미끄러지지 뭡니까? 놀라셨어요?"

경악하는 사람들을 무시하면서 제후가 돌처럼 굳어 있는 장태현의 어깨를 잡고 먼지를 털어주는 것처럼 살랑대며 똑같이 귓가에 나직하게 속삭여 주었다. 눈에는 눈, 이에는 이라고 하지 않던가.

"나도 웬만하면 참고 넘어가려 했는데… 흠, 전부터 얘기했죠? 딴 건 몰라도 남의 부모 욕하는 건 못 참는다고. 게다가 여기서 더 참으면 그건 참을성 강하고 착한 게 아니라 덜떨어지고 바보인 게야. 그렇죠? 아, 그리고 마지막으로 한마디 더 한다면……."

금갈색 머리칼의 소년이 웃는 얼굴로 주절대는 싸늘한 목소리. 웃는 낯이지만 그 소년의 심연의 눈동자를 보고 있자니 오싹오싹 소름이 끼친다. 눈은 전혀 웃고 있지 않았다.

장태현이 그것을 알아채고 몸을 움찔했다.

"지금은 제가 민.제.후. 입니다. 현실을 똑똑히 바라보십시오, 장태현 이사."

정답게 속삭이지만 그 아이의 눈은 금방이라도 상대의 목을 물어뜯을 것 같은 맹수의 표정처럼 깊고, 어둡고, 카리스마 적이다.

"그렇게 고귀한 핏줄을 자랑하는 당신네 잘난 장씨 문중을 통솔하는 건 같은 성씨도 아닌, 당신들이 비웃던 그 쥐새끼, 바로 접니다. 그리고 성전그룹의 총수, 즉 아시아를 군림하는 이 거대한 기업 제국의 수장도 또한 바로 나, 민제후라는 걸."

여기는 서울을 이렇게 까마득히 높은 곳에서 내려다보는 초고층 빌딩, 성전 밀레니엄 중앙 센터.

대(大)성전그룹. 그 거대한 이름.

"똑똑히 봐두는 게 좋을 겁니다."

이젠 내가 그 이름과 동격이 될 테다.

"이, 이잇!!"

다시 제후의 얼굴이 방글방글 웃으며 분위기가 화사하게 풀어지자 장태현이 자신의 어깨를 잡고 있는 민제후의 손을 쳐내며 건방진 새끼라고 중얼거린다.

주변을 둘러보니 장태현 이사의 측근들 이외에도 구경꾼이 제법 모였다. 예전의 원판이었으면 저들의 살벌한 분위기에 기죽고, 힐끔힐끔 쳐다보며 수군대는 회사 사람들에게 한 번 더 주눅 들었을 테지만 지금 이 자리에 있는 소년은 아니다. 그저 주변을 휘이 한번 둘러보고 성전그룹의 실세 장태현 이사와 이사실 사람들과 맞짱 뜨는 인간이 누군지 신기해하며 구경하는 사람들에게 가볍게 손도 흔들어준다. 여직원들에게는 서비스로 귀엽게 웃으며 눈인사도.

"큭! 그래, 내가 보기에도 조금 달라진 것 같긴 하군, 민.제.후."

장태현이 이를 갈아붙이다가 곧 주변에 보는 눈이 많다는 걸 느꼈는지 억지로 안색을 바꾸며 다시 점잖게 말한다.

서로 목소리가 높지 않게 조절했기 때문에 남들이 보기에는 가까운 친척 아저씨와 담소를 나누는 모습으로 보일지도 모르겠다. 한순간 살벌했지만 상대의 어깨에 손을 올리고 한 번도 미소를 지우지 않았으니. 처참하게 찌그러진 자판기만 아니면 구경꾼들의 시선을 잡아끌 만한 특별한 장면은 없어 보인다. 하지만 사실은 살얼음판 위를 걷는 듯한 아슬아슬한 신경전.

"네 자식이 요즘 여기저기 들쑤시고 다니는가 본데, 한데 그것도 얼마 안 남았어, 잘난 도련님. 언제까지 승승장구할 것 같은가? 특히 집안 어른에게도 대드는 이런 못된 아이가 말이야. 버릇없는 아이는 벌을 받는 법이지."

"그리고 그 벌은 당연히 당신이 주시는 거구요, 장 이사님?"

"…건방진 새끼."

"칭찬 감사합니다."

생글생글 웃으며 한마디도 안 지는 민제후.

더구나 이젠 작별 인사로 공손히 인사까지 하는 민제후를 장태현이 기가 막힌다는 얼굴로 쳐다보다가 결국 울그락불그락해져서 획 돌아서서 가버렸다. 그리고 두 눈에 경악과 불신, 적개심 따위를 품은 장 이사의 측근들도 제후와 김 비서를 좋지 않은 표정으로 노려보다 곧 장태현의 뒤를 쫓아 걸어갔다.

'하아~ 이제 다 끝났나?'

"민제후라… 훗, 아직 어린데 참 대단해."

'……!'

그때였다. 뒤에서 들린 이 목소린…

"아, 실례했습니다. 그런데 민제후라는 이름, 본명 맞습니까? 만나면 만날수록 내게 주는 이 거치적거리는 느낌. 낯설지가 않아서 말입니다."

고개를 돌리니 현성우 사장이 어느새 다가와 제후를 바라보고 있었다. 진지한 얼굴은 아니지만 그렇다고 왠지 그리 가볍게 넘길 수도 없는 시선이 끈질기게 따라붙는다. 뭔가 자신도 믿지 않는 무엇을 어떤 의혹으로 변화시켜 눈에 담은 건조한 표정이 제후의 가슴을 철렁이게 했다.

의혹? 의심? 무엇에 대한?

"혹시 우리 훨씬 더 예전에 만난 적 없었을까요? 아님, 아는 사람 중에 혹시 박경……."

"아까 말씀드렸을 텐데요."

더 이상 듣다간 어떤 말이 나올지 몰라 차갑게 말허리를 잘랐다.

"창립 기념일 날 처음 뵈었습니다. 그날 실수에 대해선 이미 사과드렸고요. 아닙니까?"

싸늘한 말투, 차가운 눈.

더 들어볼 것도 없다는 듯 내뱉는 소년의 말에 현성우 사장이 잠시 뒤 피식 웃음을 흘렸다. 이미 30대 후반, 막 중년에 접어드는 그 얼굴은 지금 10대 소년에게 존칭의 말투를 쓰지만 전혀 존대하는 분위기가 나지 않는다. 사람뿐만이 아니라 세상 모든 것을 이용 가치의 경중과 유무를 따지는 이해타산적인 눈빛.

"아, 네, 그렇군요. 그렇죠. 제가 잠시 착각했나 봅니다. 그분껜 친척 따위도 없었는데… 그럴 리가 없는데 말이죠. 하지만."

그리고 갑자기 바뀌는 현 사장의 분위기!

보이지 않게 무서워졌다고 해야 하나, 소름 끼친다고 해야 하나… 차가운 물밑을 따라 은근히 흐르는 검은 해류 같은.

"우리 언제 다시 꼭 만날 것 같군요. 좋은 일로든 나쁜 일로든."

"……."

분명 나쁜 일이겠지, 또다시 만나게 된다면.

게다가 지금 현성우라는 인간의 얼굴엔 등골이 오싹하게 흥분된다는 표정이 스쳐 지나갔다. 워낙 미세한 표정 변화라 다른 사람들은 눈치 채지 못하고 그 자신도 또한 모르는 모양이지만 전생의 경덕의 기억으로 제후는 그 변화를 잡아낼 수 있었다. 어릴 때부터 뭔가 어렵거나 위험한 것에 도전할 때 짓는 그 표정. 목적을 위해 무엇인가 부숴뜨리기 직전에 느끼는 짜릿함이라고 해야 할지. 어쨌든 위험하고 위험한…

변한 것이 없다, 저 녀석.

제후는 현성우와 마주 보며 점차 얼굴이 일그러졌다.

"아~ 예감이 그렇단 겁니다. 그럼 저도 이만."

현성우 사장도 잠시 민제후에게 흥미로운 미소를 보내고 그렇게 목례하며 지나갔다.

"도련님. 도련님, 괜찮으십니까?"

시간이 어느 정도 흘렀을까?

갑자기 썰렁해진 어느 시점에 김 비서의 차분한 목소리가 찬물을 뒤집어쓴 듯 정신을 차리게 했다.

'괜찮냐고?'

"쿡쿡쿡……."

제후가 제정신을 차리려고 노력하며 천천히 주먹을 펴보았다. 관절 부분이 하얗게 변해 부들부들 떨리던 주먹. 얼마나 꽉 주먹을 쥐었던지 손톱이 손바닥에 박혀 피가 묻어난다. 한순간 방심할라치면 마치 눈에서 불이 쏟아지거나 머리가 돌아버릴 것만 같아서…….

'그래도 잘 참았어.'

"아니. 그런데 정면 대결은 피할 수 없을 것 같지?"

"네, 아무래도."

단단히 각오해야 할 것이다.

"그래. 장태현, 저 먹구렁이가 뭔가 시작했어. 뭔가 믿는 구석이 있는 거겠지. 조만간 무슨 움직임이 있을 것 같애. 후후… 식은땀깨나 흘리겠어, 모두들."

이사실 사람들이 사라져 버려서 그런지 이제 마음 놓고 웅성이며 말을 옮기는 구경꾼들 사이를 뚫고 자리를 옮겼다.

멀리서 지켜본 그들은 자판기의 처참한 잔해를 제외한다면 단지 자사의 이사와 어떤 소년이 웃으며 이야기하다 헤어진 것을 보았을 뿐인지라 특별히 옮길 만한 말도 없었기에 그저 소설 쓰는 듯한 온갖 웃기는 추리와 추측이 날릴 뿐이다. 하지만 수많은 호기심 어린 눈총을 받는 게 부담스러운 것은 사실. 그래서 제후 일행은 그곳을 빠져나와 엘리베이터에 올라서야 한숨을 돌릴 수 있었다.

"우리 언제 다시 꼭 만날 것 같군요. 좋은 일로든 나쁜 일로든."

엘리베이터가 내려가자 묘한 의미가 담긴 현성우의 계산적인 눈빛이 다시 떠오른다.

무슨 짓을 꾸미는 건지…

"#$%@… 성우, 이 개자식!"

"예?"

"에? 뭘… 아아?! 아니, 저, 그게 아니라… 아! 장태현 이사 옆에 있던 그 현성우 사장이란 사람은 어떤 사람이냐고. 그 말이었다네. 냐하하하~"

깜짝이다. 혼잣말처럼 험악한 욕설을 씹어내다 걸린 제후는 당황해서 어색한 웃음을 터뜨리며 얼버무리려 애썼다. 그러자 그 노력이 가상한 탓인지 김 비서는 뭔가 이상하지만 넘어가 준다.

"네, 그는 해성유통이라는 유통 회사의 사장입니다. 자수성가로 회사를 급성장시켰으나 건달 출신이라서… 별로 주목할 상대는 아닌 것 같습니다."

"아니, 주목해."

갑자기 진지해진 상관이 이상하다. 김 비서가 놀란 눈으로 돌아보았다.

"충분히 위험해. 이건 농담이 아니야. 그 아인 옛날부터 자신이 원하는 것에 대한 집착이 아주 컸어. 어떻게든 원한 바를 이루곤 했지."

"옛날? 아이라니요?"

그러나 그 물음을 무시한다. 아니, 무시하는 것이 아니라 이것저것 복잡하게 돌아가는 생각들 탓에 듣지도 못했고, 만약 들었다 해도 그의 사소한 궁금증을 일일이 해소시켜 줄 만한 여유도 있지 않았을 테다.

제후가 미간을 찌푸리며 진지하게 혼자 계속 중얼댔다.

"맞아. 어째서 그걸 생각 못했지? 현성우가 장태현과 손을 잡았다는 사실 하나만으로도 상당히 위험한 일인데. 쳇! 이거 생각보다……."

어쩌면 이번 장태현 이사와의 싸움은 장 이사가 아니라 현성우와의 싸움이 될지도 모른다. 아니, 이미 그럴 확률이 거의 80퍼센트 이상.

그 순간 '땡' 하는 소리와 함께 엘리베이터 문이 열렸다. 그리고 열린 그 문으로 보이는 주머니에 두 손을 찌른 채 석상처럼 굳게 서 있는 금빛 소년의 얼굴.

그 소년의 입꼬리가 묘한 곡선을 이루며 치켜 올라가 마치 희미하지만 괴로운 미소가 걸려 있는 듯 보였다.

"진짜 위험한 싸움이 될지도 모르겠어."

"위, 위험하잖아요!!"

야외다. 하늘은 맑지만 바람도 많이 불고 공포의 비명도 울리는.

주변엔 광활한 대지와 경비행기들이 보이고 헬멧과 복장을 착용한 민제후와 장혜영 여사도 보인다. 무슨 일인지 모르겠지만 역시 제후를 겁에 질리게 만들 수 있는 사람은 유일하게 장 여사인가 보다.

"저, 저기… 면허증은 당연히 있으시죠?"

"그~으럼!! 당연하지!"

제후는 장혜영에게 끌려가다시피 해서 경비행기 뒷자리에 묶이듯 안전벨트를 당하며(?) 안도의 한숨을 내쉬었다.

'후우~ 그래도 다행이다. 면허가 있다면야…….'

그러나 그 순간 들려온 목소리.

"학생 때 캐나다에서 땄었지. 뭐, 제후, 널 낳고 한 번도 안 써본 장롱면허이긴 하지만."

'날' 낳고면… 원판을 낳고 나서라면… 자, 자그마치 십팔 년간 미경력 면허!

"쿨럭!!"

"자, 그럼 이제 출발~!!"

"악! 자, 잠깐! 싫어!! 난 죽기 싫어!! 내가 어떻게 다시 살아났는데 이럴 순 없… 끄, 끄아아악!!"

하나 부아앙 소리와 함께 이미 출발해서 엄청 불안해 보이는 상태로 하늘을 휘젓는 경비행기. 장혜영 여사의 호쾌한 웃음소리가 민제후의 비명 소리를 리듬 삼아 하늘에 한가득 울렸다.

"오호호호호홋~!! 역시 이 맛이야!! 손맛이, 손맛이 끝내줘요~!!"

"사, 살려줘! 잘못했어요, 순경 아저씨!! 으아악!!"

파란 창공에 울려 퍼지는 처절한 목소리.

삶과 죽음 사이에서 왔다 갔다 하는 영혼이 느껴진다. 목소리만 들어도 진심으로 공포에 질려 새파랗게 떨고 있는 얼굴을 보는 것처럼 느낄 수 있다. 거품은 물고 있지 않을지…….

"사람 살려요!!"

"오호호호호호호호호호호~ 아들! 네가 재미있어할 줄 알았느니라. 그럼 다음으로 '공중 회전 미친 듯이 돌다 떨어지기'를 해볼까?"

"쾌엑? 미쳤어요!! 말도 안 되는… 허거걱!"

그러나 또다시 한 여인의 웃음소리와 함께 이미 떨어져 내리는 경비행기.

부아아앙—

"끄아아아아아—악!!"

경비행기의 요란한 엔진음이 멀어지면서 비명도 진동처럼 멀어져 간다. 그리고 마침내 파란 하늘 위를 기름 대신 알코올 먹은 듯한 경비행기가 빙글빙글 헤매다가 반짝 사라졌다.

"흠… 이젠 점이 됐구나. 안 보인다. 스릴있어서 볼 만했는데."

끼룩.

한데 그때 그 하늘 아래의 비행장엔 그 모든 장면들을 고개 들어 꾸준히 관람하던 한 소년과 한 마리가 있었다.

한 손을 눈 위로 들어 먼 하늘로 점이 되어 사라져 버린 경비행기를 쫓는 회색 빛 눈동자의 무감동한 소년과 또 그 소년의 어깨에 앉아 그와 마찬가지로 그 엄한 표정을 흉내 내며 하늘을 쳐다보는 금빛 새끼 매. 게다가 그 소년의 말소리에 '맞아요' 라고 대답하듯 끼룩대는 매 울음소리.

무표정. 그래서 비장한 표정?

그 소년도, 그 금빛 새끼 매도 각각은 스타일도 멋지고 귀여운 그림이었지만 똑같은 표정으로 같은 행동을 하는 모습들이 어쩐지… 웃겼다.

'참 묘한 커플이다.'

신동민은 문승현을 흉내 내며 그의 어깨에 얌전히 앉아 있는 닭둘기를 신기하고 재미있게 쳐다봤다.

제후에게 혼찌검이 나기 전까진 김 비서님에게도 야생성을 드러내며 매섭게 공격했던 금응이건만 오늘 처음 본 문승현에게는 별 스스럼없이 대하는 게 신기했다. 게다가 문승현의 그 회색 빛 무표정을 자기

딴엔 흉내 내고 따라하는데 그것이 얼마나 웃기고 귀여운지…….

"문 선배."

동민이 피식 웃으며 승현을 불렀다.

"응?"

꺄륵?

그러자 다시 똑같이 쳐다보는 한 명과 한 마리.

제후와 장혜영 여사가 탄 경비행기가 사라진 먼 하늘을 고요히 바라보던 그 한 명과 한 마리가 동시에 똑같이 쳐다본다. 동민은 귀엽지만 그 오묘한 커플로 인해 식은땀을 삐질 흘리며 어색한 미소를 가까스로 지어 보였다.

"우왓! 국화빵, 아니, 닭둘기빵이닷!"

동민은 장혜영 여사의 비행기에 타기 전 민제후가 문승현과 닭둘기의 저 모습을 보고 화들짝 놀라 소리치던 경악의 소리가 다시 한 번 환청으로 들리는 듯했다. 손가락으로 찌르듯 가리키는 동작까지도.

'뭐, 뭐야? 내가 왜 이런 쓸데없는 생각에 빠져 있는 거지? 에잇!'

아무래도 민제후성 바보 바이러스에 감염된 것 같다. 그거 불치병인데.

"아… 난 또. 그런데 선배는 무슨. 그냥 형이라고 불러."

신동민이 다가오자 문승현은 그런 동민의 쿨한 얼굴을 관찰하듯 한 번 쓱 쳐다보곤 다시 하늘로 고개를 돌리며 건성으로 중얼거렸다.

억양없는 말투. 큰 키지만 중성적인 외모와 허스키한 목소리가 그 무심함으로 인해 더욱 독특한 분위기를 자아낸다. 은근히 눈을 끄는 타입. 이렇게 가까이에서 보고 말해 보는 건 서로 처음이지만 지금 겉가죽이 어떻게 생겼느냐가 중요한 것이 아니다.

이 잠깐의 마주침에 동민의 눈이 반짝 빛났다.

"천천히 그러도록 하죠. 그런데……."

그때였다!

"혜영 아가씨다! 다들 고개 숙여!!"

"뭐야?"

"까아악!!"

부아아앙—

"끼요오오오~!! 우훗!! 쿄호호호호호호호홋……!"

작은 경비행장에 있던 사람들의 머리에 만화적인 굵은 땀방울을 하나씩 달아주는 저 목소리. 이소룡 영화 속에서나 나올 것 같은 째지는 기합 소리에 그곳에 자리한 사람들은 그만 돌처럼 굳어버렸다.

하나 처음의 강한 악센트와는 달리 경비행기가 멀어지면서 장 여사의 웃음소리도 점차 감이 멀어져 갔고, 사람들은 느닷없이 저공 비행을 시도하며 나타난 경비행기가 위험천만하게 비행장을 스치고 사라지자 그제야 고개 들어 가슴을 쓸어 내렸다.

"정말 대단한 분이시군."

"아하하… 네, 좀 그, 그렇죠?"

무감동한 얼굴로 진지하게 중얼거리는 문승현. 동민이는 왜 자기가 얼굴이 화끈거리고 이렇게 식은땀이 나야 하는 건지 영문을 알 수가 없었다.

그리고 불쌍한 민제후. 이젠 비명 소리도 들리지 않는 것이 아무래도 기절한 듯싶다.

"그런데 놀라지 않으셨어요?"

"뭘?"

"그러니까 민제후에 대해서……."

"아~"

어렵게 말을 꺼내니 그제야 문승현이 이해했다는 듯 고개를 끄덕였다.

'하긴 의도하지 않았는데도 제후에 대해선 학교에 이상하게 알려져 버렸으니까. 한데 이 선배는 우리들을 제외하고 성전특고생 중에서 처음으로 녀석의 비밀을 알아버린 것이니…….'

소년 가장이다, 고아다 별별 억측과 소문이 난무하지만 대체적으로 턱걸이로 성전특고에 입학한 기차게 운 좋은 가난뱅이 고학생으로 알려져 있는 민제후가 알고 보니 엄청난 집안의 도련님, 그것도 보통 대단한 집안이 아니라 한국 경제를 쥐고 흔드는 대성전그룹의 전 총수를 외조부로, 한국이 낳은 세계적인 피아니스트 장혜영 씨를 어머니로 둔 최고의 가문과 재산, 권력, 혈통을 두루 갖추고 있는 진짜 최상류층 도련님이었기에.

충격이었을 것이다. 자신도 그랬듯이.

"당연하지. 많이 놀랐다."

'역시.'

그러나 만약 문 선배를 모르는 사람이 본다면 말하는 표정이나 자세가 전혀 놀란 사람의 그것이 아니라고 착각할 뻔…

"저런 파워풀한 엽기적인 아줌마가 엄마라니… 불쌍한 녀석. 쯧쯧. 세상은 공평했어."

"……."

'아니, 그. 런. 거. 말.고. 말.입.니.다!!'

동민은 얼굴에 음울한 검은 장막을 드리우고 마음으로 강하게 소리 쳤다.

그저 표정만 담담한 것이 아니었나? 문승현. 그도 정말 여러 번 말을 잊게 만드는 특이한 인간임이 틀림없다.

"하아~ 그러니까 앞으로 파격적인 학업과 연구 지원을 조건으로 미래에 문 선배가 성전그룹에서……."

"이건 ULP(Ultra Light Plane). 그런데 이상하네? 이 기종은 다른 일반 초경량 항공기와 좀 다른 것 같은데? 전체 설계나 디자인도 그렇고… 최신 기종인가? 음, 엔진은 어떨까 모르겠군. 야, 뚱뗑이 비둘기야, 넌 어떻게 생각하냐?"

삐익!

"뭐, 임마. 아하~ 너, 지금 뚱땡이 비둘기라고 해서 승질났냐? 야, 근데 너… 뚱땡이 비둘기 맞.아."

삐이익—!!

그러나 신동민이 뭐라 하든 상관하지 않고 그곳에 있는 다른 비행기 들에만 관심을 보이는 문승현 선배. 그리고 '뚱땡이' 라는 말보다 '비둘기' 란 소리에 더 자존심이 상해 '아니야!' 라며 날카롭게 화를 내는 금응까지.

"…전혀 안 듣고 계시는군요, 문 선배님."

이젠 실망을 넘어서 절망의 한숨을 내쉬는 신동민이다.

'그렇지. 평범한 사람일 리가 없지. 특히 그 녀석 눈에 들었을 정도 의 사람인데. 하하… 마지막까지… 내 팔자에 무슨.'

그사이 문승현은 계속 퍼득대고 빽빽대는 닭둘기와 투닥거리면서 어느새 비행장 관계자로 보이는 어느 남자에게 다가가 이것저것 물어보고 있었다.

멀리서 바라보니 그 관계자는 승현이 관심을 보이던 비행기를 가리키며 손을 흔드는 것이 그들의 표정과 분위기가 아무래도 그 비행기에 문제가 있어서 날 수 없다는 소리 같다. 하지만 그 남자에게 승현이 또 뭐라뭐라 손짓하며 설명하자 그 관계자가 잠시 어이없다는 듯이 쳐다보다가 크게 웃어 젖히는 게 보인다. 그리고 곧 재미있다는 듯이 웃으며 뭔가 허락하는 듯 손을 절레절레 흔드는 제스처를 취했다.

말도 안 되지만 해볼 테면 해봐라, 뭐, 대강 그런 뜻인가?

"……?"

"어른들은 정말 이상하다니깐. 도대체 뭐가 말이 안 되는 거냐고. 하면 하는 거지. 겨우 기체 중량 225㎏ 미만, 연료 탱크 연료 38 ℓ 이하짜리 가지고… 기분 나쁘게 달래는 저 말투도 싫어……. 제길… 중얼중얼……."

그 비행장 관계자가 사라지자 그 무심한 회색 빛 눈동자의 소년은 곧 아무렇지도 않게 혼자 뭐라고 계속 중얼거리며 가까이에 열려 있는 격납고로 들어가 알 수 없는 여러 가지 기계 부품들과 장비들을 챙겨 가지고 나왔다.

뭘 어쩌려는 것인지…….

전공이 클래스C라고 하더니 다 망가진 기체를 보니 호기심에 뜯어 보기라도 하고 싶은 걸까?

하지만 문승현은 장갑을 낀 후 2인승의 작은 비행기를 열어놓곤 이리저리 그저 살펴만 보다가 잠시 턱을 괴고 생각에 빠져들었다. 미간을 찌푸리며 무슨 생각을 하는지.

"문 선배?"

한데 다음 순간이었다. 갑자기 생각에서 빠져나와 반짝 눈을 빛내며 일반인은 이름도 잘 모를 공구들, 그것들을 너무나 익숙하고 가볍게 휙휙 바꿔 들면서 여기저기 빠르게 손보기 시작하는 소년!

키도 크고 어른스럽지만 그래도 아직 고등학생이라는 사실은 변함없는 그가 진지하고 예리한 눈빛으로 기계에 몰입하고 있었다. 더구나 빠르다. 베테랑 기술자처럼 한 치의 망설임도 없는 빠르고 정확한 손놀림. 마치 어디가 잘못됐는지, 어딜 고쳐야 하는지 머리 속으로 이미 설계되고 계획되어 훤히 꿰뚫고 있는 것처럼.

점차 장갑을 낀 손과 옷자락에 지저분한 기름 때가 묻어갔지만 그 순간 문승현이란 인물에게선 빨려 들어갈 듯한 어떤 강렬함이 있었다.

"보아하니 너도 너무 생각이 많아. 쓸데없이."

"에? 무슨……?"

동민은 승현의 재주에 놀라 감탄사를 내뱉으며 경이롭게 쳐다보다가 회색 빛 눈동자의 소년이 지나가는 것처럼 내뱉는 말에 깜짝 놀랐다. 그러나 얼핏 보기에도 예사롭지 않은 손놀림을 보여주는 승현은 그런 신동민을 전혀 쳐다볼 생각도 않고 등을 돌린 채 계속 말을 잇는다.

"쿡! 글쎄… 아, 제후가 오늘은 그냥 아무 생각 하지 말고 놀자고 하더라. 뭐, 걔 요즘 머리 깨지는 일이 있나 보던데 내색은 안 하지만 엄청 피곤해 보였어. 그리고."

잠시 손을 멈춘다.

"힘들어 보였다, 아주 많이."

"……"

그런데 너희들은 지금 뭐 하고 있는 거지?

어감이 차갑다. 동민은 꼭 승현이 그렇게 야단치는 것 같다고 느껴졌다. 상대는 아까와 다름없이 무덤덤하게 말하고 있을 뿐인데, 이상하게도.

"아아, 그리고 난 내일 또 그 녀석 집으로 초대받았지. 그 녀석 엄청 부자라지? 내가 할 줄 아는 거라곤 이런 거 설계하고 만들고 조립하는 기술밖에 없지만 날 높은 값으로 쳐주면 팔아볼 생각이야. 내가 소용이 있을 때는 아직 먼 미래의 일이겠지만 말이야."

'알고 있었… 어?!'

경악으로 치켜떠진 신동민의 눈동자.

잠시 동민을 힐끔 뒤돌아본 회색 빛 눈동자가 희미하지만 신비롭게 웃는다.

"이익! 여기가 좀 까다롭군. …그만큼 날 인정해 주는 사람이 있다면 한번 팔려가 보는 것도 나쁘지 않겠지. 안 그래, 신동민? 야, 다 됐다!"

'역시 무시할 수 없다, 이 사람!'

과연 민제후의 눈에 들었을 정도로. 이자도 빛!!

어리버리해 보여도 사람 보는 눈 하나만큼은 확실한 그 녀석이 반짝반짝 눈을 빛내며 흥분해서 꼭 잡아둬야 한다고 했던 만큼의 충분한 가치.

민제후의 주위로 빛이 모여든다. 서서히, 또는 빠르게. 그리고 앞으로 더욱 많은 빛들이 그에게 모여들 것이다.

그렇다면 나는 그중 몇 번째가 될 것인가?

"거기요, 아저씨!! 이거 이제 타봐도 될까요?"

그런데 그때 문승현이 주변을 둘러보다 다른 어른들을 발견하고 입가에 손을 대고 소리쳤다. 자판기 커피를 뽑아 들고 뭔가 우물우물 먹으며 다가오던 아저씨들. 근무 교대하러 오는 모양인 듯한데.

"엥? 저거? 음, 물론 안 될 건 없지만 얘들아, 쩝쩝. 안됐지만 그건 아직……."

"그럼 타도 되죠? 고맙습니다! 야, 신동민! 타! 일부러 여기까지 왔는데 우리도 날아봐야지."

"예? 하지만……."

"어서!"

하지만 아저씨들의 말이 끝나기도 전에 비행기에 훌쩍 올라탄 문승현! 그리고 승현의 재촉에 동민도 얼떨결에 올라타자 승현이 곧 엔진에 시동을 걸려고 준비한다.

"잠깐만, 얘들아. 쯧쯧. 안됐지만 그건……."

"가자!"

부우우웅!

"푸웃!!"

날았다.

그리고 그와 함께 경비행장 관리자 아저씨들은 덕분에 마시던 커피를 한꺼번에 뿜어냈다. 분명히 고장나서 한쪽에 치워놓은 초경량 비행기인데 지금 그것이 언제 그랬냐는 듯 멀쩡해져서 쌩쌩하게 순식간에 하늘로 날아오르다니! 보면서도 믿을 수가 없어서…

"콜록콜록! 그건 아직 수리하지 못해서… 안 움직인다고 말하려 했는데엑?! 그, 그런데……!"

더구나 이곳 정비사들도 고치기 까다롭다며 본사에 연락해 두겠다고 두 손 든 그 비행기 아닌가.

"그런데 저게 어떻게 날았지?"

"그, 그러게. 딸꾹!"

도대체 누가?

정말 귀신이 곡할 노릇이다. 오늘 항공기 전문가가 나왔다는 소린 못 들었는데.

아저씨들은 그렇게 자신들 머리 위로 자유롭게 떠오른 초경량 비행기를 올려다보며 휘둥그레져서 멍하니 입을 헤벌린 채 굳어버렸다. 옷에 흘린 커피 얼룩이 예술이었다.

하늘이 열린다.

대지보다 태양이 더 가까이에 있는 듯한 착각. 거칠지만 시원한 바람이 하늘에 있다는 현실감을 준다. 그들은 날고 있었다. 하늘을 날고 있었다. 바람 속에, 아니, 바람이 되어 하늘을 비행하고 있었다.

"대… 단해!"

"그렇지?"

"……!"

바람 소리와 기계 소리 때문에 잘 들리지 않았지만 신동민은 옆에 앉아 조종대를 잡고 드물게 흐뭇한 미소 짓고 있는 문승현을 깨닫곤 어떤 복잡함에 한마디 안 할 수가 없다. 그래서 약간 어이없음과 황당함에 비꼬는 어조로 말했다. 아니, 소리쳤다. 화났기 때문이 아니라 우선 소리치지 않으면 잘 들리지 않으니까.

"정말 문 선배한텐 이런 재능이 겨우 '밖에' 였습니까?!"

"무슨? 아아~ 이거? 그런데 진짜 별로 대단한 거 아냐! 게다가 직접 만든 것도 아니고 단순히 수리 좀 한 건데 뭐! 그리고 특고에서 내 전공이 이거잖냐!"

'아! 그러고 보니 문 선배는 클래스C에서도 최고 레벨Ⅰ……!!'

동민의 얼굴색이 살짝 변하자 승현도 피식 웃으며 소리친다. 역시 마찬가지로 소리치지 않으면 잘 안 들리니까.

"흐음, 그러는 너야말로 한 번은 그렇게 생각한 적 있을 것 같은데? '난 공부밖에 잘하는 게 없어' 라고! 맞아 죽을 소리지! 성전특고가 자랑하는 클래스A-Ⅰ의 천재 집단(Genius Group)의 리더 주제에! 그렇지?"

"아하하……."

무시무시한 족집게다.

"그래, 다들 그렇게 생각하지! 각자 장점과 단점이 있지만 자신에게는 내 모습이 장점보다 단점이 더 크게 잘 보이는 법이거든! 특고 아이들이 아니라도 다른 일반 사람들도 마찬가지고! 아니, 더 심할지도 모르겠다! 뭐, 하지만 나에 대해선 걱정하지 마라! '밖에' 라고 했지만 내 재능을 비하하는 게 아니니. 오히려 '겸손' 을 위해서라고 할 수 있지! 후후후."

"그건 '겸손' 이 아니라 '거만' 인데요!"

"시끄러! 하늘이나 감상해! 간다—"

부아앙—

아차 하는 순간에 동체가 약간 옆으로 기울어지나 싶더니 고도를 갑자기 낮춰갔다. 그러면서 이름 모를 철새들이 발 밑의 풍경에서 일제히 날아올라 경주하듯 비행기를 따라붙는 것이 보였다. 그리고 구름은 마치 손에 잡힐 듯 가까이 다가와 있는 느낌!

공항에서 여객기는 몇 번 타보았지만 그때의 느낌과는 천차만별로 다르다. 이것은 진짜로 내가 하늘을 날고 있다는 것을 생생하게 몸으로 느끼는 비행. 태초 때부터의 인간의 동경, '새처럼 하늘을 날고 싶다' 라는 꿈을 실현시켰음을 깨닫는다.

밑으로 아름다운 강줄기가 보였다. 저 강줄기가 닿아 있는 곳은 한강일 테지. 그리고 한강이라면 그곳에서 오늘부터 3일간의 환상적인 불꽃 쇼가 시작된다. 또 3일째가 되는 모레에는 한강을 바로 옆에 끼고 있는 대공연장에서 펼쳐지는 여름 불꽃 축제 콘서트!

마리안도 한국을 대표하는 가수들 중의 하나로서 그 무대에 오르게 되고, 그 콘서트를 교두보로 그 작은 여자 아이도 본격적인 해외 진출을 시작한다. 성전그룹이 주최한 대규모의 국제 이벤트 행사라 성전으로서도 자사의 긍정적인 이미지 상승 효과와 이차적인 수익을 크게 기대하고 있다.

하지만 며칠 전 회사에 갔다가 장태현 이사와 불미스럽게 맞부딪친 적이 있다는 제후는 그 이후로 계속 저기압이라는데.

무슨 일인지 친구들에게는 신경 쓸 거 없다고만 하는 민제후. 아무래도 무슨 일이 있긴 있는 것 같긴 한데 정확한 것은 짚어낼 수가 없다. 다만 동민은 김 비서님과 한 실장님을 비롯해서 요즘 다들 초조하고 평소보다 조금, 아니, 아주 많이 바빠 보인다는 것만 알아챌 수 있을 뿐이다.

'3일 뒤로 다가온 주주총회 때문인가?

그렇다고 특별히 초조할 필요는 없을 텐데. 의외지만 지금까지 아무 문제 없이 잘해오고 있으니까.

요즘 민제후의 신경이 묘하게 날이 서 있는 것은 누가 보더라도 사실이다. 장혜영 씨도 그런 제후의 기분을 풀어주기 위해서 이리로 끌고 나온 것 같고. 바람이라도 쐬어준다고. 방법은 좀 틀린 것 같지만.

어쨌든 모레 있을 콘서트 공연과 절정을 이룰 최고의 불꽃 축제로 모두의 기분이 밝아졌음 좋겠다고 생각하는 신동민이었다. 이처럼 다들 처져 있는 기분이 싫다. 내일은 모처럼 친구들과 모두 함께 만나 즐겁게 놀고, 모레는 불꽃 축제에 가서 마리안의 콘서트도 보고.

'그리고 내가 떠난다.'

잠시 쓸쓸함과 갈등이 가슴을 훑고 지나갔지만 곧 밝게 모든 것을 털어버렸다. 지금은 하늘을 나는 중이다. 평소와 전혀 다른 시각으로 세상을 바라보고 있는 중이다.

아름다운 땅, 감동에 젖은 하늘, 자유를 나눠주는 바람.

동민은 눈앞에 펼쳐진 광활한 장관을 가슴에 담으며 최고로 멋진 3일을 보내야겠다고 생각했다. 하지만 이때의 신동민도 그것이 세상에서 가장 긴 3일이 될 줄은 정말 꿈에도 몰랐다.

서울 시내 위 파란 창공을 날아가는 비행기. 하지만 대체로 그것들은 레포츠용의 초경량 비행기 같은 소형이 아니라 항공사의 여객기가 대부분이다.

비행기가 나는 상공 밑으로 보이는 것은 서울의 젖줄 한강. 비행기의 최종 목적지는 김포지만 그대로 그 한강변을 계속 타고 올라가다 보면 서울의 중심부인 여의도와 63빌딩이 보인다. 그리고 한강변을 계속 따라가다 보면 발견하는 건 아름다운 경기장. 이곳에선 며칠 뒤 아름다운 공연이 열릴 예정이었다.

드디어 시작되는 여름 불꽃 축제였다!

서울 중심 가까이에 위치한 최고의 시설을 자랑하는 대형 경기장이라 그곳에서 대규모 콘서트를 여는 것에 대해서 아무 이견이 없었을 정도였다. 한마디로 안성맞춤의 장소였던 것.

오늘부터 시작되는 불꽃 축제는 3일 밤 동안 서울의 밤하늘을 아름다운 꽃으로 수놓을 테고 3일째 되는 밤, 즉 모레 밤에는 아시아의 초특급 슈퍼스타들이 참여하는 콘서트가 열리며 불꽃 쇼도 절정을 이룰 것이다. 그리고 지금 한강 옆에 자리하는 경기장엔 오랜 시간 준비해 온 그 대규모 콘서트를 위한 무대 세트 준비가 거의 막바지에 이르러 가고 있었다.

무대를 준비하는 공연장 안의 모습은 한마디로 매우 분주하다.

"네, 좋습니다, 김 반장님. 이대로 모레까지만 조금만 더 고생해 주십시오."

"허이구, 문 실장님도 별말씀을. 당연한 것을요."

"그런데 음향이랑 조명 세팅은 어떻게 됐습니까?"

"아, 예, 그쪽 회사랑 조금 잡음이 있었지만 겨우 준비를 맞췄습니다. 그런데 공연장 하늘이 오픈되어 있어서 날씨와 보안 등의 이유로 중요 장비들은 당일 세팅을 마칠 예정입니다."

문기현 실장.

「N-씨너기획」의 실질적인 대표나 마찬가지인 그가 지금 사무실이 아닌 외부로 나와 사람들과 부대끼며 일을 하고 있었다.

복장은 양복이나 재킷은 어디로 도망갔는지 없고 반팔 와이셔츠에 넥타이는 느슨하게 잡아당겨져서 그 끝을 와이셔츠 주머니에 쑤셔 넣듯 꽂혀 있다. 그러나 가장 큰 다른 점은 검은색 무전기를 손에 꼭 쥐고 다니며 바쁘게 일하고 있다는 것. 사무실에 앉아 결재 서류만 들여다보는 것보다 좋아 보이기는 하지만 무전기에서 계속해서 문기현 실장을 찾는 목소리들이 터져 나오자 그 혼자만 너무 일이 많아 보여 동정의 시선이 갈 정도였다. 하지만 이상하게도 그렇게 정신없이 바빠 보이는데 그 많은 사람들 중에서 가장 활기 차 보이는 이 역시도 문기현 실장이었다. 대단하고 신기한 일.

"…아냐아냐! 그게 아니잖아!! 그쪽에서 완전히 반대로 갔어야지! 5구역으로 가! …그래, 됐어. 알았어. 그럼 그렇게 해. 이번엔 실수 없도록 하고!"

그리고 그렇게 문 실장이 무전기에 대고 막 또 다른 어떤 지시를 내렸을 무렵이다.

"힘이 아주 넘치시는구만, 넘쳐."

"어? 우진아?"

이우진이다. 문기현의 가장 친한 친구이자 비즈니스 파트너.

사람 좋고 장난기도 있어 편한 친구이긴 하나 일에 한에서는 그만큼 철저하고 완벽함을 추구하는 완벽주의자.

직책을 원했으면 벌써 중간 간부 이상 맡았을 능력이지만 이우진은 문기현보다 더 얽매이는 것을 싫어해서 아직 아무 자리도 없는 직원이었다. 그래서 심심하면 자신은 불쌍한 말단 직원일 뿐이라며 너스레를 떨지만 아는 사람은 거의 다 아는 인간. 「N-씨너기획」의 비약적인 도약과 눈부신 성장은─물론 성전그룹의 힘을 빌리기도 하였지만─이 두 청년이 없었으면 이루어질 수 없었던 기적이었던 것이다.

어쨌든 그렇게 신화의 한쪽을 감당하는 그 친구이자 사업 동료인 이우진이 해가 얼마 안 남은 시각 소금물에 절여졌다 나온 배추처럼 늘어져서 나타났다.

"뭐야, 너. 난 지금 완전 녹초가 돼서 죽을 지경인데 넌 사람 약 오르게 어떻게 그렇게 쌩쌩할 수 있어? 혹시 너, 나만 완벽하게 굴리고 넌 농땡이 친 거 아냐?! 이 고질라 같은 자식."

"아야, 왜 또 시비야? 내가 지금 놀 정신이 어딨어. 그리고 학교 때부터 봐왔으면서 새삼스럽긴. 내 체력은 타고난 거다, 자식!"

가뜩이나 더위에 약한 놈이 일 때문에 하루 종일 서울 시내를 누비고 다녀서 그런지 완전히 넉다운되기 직전의 얼굴이다. 하지만 그런 얼굴을 해가지고서도 문기현의 체력이라는 말과 당연하다는 분위기에 이마에 십자가 문양을 하나씩 늘려가더니 결국 은근한 살기까지 뿌리기 시작했다.

워낙에 큰 규모의 행사라 책임자들이 직접 발로 뛰어야 확실하다는 건 알고 있지만 똑같이 일하는데 누구는 초죽음이고 누구는 아직 펄펄 날 것 같다니. 한여름의 불쾌지수와 함께 짜증이 확 치밀어 오른다.

"어이구~ 잘나셨어. 그래, 너 스테미너가 평평 넘쳐 나서 행복하시겠다. 나 이번 행사 끝나고 나서 휴가 안 주면 진짜 사표 던져 버릴 줄 알어! 이거 이번엔 절대 농담 아냐. 허투루 듣지 마."

"알았다, 알았어. 쿡쿡. 그보다 오늘 불꽃 쇼는 준비 어떻게 됐어?"

"하여튼. 직책도 없이 말단 직원한테 별별 일을 다 맡긴다니깐. 쳇!"

'주면 받기나 하냐? 잠적이나 안 하면 다행이게.'

문기현은 다시 말단타령하는 친구의 모습에 피식 웃음 지으며 계속 말을 이었다.

"글쎄, 일은 어떻게 됐냐고."

"인정머리없는 놈 같으니. 네네~ 알았습니다요, 문 실장님. 그럼 보고드리죠."

문기현의 재촉에 이우진이 빈정대는 듯하더니 곧 크게 한숨을 들이쉬고 얼굴색을 바꿔 보고하기 시작했다.

공과 사는 깨끗하게 구별하는 성격. 방금 전까지 비꼬고 시비를 걸던 이우진은 사라지고 철두철미하게 일처리하는 파트너로서 변신했다.

"실장님께 보고드립니다. 오늘부터 시작되는 불꽃 축제의 첫 쇼는 미국과 호주입니다. 그리고 둘째 날은 일본과 중국, 마지막 절정 셋째 날은 이탈리아와 대한민국으로 국가별로 구성했습니다. 그중 오늘 첫 불꽃 축제를 벌일 미국은 파이로스펙타클러 사(社)로서 음악과 조화된 연화 발사로, 또 호주는 하워드 앤 선스 사(社)로 음악과 레이저, 특수 효과와 조화되는 대형 연화 연출 기술을 보유하고 있어 아름다운 축제의 첫날을 멋지게 장식할 것으로 보여집니다. 팀별로 진행 상황 체크 중이며 지금까지 준비 상황은 완벽하고, 또한 조금 전 17시 03분에 마지막 점검을 끝냈습니다. 안전과 보안에도 아무 문제 없었습니다."

평소엔 이 정도까지 딱딱하게 격식을 맞출 필요가 없었고 요구도 하지 않는 기현이었지만 우진은 오늘이 보통 힘든 것이 아니었던 듯. 힘들수록 공적인 일에 사적인 감정이 농도 깊게 개입될 수 있다고 생각해서인지 일이 힘들어질수록 존댓말을 깍듯하게 하는 이우진이다.

'휴가, 진짜 줘야지. 꼭 줘야지. 기필코 줘야지. 아하하······.'

문기현 실장은 속으로 이번 행사 끝나면 이번엔 진짜 우진이 녀석에게 꼭 휴가를 줘야겠다고 식은땀을 흘리며 다짐했다. 안 그러면 정말 사표 던지고 사라진다는 소리가 단순한 협박이 아님을 방금 깨달았기 때문.

아무래도 이번 불꽃 축제에 관한 업무 과중이 위험 수위를 넘어간 듯하다.

'그래도 우선 일은 일이니까.'

문기현은 바쁘게 걸음을 옮기면서 기본적이면서도 가장 중요한 다른 사항들을 이우진을 통해 체크하기 시작했다. 그런데 상대가 깍듯한 존댓말을 쓰니 그 자신도 자연히 말을 높이게 되었다.

어색하지만 분위기가 분위기인만큼 어쩔 수 없지만.

"우선 행사를 우리 회사에서 주관하는 만큼 주변 정리도 필수인데, 교통 문제와 시민 통제는 어떻게 됐습니까?"

"네, 서울시의 지원으로 19시 30분부터 23시 정각까지 행사 지역 근교 다리와 도로에서 차량 통제를 할 수 있게 되었습니다. 지하철도 여의도 근처의 역들은 무정차 운행을 하며 지하철 운행 간격도 3~5분 정도로 줄일 수 있게 됐습니다. 그 밖에 시민들이 한꺼번에 몰리는 등 만일의 사태에 대비해 경찰과 구조대도 대기시켰습니다."

우진도 문 실장에게 보조를 맞춰 걸으며 진지하게 막힘없이 말을 풀어낸다. 일 이야기가 시작되니 목소리에도 힘들어하는 기색보다 철저함이 차갑게 배어 나온다.

"하지만 문제는 오늘, 내일이 아니라 축제 마지막 날이자 하이라이트인 모레의 콘서트 날입니다. 그때는 상황에 따라 능동적인 대처를 하기로 서울시와 합의가 되었습니다. 대형 스타들과 대규모 입장객들로 인해서 축제가 끝날 때까지 만일의 사태를 대비해 경계를 늦추지 않을 예정입니다."

모든 것이 순조롭게 흘러가는 듯하다.

이번 여름 불꽃 축제는 「N-씨녀기획」이 성전그룹 계열로 속하고 나서 처음으로 맡은 초대규모 이벤트. 성전그룹에서 미래 사업 방향을 전자, 전파, 통신, 반도체 등을 총집결한 신우주 사업인 단군 프로젝트를 주축으로 삼고 있지만 그 다음으로 적지 않은 비중을 두는 분야 중의 하나가 바로 영상사업단인 것이다. 그런데 영화, 음악, 공연, 스타사업 등 세계를 겨냥하여 출범한 성전영상사업단이 이쪽 분야의 사활을 걸고 기획한 것이 바로 이 '여름 불꽃 축제 !

그래서 다행이다. 성전영상사업단과 「N-씨너기획」의 여름 불꽃 축제 준비가 순조롭고 매우 성공적으로 첫날이 다가오고 있어서. 있을 수 없는 이야기고 생각하기도 싫지만 만약 이번 일이 실패한다면 기획사뿐만 아니라 성전그룹이라는 이름 자체에 악영향을 끼칠 수 있는 일이니…

"어? 잠깐."

그런데 그런 생각이 부정을 탔음인가? 그때 저 멀리서 기획팀 직원 하나가 공연장 안으로 헐레벌떡 뛰어들어 오는 것이 보였다. 그리고 그가 두리번거리다 마침내 기현과 우진을 발견하고 크게 소리를 지르며 다급히 뛰어왔다.

"실장님!! 문 실장님, 큰일 났습니다!!"

허둥지둥대며 하얗게 질려 있는 직원의 얼굴을 보고 불안해지는 문기현과 이우진이었다.

도대체 무슨……?

"실장님, 이 선생님, 회사가… 이번 축제가… 헉헉……."

"……!!"

도대체 무슨 일이?!

"직원 카드와 출입증을 제시하여 주십시오."

"여기……."

"아, 기술 팀이시군요. 많이 늦으셨습니다. 지금 한창 바쁠 때인데. 어서 들어가 보십시오."

"예, 그럼."

한 남자가 아시아 전역으로 위성 중계될 대규모 콘서트 무대가 세워지고 있는 공연장 안으로 들어서고 있었다. 그 공연장에 천문학적인 액수의 몸값을 자랑하는 아시아 최고 스타들과 수많은 입장객들이 자리를 채울 것이기 때문인지 입구에서부터 보안도 철저했다.

하지만 출입증을 제시하고 통과하는 이 남자. 이상하게도 모자를 깊이 눌러쓰고 말도 짧게 대답만 어눌하게 하고는 걸음을 빨리한다. 딱 짚어서 이상한 것은 없었지만 뭔가 어색하고 이상했다. 그래서 보안요원들이 그것을 이상하게 생각하고 다시 막 그 남자를 저지하려고 하는데 바로 그때, 공연장 안에서 튀어나오는 사람들!

몇 명의 사람들이 정신없이 뛰어나와 사과의 말을 뱉으며 그들을 밀치고 사라졌기에 때를 놓치고 말았다. 입구를 부리나케 빠져나간 사람들은 이곳 행사의 책임을 맡고 있는 유명한 인물들이기에 상관없었지만 문제는 그들이 고개를 돌리자 시야에서 사라진 수상한 남자.

그러나 출입증도 진짜였기에 곧 그들은 '설마'라고 중얼대며 다시 자신의 자리로 돌아갔다.

"예, 사장님. 이쪽도 거의 완벽합니다."

최고의 무대를 만들기 위해 많은 사람들이 열심히 땀을 흘리고 있을 그때 그 무대 뒤편에 한 사람이 통화를 하고 있었다.

인적이 없는 그늘진 그곳.

"콘서트의 절정을 이룰 때 진짜 불꽃 쇼를 보게 될걸요. 이히히."

그곳에 쇳소리 같은 거슬리는 목소리가 나쁜 계략의 냄새를 풍기며

키득대고 있었다. 그리고 그 남자의 시선을 따라서 올라가니 정말 일부러 찾아내려고 해도 찾기 어려운 후미진 곳에 엉켜 있는 전선들이 삐죽이 보여진다.

사람들에게 잘 보이지 않는 곳에 어떤 수작을 부려 숨겨놓은 전선들, 아니, 보이지 않게 가려져 있는 그것들.

교묘하게 난도질되어 있는 그 전선들이 끊어질 듯 말 듯하며 빠직빠직 약하게 스파크를 이루고 있었다. 기다림을 시작한 위험한 푸른 전기 불꽃.

작은 위험들이 하나둘 모여 커다란 검은 아가리를 준비 중에 있었다. 검은 그림자가 서서히 내려온다.

저녁놀이 너무나 아름답고 예쁘다. 분홍빛 구름과 주홍빛 해 그림자를 만들며 세상을 채색한다.

또다시 하루가 지나고 새로운 하루를 위해 어둠이 내려오는 시각. 하지만 오늘의 서울 하늘 아래는 평소 이때쯤 차분해지는 것과는 달리 해가 질수록 들뜨고 흥분되는 분위기이다.

그렇다. 아이들의 학교도 여름방학에 접어들었고 서서히 열대야로 밤에 잠 못 이루는 날이 많아지는 여름, 때마침 그런 밤을 멋지게 보낼 여름 축제가 오늘부터 시작되는 것이었다.

밤하늘을 아름답게 수놓는 형형색색의 다채로운 형상의 불꽃 축제!

평소 쉽게 볼 수 광경도 아니고 이번 불꽃 축제는 크고 작은 행사도 뒤따르는 이벤트라서 많은 사람들이 어두워질수록 한강변으로 하나둘 걸음을 옮기고 있었다. 그리고 그토록 많은 사람들이 가족들과 함께 속속들이 강변에 모여들자 방송국에서도 예쁜 여자 아나운서가 나와

취재를 하며 동향을 전하기도 한다.

"네, 여기는 한강시민공원입니다! 와우~ 그런데 정말 대단합니다! 아직 어둠이 깔리기 전인데도 한강시민공원은 이미 사람들로 꽉 차 있어요. 인산인해(人山人海)! 저는 지금 이곳에서 그 말을 실감하고 있습니다. 그만큼 이번 불꽃 축제에 서울 시민들의 관심이 크단 거겠죠? 그럼 잠시 시민들 몇 분과 인터뷰를 해보겠습니다. 어머? 안녕하세요?"

"안, 안녕하세요? 어, 어라? 이거 카메라? 저기, 이거 진짜 TV에 나오는 건가요? 이런, 머리도 안 빗었는데."

지나가는 가족을 붙잡아 인터뷰를 요청하는 아나운서. 그것에 츄리닝 바람으로 나온 아저씨가 깜짝 놀라며 멋쩍은 웃음을 흘린다.

"호호호, 괜찮습니다. 멋있으신데요 뭘. 그런데 오늘 어떻게 나오셨어요? 주변을 둘러보니 와~ 이렇게 사람이 많이 몰려서 나오기 정말 힘드셨을 텐데."

"아이구~ 그래도 나와야죠. 언제 또 볼지도 모르는 생애 최고의 불꽃 축제인데요. 게다가 야시장도 선다는 소리 듣고 바람도 쎌 겸 겸사겸사 나왔습니다. 하하하."

"우린 콘서트 볼 거예요! 내일 모레에 콘서트 볼래요! 조성모, 핑클, GoD도 보고, 홍콩 스타들, 일본 가수들도 기대되구요, 그리고 마리안요!!"

그리고 그때 인터뷰 중인 아저씨의 가족인 듯한 아이들이 아빠의 앞으로 끼어들며 소리친다.

"마리안 누나, 너무 예뻐요! 귀여워요! 노래 짱 좋아요!! 우와와~"

갑자기 인터뷰 도중에 양 옆에서 끼어들어 대답하는 여자 아이와 남자 아이. 중학생으로 보이는 그 둘은 카메라를 향해 두 손으로 브이 자를 만들어 열심히 흔들어댔다. 그래서 잠시 인터뷰 중이던 여자 아나운서가 좀 곤란해했지만 그것이 축제를 기대하는 사람들의 자연스런 반응이라 그냥 그렇게 웃으며 넘어갔다.

"아, 네. 그런데 옆에 가족이신가 봐요?"

"하하하, 사실은 애들이 하도 성화라서 나왔습니다."

"호호호, 그렇군요. 말씀 감사합니다. 그럼 좋은 시간 되세요."

그사이 한강변 주변엔 어둠이 완전히 깔리고 더욱 많은 사람들로 북새통을 이루었다. 이제 조금만 있으면 불꽃 축제의 첫날을 장식하는 아름다운 하늘의 쇼가 시작될 터. 환상적인 음악과 레이저로 판타지아를 만들어낼 불꽃 축제에 어린아이들처럼 흥분한 모두들.

야시장과 먹거리, 소규모로 펼쳐지는 각종 이벤트들도 여름 밤의 매력적인 정취로 다가온다.

"네에~! 보시는 바와 같이 서울 시민들 모두 어린아이들처럼 기대감에 부풀어 있습니다. 성전그룹과 서울시 후원 여름 불꽃 축제!! 모처럼 화려하고 볼거리가 많은 축제를 맞아 한국, 중국, 일본, 미국, 호주, 이태리 등의 나라들이 오늘부터 앞으로 약 3일간 서로 각국 최고의 불꽃 쇼를 선보일 예정이며 모레, 즉 축제의 절정을 맞이할 2일 후 밤엔 여름 불꽃 축제 콘서트가 열릴 예정입니다. 우리 나라를 비롯해서 일본, 중국, 대만 등 초특급 아시아 스타들과 함께하는 국제 콘서트라고 하니 정말 기대가 되고 너무 떨립니다. 이번 여름 불꽃 축제 콘서트는 위성으로 아시아 전역에 생중계되니 얼마나 큰 행사인지 여러분도 아실 거예요. 하아~ 저도 정말 기대가 되네요. 그리고 혹시나 아직 방 안에서 TV를 보고 계시는 분들, 멀지 않으시다면 얼른 나오셔서 이 아름답고 흥겨운 축제에 참가하시는 건 어떠세요?

저도 오늘 이곳에서 밤하늘을 수놓는 아름다운 불꽃을 감상하다 들어가야겠습니다. 지금까지 한강시민공원에서 BSB의 김지연이었습니다."

치지직—

"거기 시끄럿! TV 소리 좀 줄이지 못하냐, 쌍!"

"아따~ 행님은 별것도 아닌 것 갖고 그랬싸쏘. 지금 밖은 축제 전야라지 않아요. 우리도 밖으로 좀 나가요."

한편 그때 한강변에서 축제의 시작을 알리는 첫 불꽃이 하늘로 쏘아져 갈 그 무렵, 어느 어둠침침한 창고에서는 그 경관을 TV를 통해서 지켜보고 있었다. 그러나 그마저도 형님이란 윗사람으로 인해서 못 보게 될 위기다.

한데 그 창고에서 들려오는 목소리들은 하나같이 거칠고 상스런 소리 일색이다. 마치 건달들 같은 행동과 말짓거리. 검은색 일색의 험상궂은 이들의 모습은 그런 심증을 더욱 굳혀준다.

"이 싸~가지가 확!! 분위기 파악도 못하고."

"음하하하, 뭐 헌다요. 싸게싸게하쏘. 행님, 아니, 싸장님께서 오셨응께."

하지만 눈치 빠른 막내둥이가 금방이라도 칼부림날 것 같은 상황에 재치있게 말을 끊고 사장님이 오셨다는 소식을 핑계로 튀어나갔다.

그런데 이들의 사장님이라니?

"이제 그럼 대충 결말을 지읍시다, 황 이사님."

지하 창고.

여름이라 습도가 높은 탓도 있겠지만 이곳은 더욱 끈적하고 축축한 느낌이 강한 지하실이다. 어둑어둑한 황량한 지하실에 잡동사니가 구석에 조금 쌓여 있는 것 말고는 천장에 매달려 흔들거리는 백열등 하나만이 이 공간의 물체다운 물체 같다. 그리고 한 중년인이 앉아 있는 의자도.

그 중년인은 거친 대접을 받았던지 광대뼈 근처가 긁혀 붉은 생채기가 심하게 나 있고 입술도 터져 있었다. 그리고 까치집처럼 뒤집어진 머리와 먼지로 지저분한 양복은 그가 노인으로 보일 정도다. 물론 중년이라고는 하나 충분히 60세에 가까울지도 모를 나이이긴 했지만.

그런데 그런 인물이 지하실 한가운데에 접을 수 있는 철제 의자에 덩그러니 앉아 있으니 더욱 처량하고 불안해 보인다. 더구나 그 주위를 둘러싼 건달들. 그중 30대 후반으로 보이는 회색 빛 고급 정장을 걸친 한 남자가 의자에 앉아 있는 황 이사라는 사람에게 허리 숙여 속삭이듯 웃으며 중얼거렸다.

"당신 너무 질겨. 솔직히 나까지 직접 나서서 당신 면상을 보게 될 줄은 몰랐지."

"너, 넌 누구야?"

목소리를 들으니 맨 처음 입을 연 것도 이 남자.

풍기는 느낌, 분위기, 목소리가 그렇고 그런 다른 건달패하고는 달라 보인다. 비상해 보이는 머리와 안경 뒤의 싸늘한 눈이 이런 곳과는 어울리지 않아 보이지만…

"후후후… 그것까지 알 것 없습니다, 황 이사님."

존댓말과 반말을 분위기에 따라 섞어 쓰는 이자는 그렇게 그 앞에 마주한 자를 겁에 질리게 만들었다. 사람을 다루고 이용하는 데 능숙한 사람.

목적을 위해서라면 납치, 협박, 공갈도 훌륭한 수단이란 걸 보여주는 계산적인 눈매의 이자는 해성유통의 사장이자 해성파의 현 보스인 현성우다. 바로 그런 자가 지금 조용하게 나긋나긋한 어조로 말하고 있었다.

"자, 여기서 다시 내 제안을 거절하면 어떻게 될까요?"

"아무리 그래도… 나, 난 힘이 없네! 나 혼자만으로 뭘 어떻게 하라고. 다 쓸데없는 짓이야!"

"누가 당신더러 성전의 경영권을 뺏어오랬습니까?"

성전의 경영권을?

하지만 담배를 입에 물고 불을 붙이며 여전히 소름이 돋을 만치 조용조용히 대답하는 현성우.

"그, 그럼……?"

얼굴에 멍과 생채기로 가득한 황 이사가 두려움에 떨며 현성우 사장을 올려다보았다. 지금까지 그것 때문에 잡혀와 괴롭혀지지 않았던가? 그렇지 않다면 무엇을 원하는 것인지…….

그러나 그 궁금증은 생각보다 빨리, 아주 빨리 풀게 되었다. 직설적으로 풀어놓는 현성우에 의해서.

"며칠 뒤 주주총회에서 누군가 현재 회장의 경영 실책을 밝히고 새로 경영자 선임을 요구할 겁니다. 그럼 이사님은 그 엉망이 된 사업들을 보고 받고 아주아주 양.심.적.으.로. 지금의 성전의 회장 대신 새로운 대표를 위해 표를 던지면 되는 거지요. 양심적으로요."

경영 실책이라니? 엉망이 된 사업들은 뭐고 새로운 대표란 또 무엇이란 말인가?

"그리고 다른 주주들도 설득시켜서 주시고. 아주 간단한 일이죠?"

"말도 안 되네! 그건 불가능해!"

황 이사는 말도 안 되는 소리에 자신도 모르게 소리를 질렀다. 지금 성전그룹은 제2의 전성기를 향해서 질주하고 있고 미래를 향해 상당히 성공적으로 개혁하며 새로움 또한 추구하고 있었다. 여론 또한 호의적이건만.

"아무도 납득하지 않을 걸세. 무, 무엇보다… 정부와 여론 등 다들 성전그룹의 행보에 격찬을 할 뿐 아니라 그, 그리고… 그래, 주주들까지 현 성전그룹 총수의 참신한 감각 경영에 훌륭히… 크헉!!"

"쌍!! 우리 형님 앞에서 누가 말대꾸야, 말대꾸가! 이 망할 놈의 늙은이가!"

퍽! 퍽!

하지만 곧 다른 건달패에게 발길질에 채여 의자에서 굴러 떨어진 황 이사. 몸 위로 쏟아지는 폭행에 몸을 둥글게 말고 비명을 삼켰다.

"이런이런, 그만 해라. 정중히 모셔야 된다고 했지 않냐."

말은 그렇게 하지만 현성우도 그런 똘마니들을 특별히 나서서 말리거나 저지하지 않았다. 아니, 오히려 애들이 물러나고 바닥에 배를 잡고 뒹구는 황 이사 앞으로 다가가 그의 얼굴로 담배 연기를 후욱 하고 내뿜으며 비웃듯 여유롭게 말을 뱉었다. 구타와 담배 연기에 기침하던 황 이사는 다시 반말로 더욱 부드럽게 중얼거리는 현 사장의 목소리에 점차 공포에 젖어갔다.

무서운 자다.

"이봐, 난 당신한테 그런 걱정까지 해달라고 하지 않았어. 친절은 너

무너무 감사하지만 필요없다고. 당신은 그냥 엉망이 된 사업들만 보고
받고 의결권만 넘기면 되는 거야. 알겠나?"

"……."

"아아~ 그리고 지금 망설이는 이유가 장문수 전 회장에 대한 허접
한 의리 때문이라면 일찌감치 버리는 게 좋아. 어줍잖게 의리라니. 쯧
쯧, 당신은 별로 걸릴 게 없다고 버티나 본데 황 이사, 당신 아들들은
별로 안 그렇던데? 참 화려하더군. 2년 전 골프장 스캔들에서부터 당
신 자식들이 얽힌 각종 비리를 나열해 볼까? 연도순이나 가나다순으로
읽어줄 수도 있어. 상관없으니 골라보시지."

"내 아들들이?! 그리고 니들이 그, 그걸 어떻게!!"

아들들이 비리에 연루되었다는 소리보다 그것을 약점으로 잡고 있
는 그들에게 더욱 놀라고 황망한 황 이사다. 게다가 그 이후에도 드러
나는 자식들의 이야기와 협박, 회유…….

"아차차. 그리고 또 한 가지. 자꾸 그렇게 날 짜증나게 굴면 네 딸년
들도 무사하지 못한다는 걸 알려주고 싶군. 망치, 여기 황 이사님 따님
들 본 적 있냐?"

"고것은 당근에서 더 발전해서 완전 말밥이라. 딱 보니 존나 열씨
미 놀아본 가시나던디요. 불러만 주세요. 히히, 지가 조물조물 야물딱
지게 귀여워해 줄 수 있응께요."

"후후후. 그래. 자, 이제 어쩌시렵니까, 황 이사님. 마지막 제안입니
다. 지금 선택하시죠. 저희와 뜻을 함께하시겠습니까, 아니면… 우린
지금 시간도 별로 없지만……."

능글거리는 건달패와 달리 산뜻하고 깨끗했지만 그래서 더욱 섬뜩
하고 무서운 남자.

그 남자가 마지막 제안에서 다시 깍듯한 존댓말로 존칭을 하며 등골
이 서늘하게 웃었다.
　　"이제 내 인내심도 거의 바닥났거든요."

제4장 축제 전야 II

"머리!"

파팡!

향이 좋은 나무로 만들어진 도장.

도장 밖은 녹음이 우거진 숲과 연못, 동양적 정취의 정원이 펼쳐진 별관이다. 즉, 이곳이 바로 성전 총수 사택의 동쪽 별관.

성전 총수 사택의 네 개의 별관 중 동쪽에 위치한 이곳은 보시다시피 명상을 하거나 대련을 할 수 있는 도장이다. 최대한 인공적인 냄새를 지우고 자연적인 것으로써 담백하고 깨끗한 느낌으로 설계된 목조 건축물이라 무도를 위해선 더할 나위 없이 좋은 조건인 장소였다.

그런데 지금 그곳에 두 명의 소년이 대련하며 서로를 상대로 정면을 노려보고 있는 중.

대련하는 종목은 검도.

호구까지 완벽하게 착용한 상태로 죽도를 들고 신경전을 벌이는 중이다. 하지만 그중 한 소년은 눈앞에 상대를 두고 있으면서, 그것도 결코 쉽지 않은 상대를 앞에 두고 있으면서 집중이 잘 되지 않아 곤욕을 치르고 있었다. 호면 안에서 빛나는 눈을 가진 금빛 머리칼의 소년이 이를 악문다.

'정신 차려, 민제후! 이대로 쉽게 질 수 없어!'

마음이 콩밭에 가 있다고 해야 할까?

지금 죽도를 들고 임하는 싸움도 크지만 더 큰 어떤 싸움에 정신을 빼앗기고 있어 평정심을 유지하기 힘들어 보였다. 게다가 지금의 다짐은 눈앞의 대련만을 염두에 두고 한 말은 아닌 듯.

주주총회까지 앞으로 이틀. 내일 축제 마지막 날 불꽃 축제 콘서트가 끝나고 나면 그 다음날 오전이 바로 성전그룹 주주총회니…

'장태현과의 싸움은 생각보다 버겁다. 더구나 그쪽은 완전히 게릴라전.'

주주총회를 겨냥한 여기저기에서 터지고 벌어지는 사고와 업무로 제후를 비롯한 간부들은 죽을 지경이다.

모두 이해할 수 없는 부분에서 터지고 깨지는 사고들, 그리고 업무마비. 경영적인 측면에서 과실을 늘리기 위한 작전으로 보여지나 그 정도로 넘어갈 만큼 민제후의 측근들이 만만하지도 않고 호락호락한 상대 또한 아니다. 그러나 문제는 미심쩍지만 꼬리를 잡을 수 없는 불법적이고 비정상적인 상황들이다. 또한 그것들에 어떤 좋지 않은 검은 힘의 세력이 영향을 끼쳤을 거라는 심증, 현성우의 존재를 자꾸 믿게 만들고 의식하게 하는 작은 단서들은 사람을 아주 미치게 한다.

이러다간 과도한 스트레스에 눌려 꽃다운 방년 십팔 세에 돌아가실

지경이라 오늘은 아예 하루 시간을 몽땅 내서 저택의 동쪽 별관에 있는 도장으로 나온 민제후였던 것이다. 친구들과 약속이 있기도 한 제후는 그곳에서 다른 친구들보다 좀 이르게 만난 한 사람과 생각지 못한 대련까지 하고 있었다. 바로 문승현이라는 소년과.

예전에 강제경과의 승부로 인해 결정짓지 못한 또 다른 승부를 위해서.

"……."

"……."

긴장감이 감돈다.

서로 호구를 갖추고 죽도로 겨누며 상대의 미세한 틈을 엿보면서 집중한다.

죽도… 도(刀)… 검(劍)…….

제후가 자신을 노리며 물같이 고요하게 머물고 있는 문승현의 죽도에서 시선을 떼지 않자 대련하기 전에 있었던 문승현과의 일들이 다시 한 번 머리를 빠르게 스쳤다.

이 이전의 상황들, 그리고 어떤 이야기들이.

*   *   *

검은 묵빛의 도신(刀身).

사실 '도'라고 할 것도 없다, 날도 서 있지 않은 칼이었으니. 다만 자신이 보기에 전체적인 모양과 분위기가 검보다는 도에 가깝다고 생각되어서 그렇게 부를 뿐이고, 또한 지금은 새로 단장을 해서 그럭저럭 칼답게 보이기는 하나 원래는 고철에 더 가까웠으니까.

"뭐야, 그건?"

"아! 왔어?"

그때 서재의 문이 열리고 들어서는 무표정한 회색 빛 소년.

그 인물의 등장에 제후는 손에 들고 있던 청아도를 더할 나위 없이 깨끗하고 절도있는 동작으로 제자리에 돌려놓고는 돌아서서 활짝 웃었다.

"얘긴 다 끝났지? 어땠어? 서로 유익한 방향으로 계약서를 준비하라고 시켰었는데."

"그래, 곤란한 건 없더라. 그런데 내게 벌써 이렇게까지 할 필요 있어?"

"투자니까. 확실한 게 좋아."

문승현의 물음에 생각할 것도 없이 간단하게 대답했다.

고민? 훗! 그런 건 없었다. 내가 마음씨가 비단결이라 남을 못 도와줘서 몸살난 성인도 아니고, 돈이 썩어나서 아무나 퍼다 주고 싶어서 미친 등신도 아니니. 아참, 돈이 썩어나는 것은 사실이구나.

어쨌든 충분히 투자의 몇 배 수익을 기대하고 밀어붙인 일이다.

'게다가 난 내 눈을 믿어.'

장기적인 안목으로.

더구나 사람 장사를 잘해야 진짜라고 생각한다.

"…너, 요즘 무슨 일 있지?"

"응?"

'갑자기 얘가 왜 봉창 뜯는 소리람?'

갑작스런 그 소리에 제후가 어이없어 대충 뭐라 하려고 고개를 들자 강한 시선과 맞부딪쳤다. 그것은 강요하는 것은 아니지만 고요한 눈의 물음.

문승현이 그 무감동한 얼굴에 미세한 주름을 잡고 그렇게 노려보듯 바라보고 있는 것을 발견했다. 아니, 사실 노려본다고 하기보단 숨기고 있는 뭔가를 찾아내겠다는 강렬한 의지를 담았다고 해야 옳겠지만, 감정이 느껴지지 않는 무표정 속에 차갑지도 뜨겁지도 않은 회색 빛 눈동자가 자신에게 꿰뚫을 듯 고정되어 있으니… 드러내고 싶지 않은 속마음을 들킬 것만 같아서…

덫과 같다. 제후는 빠져나갈 수 없는 문승현의 그 눈빛에 한동안 말문이 막힌 듯 아무 소리 못하고 있다가 한참 뒤에야 음울한 미소를 피식 흘릴 수 있었다.

"그래, 난 죄가 많아."

나직한, 진지하게 내뱉는 민제후의 음성에 문승현의 안색이 심각해지며 이마에 미세한 주름을 늘렸다.

그래, 죄가 많지. 이 생에서 다 갚지 못할 만큼 큰 죄가.

"이 죄. 많.은. 인. 생.살.이… 크흑! 또다시 멀쩡한 도령 하나를 금단의 사랑에 발을 들이게 하다뉘! 하지만 내 탓이 아니라네! 내가 워낙에 남녀 모두에게 어필할 만큼 잘.난. 것.을. 역천(逆天), 하늘을 거역하는 나의 이 잘.남.을 어쩌하리오!!"

아~ 너무 잘나도 큰일이다, 정말. 냐하하하~

"승현아, 제발 그렇게 열렬하게 쳐다보지 말아줘! 꺄하~ 부끄럽잖앙~ 게다가 나는 너의 그 마음을 받아줄 수 없쏘! 미안하이!! 미안하… 엥?"

왜 아무 반응이 없지?

항상 이때쯤 뒤통수로 뭔가 날아오거나 구타를 당했기에 너무 조용해서 불안하다.

너무 이상해서 머리를 긁적이며 고개를 돌리니 문승현이 처음과 마찬가지로 미동없이 고요하게 서서 바라보고 있다. 한데 뭔가 다르다. 평소와 마찬가지로 똑같은 무표정한 모습인데 어쩐지 저 눈에 담긴 가라앉은 쓸쓸함은…

'동정인가?'

장난기가 싸늘하게 식어버렸다.

"…그게 민제후가 곤란할 때 말 돌리는 수법이군."

말문이 막혔다.

"그래, 알았다. 별로 말하고 싶지 않단 거겠지? 그렇다면야."

무안해서 이번엔 진짜 웃음이 피식 새어 나온다. 문승현 앞에서 갈 때까지 다 간 것 같은 느낌.

'안 통하네.'

어찌 보면 문승현은 유세진과 닮은 점이 많았다. 세진이 녀석은 다 알면서도 모른 척 생글거리면서 넘어간다면 문승현은 무표정으로 그러하다. 미소와 무표정은 정반대의 것이라 생각했는데 그 두 사람에게는 같은 성질의 것으로 느껴지다니…….

"킥킥."

오늘 스타일 완전히 다 구겼다.

하지만 남자에게는 말하고 싶지 않은 비밀 한두 가지는 있는 거라구.

"민제후, 그런데 아까 그건 뭐야?"

"아, 이거?"

그러나 마침 말 돌릴 건수가 생겨서 다행이다.

"청아도(清雅刀)."

난 테이블 위에 올려놓은 청아도를 다시 들어 올리며 모처럼 사심없이 맑은 표정을 지어 보였다.

이것은 내 마음을 지켜주는 기둥들 중의 하나.

하지만 그때 청아도를 발검한 민제후를 바라보며 문승현이 의외의 말을 중얼거렸다.

"이거… 열쇠?"

'뭐?'

"그게 무슨 소리야? 열쇠… 라니?"

제후는 자신의 애도(愛刀)를 멍하니 바라보는 승현을 깨닫고 깜짝 놀라서 물어보았다. 그러자 자기가 중얼거린 혼잣말을 제후가 들었다는 것을 안 승현은 약간 말을 더듬으며 천천히 읊조린다.

"아니… 그냥 저 칼, 어디선가 본 적이 있는 것 같아서… 어디서 봤지?"

그것은 두려움 같은 것 때문에 더듬는 말투가 아니라 무엇인가 기억해 내기 위해 애쓰면서 내뱉는 말. 그래서 매끄럽게 이어지지 않고 군데군데 끊어지는.

'문승현이 청아도를 알고 있다고?'

청아도의 정체를 아는 것처럼 말하는 승현의 말투에 궁금증이 더해 간다. 제후의 눈빛이 달라지기 시작했다.

무슨 소리인지…

처음 청아도를 발견한 곳은 장문수 회장이 자신의 서재에 감춰놓은 보자기에서였는데. 더구나 그때 처음 보았을 땐 칼집도 병혁도 지금과 달랐고 잘 다듬어진 깨끗한 형태가 아니어서 자세히 보지 않으면 고철이나 마찬가지였었다. 청아도에서 느낀 이상한 공명이 없었다면 민제후 그 자신도 관심조차 두지 않았을 그런…….

'아! 그러고 보니 그런 고철을 왜 장 회장은 신주 단지 모시듯 서재에 가져다 놓았을까?

지금에 와서 생각해 보니 정말 이상하다.

수집관 공사가 있어서 옮겨놓은 것 같다는 말을 들었지만 다시 생각하고 생각해 봐도 말도 안 된다. 공사로 인해 골동품들을 옮겨야 했다면 다른 방이나 창고도 많았을 터였다. 저택에 방이나 공간이 부족할 리도 없었고.

그런데 그런 물건들을 보자기에 싸서 성전그룹 창업주의 서재에 옮겨놓았다? 창고 대신으로?

'생각할수록 이상하잖아, 정말.'

또한 남의 눈에 띄지 않게 숨겨놓았다는 것도. 그리고 수집관 공사 운운했던 말도 추측성 발언일 뿐이었고. 그런데 더 이상한 것은 만약 반대로 중요한 물건이었다면 왜 금고에 들어 있지 않았느냐는 것.

뭔가 냄새가 난다, 냄새가.

제후가 복잡하게 얽혀가는 생각에 무심코 시선을 돌리자 여전히 오래된 기억을 짚어가는 듯 찡그림이 깊어가는 문승현을 볼 수 있었다.

"어디서 봤… 아, 맞다!!"

그런데 그때 승현이 손바닥에 주먹을 탁 내려치며 소리쳤다.

"옛날의 그 이상한 도면!!"

"도면?! 그럼 무슨 설계도 같은 거 말이야?"

민제후도 문승현의 목소리에 깜짝 놀라며 같이 고함을 지르고 말았다.

도면은 뭐고 열쇠란 또 뭐야?

"그땐 이게 무슨 모양일까 궁금했었는데 이렇게 보니 칼의 형태였군. 특이해. 하지만 이렇게 만들어놓은 것도 멋진데?"

"잠깐잠깐! 그게 무슨 소리냐구!"

궁금한 것도 많고 알고 싶은 것도 많은데 문승현은 계속 혼잣말에 딴생각이다. 그래서 결국 민제후식대로 입을 열게 했다. 주먹 쥐고 만드는 아리따운 '주글래?' 포즈.

요즘 계속 진지 모드였다가 오랜만에 하려니 좀 힘들었지만 그제야 민제후답다는 소리를 문승현에게 듣고서 자세한 대답을 얻을 수 있었다.

"너, 전에 내 전공 연구실에 온 적 있었지?"

"아, 그 산속 구석탱이에 있던 창고?"

"그래. 그곳은 원래 학생들에게 배정해 주는 공간이 아니었거든. 성전특고가 건립되기 이전부터 있었던 건물이라는데 뭐 하는 곳이었는지 처음 발견했을 땐 지금과 달리 별별 잡다한 잡동사니들이 쌓여 있었지. 별 희한한 물건들로 가득했으니까."

'지금도 많아.'

별로 상상이 안 간다. 지금도 마찬가지 아닌가? 자기도 오죽하면 추적 장치 따윌 만들어서 잃어버린 물건 찾는 데 쓰겠어?

하지만 문승현은 깊은 생각에 잠겨 있어서 눈을 가늘게 뜨고 아리까리 묘하게 쳐다보는 제후의 표정은 알아차리지 못한 채 계속 말을 이어갔다.

"그런데 이건 내가 특고에 막 입학했을 때 한눈에 마음에 들어서 내 전공 연구실로 등록하고 정리하다가 잡동사니들 중에 묻혀 있던 어떤 설계도에 있던 그림이야. 특이하다고 생각했기 때문에 아직도 기억해. 그 설계도의 열쇠 모양이 이렇게 생긴 거였어. 하긴, 설계도라고 하기에도 뭐하다. 조금 구체적인 그림이라고 하는 편이 더 나을 거야. 뭘 만든 건지 알 수가 없었으니."

성전특고가 생기기 이전부터 있던 곳이라……

"하지만 검일 줄은 정말 몰랐는데? 아, 도(刀)라고 했지? 열쇠가 이렇게 클 줄도 몰랐고. 이름이 청아도라고?"

곰곰이 생각에 빠져 있던 제후가 청아도를 신기하게 바라보는 문승현을 향해서 천천히 입을 열었다.

뭔가 비밀이 있는 것이 분명하다. 그 비밀은 '성전(聖殿)'이라는 이름과 얽혀 있을 것이고, 그 중심에 청아도가 여러 가지 의미의 열쇠로서 존재한다.

"그 설계도 아직 있어?"

"아마 있을걸? 어디에 처박아뒀는지는 잘 모르겠지만."

"부탁해. 그거 나중에 나한테도 꼭 좀 보여줘."

"그러지 뭐. 시간나는 대로 찾아볼게."

하지만 지금 당장 그 도면을 본다고 알아낼 수 있는 게 있을까? 청아도에 관해서도 지금까지 그저 마음에 드는 이상한 도라고만 생각했었고, 문승현이 말한 무슨 도면이라는 것도 처음 듣는 이야기. 이렇듯 배경 지식이 전무한 상태에서 그 도면을 본다고 무엇을 알 수 있을까?

아무래도 이 문제에 관해서는 장문수 전 총재가 돌아와야 이 비밀을 풀 수 있을 듯하다.

"참! 그리고 문승현, 너 혹시……."

"응?"

승현은 갑자기 침착하게 부르는 목소리에 의아해서 쳐다보았다. 지금까지 한동안 혼자 생각에 빠져 있던 민제후가 고개를 들고 화사하게 웃음 짓고 있었다.

"혹시 죽도 휘두를 줄 아니?"

*　　　*　　　*

"머리!!"

파파팡!

딴생각이 스며들자 그 순간의 틈을 놓치지 않고 상대의 공격이 정통으로 들어온다. 많은 생각이었지만 현실에선 정말 단 한 순간, 찰나지간이었는데.

'위, 위험했다!'

제후는 순간 정신을 차려 방어해 내고 나서 식은땀을 주르륵 흘렸다. 하마터면 지금 그 한 번의 틈으로 허망하게 질 뻔하지 않았는가.

"제길, 난 절대 안 져."

'질 수 없어!!'

승부다!

"이야아압!!"

한편 도장의 한 켠.

오늘 하루 완전히 시간을 비운 도련님을 보러 김성민과 한지훈을 비롯한 몇몇 최측근 비서들이 잠깐 동쪽 별관으로 들렀다.

그 소년에게 휴식이 필요하다는 것은 모두의 일치단결된 생각이었기에 제후가 하루를 완전히 스케줄을 비우자 환영해 마지않던 그들.

아무리 성전그룹의 내부 개혁을 주도하며 새로운 프로젝트들을 성공적으로 이끌어낸 대그룹의 총수이자 그들이 존경해 마지않는 상관이었지만 객관적인 눈으로 바라보자면 그는 아직 고등학교에 다니는 어린 학생이었다. 게다가 지금은 여름 방학 중인데… 여행을 간다거나 친구들과 어울린다고 해도 누구 뭐랄 사람이 없고 또한 그것이 너무나 당연한 일이건만 그 아이는 마치 일 중독자처럼 여름 방학에도 회사 일에 파묻혀 지내야 하다니…….

그래서 오늘 하루만큼은 친구들과 보내겠다고 했을 때 모두들 수긍하는 동시에 안도의 마음도 들었었다. 과로라는 이름으로 그들의 수장을 먼저 보낼 수는 없으니까.

그런데…

"김 비서님, 전부터 궁금했던 건데 도련님께서 검도하신 적이 있었던가요?"

동쪽 별관의 도장으로 들어선 비서진들 중 한지훈 실장이 눈앞의 광경을 멍하니 쳐다보며 김 비서에게 물어보았다.

정말 궁금하다.

벌써 꽤 오래되었지만 민제후가 성전그룹 총수가 된 지 얼마 안 됐을 무렵, 검(劍)을 고르던 때로 기억된다. 그 비싸고 훌륭한 검들을 살피며 겨우 과도 취급하던 그 소년. 그리고 더 놀라웠던 것은 먼지와 녹으로 고철덩이에 불과한 어떤 칼을 매우 능숙하게 다루던 소년의 모습.

그것이 지금까지도 기억 속에 아주 깊게 각인되어 있었다.

잘은 몰라도 금빛 머리칼 소년이 검을 다루는 모습은 매우 절도있고 아름다운 동작이었기에 한지훈은 제후의 그것이 처음 검을 잡은 사람의 몸짓이라고 절대 생각할 수 없었다. 하지만 자신이 알기론 제후 도련님이 운동을 하신다는 소리는 들은 적이 없기에.

　그래도 혹시나 하는 생각에 자신보다 장 회장과 민제후를 더 가까이에서 지켜보고 보필했던 김 비서에게 물어보는 중이다.

　그리고 마침내 기다리던 대답. 매우 간략했다.

　"있지."

　"아, 그렇군요. 전 또. 하하하."

　'그렇구나. 그럼 그렇지⋯⋯.'

　"2주 만에 기초 체력 단련에서 초죽음이 돼서 그만뒀지만."

　"⋯⋯!"

　김 비서의 대답에 한지훈의 눈이 휘둥그레졌다. 하지만 한지훈 실장의 놀람에 비해 김성민 비서실장은 별 반응 없이 담담하다. 오히려 이런 건 별것도 아니라는 듯 편안하게 시선을 옮겨 도장 안의 광경을 쳐다보았다.

　모두 처음엔 나이가 어리다는 이유로 장 회장님이 민제후 도련님을 후계자로 지목하신 걸 반대했다. 그리고 그 이후엔 그 유명한 덜떨어진 바보, 회장의 외손자가 성전그룹의 총수가 되었다는 것에 마음까지 굽히지 않았었다. 그러나 그 소년은 매번 기적에 기적을 이루었고, 짧은 시일 내에 거대한 조직을 이끌어갈 만한 충분한 배짱과 거부할 수 없는 강렬한 카리스마를 모두에게 아낌없이 보여주었다. 또한 인재를 끌어들이고 스스로 모이게 만드는 그 소년만의 놀랍고 독특한 매력!

그래서 이제 그들은 때때로, 아니, 요즘 같아선 거의 대부분을 그들의 수장이 아직 십대 소년이라는 사실을 잊어버렸다.

　'그런데 이제 다만 한 가지 걱정되는 것은……'

　민제후 도련님이 예전부터 몸이 약했다는 소문.

　얼마 전까지만 해도 학교 체육 시간마다 벤치에 앉아 있었다고 하고, 죽을 뻔했던 사고도 평소 먹던 약을 잘못 조절해 먹었기 때문이라고 하고, 더구나 최근엔 성전그룹 창립 기념일에 무슨 발작이라도 있었는지 혼절한 채 업혀 들어왔다고 해서 걱정됐었는데…….

　'몸이… 약해?'

　도장 안을 가득 채우는 열기.

　서로 절대 이기겠다는 신념과 정신을 쏟아 붓고 있는 전력을 다하는 시합. 한눈에도 저것은 대단한 실력자들의 절대 승부.

　"한데 저게 달랑 2주 배운 실력이라고요?"

　한지훈 실장은 도장 안에서 격렬한 대전을 벌이고 있는 두 소년 중 한 명이 민제후라는 사실을 알아채고 멍하니 굳어 서버렸다.

　저것이 몇 년 전 체력 훈련 2주의 결과라니… 말도 안 된다.

　'검도에선 눈이 좋아야 하고, 팔의 움직임이 좋아야 하고, 담력이 좋아야 하고, 힘이 좋아야 한다라고 했던가? 하지만……'

　제후가 자신과 한 번 더 격돌하고 엉켰다가 물러선 상대에게 예리한 시선을 떼지 않은 상태로 숨을 헐떡거리는 자신을 깨달았다.

　시간이 얼마나 지났는지 알 수 없다. 온몸은 이미 땀으로 흠뻑 젖어 있고 팔은 저려온다. 머리는 어지럽고 맑지 못했다. 그리고 문승현은… 정말 뛰어난 상대다. 강했다.

'지금 내게 필요한 것은 빠른 움직임이나 힘이 아니야. 마음을 버려야 한다!'

처음부터 계속 마음이 다른 곳에 가 있음으로 해서 힘든 싸움을 하고 있었다. 무심(無心)이 필요했다. 이 승부가 끝날 때까지 마음을 꺼내어 다른 장소에 옮겨놓고 저 상대를 마주해야만이 승산이 있었다.

문승현은 마음까지 전력으로 집중하지 않은 상태로 이길 수 있을 만큼 호락호락한 상대가 아니다. 옛일이라지만 단신으로 자신의 학교뿐만이 아니라 그 일대 학군을 장악했던 타고난 전투 감각을 가진 상대.

"마음을 버려… 마음을……."

'칼이 중심을 벗어나면 즉시 공격이 들어온다. 조심해야 해.'

민제후가 여러 갈래로 흩어져 있는 마음을 버리고 무심을 이루려 평정을 가다듬었다.

그리고 그때였다!

'지금이다!'

"이야야압!!"

"우아이압!!"

파파팡!

민제후와 문승현, 이 두 소년이 대치 상태에 있다가 한순간 틈을 발견하고 서로를 향해 달려들었다.

육감으로 느끼는 기회! 서로 좋은 격자 기회라 느끼고 판단하는 순간 과감하게 공격을 행하는 둘이었다. 서로가 몸을 버리고 치는 그 모습이 마치 맹수들의 치열한 한판 같아 보는 사람들로 하여금 손에 땀을 쥐게 했다.

"머리? 아니, 손목 들어갔어! 연장전 들어가는 건가?"

"허리?"

"아니, 스쳤어! 정확하게 들어가지 않으면 인정되지 않아. 팔도 들리지 않았다구!"

양측 모두 대단한 기세다. 하지만 이번에도 서로 제대로 들어가지 않아 다시 끝을 보지 못했다.

그것을 지켜보던 구경꾼들은 자신들도 모르게 그 두 소년의 대련에서 소리 지르고 흥분하며 관람하고 있었다. 그러나 아무리 주변이 시끄럽더라도 이미 서로에게 집중된 두 소년들에게는 그 소리들이 하나도 들리지 않았다. 적막한 이공간에 단둘만 남은 듯이 눈앞의 대련 상대만이 보인다.

'움직임이 거의 없는데도 빈틈이 없어.'

아이들은 한동안 정체되어 서 있으면서 칼날 같은 시선으로 노려본다.

"2분 연장."

"그럼 7분을 뛰는 건데… 저건 보통 체력이 아니면 힘들어. 저 정도로 격렬한 대련이면 보통 운동 한두 시간의 체력을 요하는 시간이다."

"둘 다 속전속결로 끝내야 해."

꿀꺽—

사람들이 점차 급격하게 올라가는 긴장감에 침을 꿀꺽 삼켰다.

그리고 어느 순간 그 긴장감이 위험한 수치까지 올랐다고 생각될 어느 때, 아이들의 눈이 반짝 빛난다.

"이야얍!"

이번 충돌에서 결판이 날 것이다.

"물러서면서, 문승현, 머리?!"

"아니야, 빗맞았다!! 민제후, 손목!!"

"드디어 치고 들어간다!!"

문승현이 승부의 결정을 짓기 위해 들어갔다. 좋은 기회!

"으아아아앗!!"

'와라!'

민제후가 자세를 잡고 역시 그에 대한 대응을 준비했다.

"방어야!"

"아니, 옆으로 흘리며 파고들었어!!"

이 한 번에 전력을 다한다!

"머. 리―!!"

제후가 죽도로 내려치며 외치는 목소리가 우렁차게 도장을 울렸다.

파팡―!!

한동안의 정적. 그리고… 환성!

두 소년들에게 길고 길었던 시간이 마침내 끝이 났다.

"깔끔하게 들어갔다!!"

"우와~ 대단해!! 도련님, 최곱니다!!"

"시간 끝났어!"

승패가 결정지어지자 서로 물러서서 인사했다. 그리고 단정하게 정좌하여 호구를 벗었다.

"후아~ 역시 난 맨주먹이 더 편해. 막싸움이 훨씬 나아."

호구를 벗고 나니 숨이 거칠어진 땀에 젖은 얼굴들이 드러난다. 하지만 승패를 떠나서 전력을 다한 승부였기에 두 소년 모두 홀가분하고 시원한 얼굴들.

제후는 간만에 속이 후련해지는 것을 느끼고 얼굴 가득히 환한 금빛 미소를 지었다. 며칠 동안의 그 지독했던 스트레스가 쫙 풀리는 느낌이다.

"그것도 상관없지."

"아냐, 됐다. 보아하니 몸으로 널 상대한다는 건 완전 미친 짓인데. 내가 바보냐? 나중에 또 붙을 일 있음 그땐 머리로 할란다."

"뭐? 왜, 왜?!"

다음에 기회가 된다면 또 문승현과 겨루고 싶다고 생각하자 승현이 그런 제후를 물끄러미 쳐다보다가 두 번은 싫다며 고개를 돌렸다. 무심한 얼굴.

간만에 전력을 다해도 받아주는 인간이 나타나 기뻐서 하늘이라도 날 것 같았던 제후는 매정하게 돌아서는 승현에게 아쉽고 충격을 받았다. 게다가 그 이유라는 것이…

"내가 너보다 훨씬 공부 잘하니까."

할 말이 없어지다니. 더구나 저렇게 진지하고 진솔하게 말할 줄이야.

"우씨~ 비겁하다."

"제대로 말해 줘? 이건 똑똑한 거야."

"에이 씨."

한데 그때 그곳으로 다급히 뛰어들어 오는 회사 직원.

직원 하나가 뛰어들어 오더니 김 비서를 발견하고 그에게 다가가 황급히 속삭였고, 김 비서도 처음에는 조금 당황하는 듯했지만 곧 냉정을 되찾고는 민제후에게 다가와 침착하게 속삭였다.

무슨 일일까? 제후가 김 비서에게 전해 들은 그 말에 조금 눈썹을 꿈틀하며 움직이더니 알았다고 대답한다.

"애들은 좀 있다 도착할 거야. 먼저 가서 기다려. 곧 갈게."

비서들을 먼저 보내고 제후가 마지막으로 웃으며 그렇게 뒤돌아서 나가려는데 그때 뒤에서 들려오는 목소리.

"난 그렇게 생각해, 상처나 아픔까지 짊어지고 살아야 한다고."

특별히 어떤 감정이 담겨 있는 말이 아니었지만 제후는 그 말에 걸음을 멈췄다. 평이한 어조의 평범한 음성이었음에도 어쩐지 그냥 지나칠 수가 없었다.

민제후가 천천히 돌아섰다.

"상관하지 않으려고 했는데, 다들 병신 같아서 나라도 말해야 할 것 같애. 안 그럼 내가 답답해 죽을 것 같거든."

보이는 얼굴은 변함없는 문승현.

"난 말주변은 별로 없다. 하지만 이건 알아. 상처라는 건 자신의 안으로 확실히 끌어안지 않으면 자칫 그 상처로 인해 더 깊이 베일 수도 있다는 거. 그리고 더 이상 앞으로 나아갈 수 없다는 것도."

그 소년이 무표정에 살짝 보일 듯 말 듯한 미소를 지으며 말한다.

"경험담이지."

그러나 제후의 눈은 어느새 무섭게 변해 승현을 노려보았다.

건드리면 안 될 부분을 건드리고 있었다. 더 이상 손대면 자신도 도대체 어떻게 반응할지 모를 상처를 건드리는 소리들, 아니, 비수.

제후가 얼굴에 억지 웃음을 만들어내며 되도록 그냥 넘기려고 애쓴다.

"쿡… 너, 도대체 무슨 얘길 하는 거야?"

"그래, 그처럼 피하기만 한다면 더 이상 상처받을 일도, 상처 주는 일도 없겠지. 하지만 넌 다른 한 가지 잊고 있는 것이 있어. 이대로라면 넌."

"입 닥쳐!"

"그 상처가 아물 기회조차 없는 거야!"

마지막엔 거의 동시에 소리친 목소리.

문승현과 민제후. 두 아이 사이에 무서운 시선이 오갔다.

"…상관없어. 상관없잖아."

어떤 감정 상태인지 알 수 없는 탁한 눈으로 중얼거리며 내뱉는 민제후의 모습이 말할 수 없이 너무 아파 보인다.

"요즘의 넌 꼭 자해하는 듯한 기분이 들어. 그건 네 분위기가 아냐. 뭔진 몰라도 힘들면 친구들한테 손을 벌려! 충분친 않아도 혼자보단 낫잖아! 신동민인가 뭔가 하는 자식, 멱살이라도 잡고 가지 말라고 붙잡고! 그까짓 유학, 일이 년 늦게 떠나도 상관없고 한국에서도 얼마든지 공부할 수 있잖아! 또 잔머리 잘 돌아가는 세진이라는 그 시꺼면 놈한테도 힘들면 도와달라고 하란……."

"그만 해!!"

문승현에게서 쏟아져 나오는 말을 대단한 기세로 끊어버린 금갈색 머리칼의 소년이었다.

"잘 들어, 문승현! 이건 내 싸움이야! 나만의 싸움이라고! 넌 이해 못해!!"

그가 더 이상 듣기 싫다는 듯 주먹을 움켜쥐고 버럭 소리를 지르자 승현은 주변 공기가 묘하게 진동하며 흐름을 멈춘 듯한 착각이 들었다. 마치 진공 상태처럼. 인간이 그럴 수 있을 리가 없는데도.

"너희는 이해 못해."

승현은 결국 입을 다물면서 언제까지 저 친구가 이런 위태위태한 모습으로 줄타기를 할지 걱정이 되었다.

'넌 혼자만의 싸움이라고 하지만… 도와달라는 소리가 들린단 말이다. 그것도 아주 시끄럽게.'

문승현이 힘겨운 뒷모습을 보이며 사라져 가는 금빛 소년을 바라보곤 무겁게 숨을 내쉬었다.

꽝!

"이번엔 또 뭐야! 오늘만 날 좀 내버려 두라고 그랬잖아!!"

갑자기 집무실 문을 걷어차고 들어와 무시무시하게 화를 내며 폭발하는 민제후의 모습에 모두들 꼼짝없이 얼어붙었다. 처음 보는 도련님의 모습.

"나 미치는 꼴 보고 싶어서 그래!! 나도 지금 죽겠단 말이야!! 힘들어 죽겠단 말야!!"

그 소년에게서 검은 오로라가 보이는 듯하다.

긴급 회의를 하던 측근들은 모두 밖으로 나가라는 김 비서의 눈짓에 감사의 눈인사를 던지며 김 비서와 한 실장만을 남겨두고 황급히 서류를 정리해서 자리를 피했다. 짧은 순간에 성전 총수 사택의 회장 집무실은 썰렁하게 비워졌다.

차분하게 내려앉는 고요함.

복잡대던 직원들이 썰물 빠지듯 사라지자 금빛 머리칼의 소년도 마음에 여유가 생기는 듯 그제야 제정신이 드는 모양이었다. 마음이 가라앉자 여러 가지 생각이 들었는지 제후가 아직까지 그의 옆에 남아 있는 두 사람에게 얼굴을 약간 붉히며 미안한 표정으로 고개를 숙였다.

"아! 모두들 미안. 내가 잠시… 흥분했나 보군. 다들 고생하는데."

"아닙니다. 한 번쯤 그러실 줄 알았습니다."

'내가 발광할 줄 알았다고?'

너무나 담담하게 대꾸하는 김 비서를 멍하니 바라보다가 제후가 피식 웃어버렸다.

'어찌 말리겠어, 김 비서를. 어쩌면 나보다 더 날 잘 아는 사람일지도.'

"때가 된 거죠. 과도한 스트레스는 차라리 그렇게 해서라도 푸시는 게 낫습니다."

"괜찮아. 스트레스는 아냐. 좀 전의 그건… 투정이었어. 미안해."

그렇다. 투정.

문승현에게 건드려진 상처가 또다시 피를 토해내려고 하자 지금의 삶을 선택하고 모든 것을 외면해 버린 자신의 이기심을 감추려는 자신의 투정. 마치 일 자체가 많아서 힘든 것처럼.

자신이 싫어진다.

"어쨌든 우리가 힘든 만큼 결판이 얼마 안 남았다는 소리 아니겠습니까?"

격려하는 것인가?

제후는 마음으로부터 웃음이 흘러나왔다. 이곳뿐만이 아니라 이 집무실 문밖에 있는 많은 어른들이 어느새 민제후를 의지하고 인정하며 진심으로 보필하고 있는 것이다. 그들의 눈에 보이는 민제후는 아직 어린 십대 소년일 텐데.

역시 이렇듯 믿어주는 사람들, 도와주는 사람들이 많은데 포기할 수 없다.

"그건 그렇지. 그래, 좋아! 힘을 내자고. 이제 겨우 이틀 남았으니까 어느 쪽이 죽든지 끝까지 부딪쳐 보면 알 수 있겠지. 그런데 이번에 터진 건 또 뭐지?"

"그게……."

뜸 들이는 한지훈 실장.

오랜만에 보는 얼굴인데 이런 문제로 마주한 것도 아쉽건만 그런 식으로 뜸을 들이니 덜컥 겁이 난다.

"뭔데?"

"회전익 사업이……."

그러나 곧 크게 결심한 듯 비장한 얼굴로 고개 들어 죄스럽게 말한다.

"이번에 단군 프로젝트가 전면적으로 묶였습니다, 회장님."

'……!!'

"뭐야?!"

제후가 말도 안 되는 이야기에 소리를 지르며 벌떡 일어섰다. 그 바람에 의자가 넘어져 꽈당 하며 큰 소리를 낸다.

'단군 프로젝트가 묶였다면 이번에 출하될 회전익 사업, 헬기들이…….'

이번 것은 진짜 결정타다.

단군 프로젝트가 발목이 잡혔다. 성전그룹의 전자, 기계, 통신, 반도체 등을 통합하는 신우주 사업을 이끄는 중심 프로젝트가 걸려 넘어졌다니.

이것을 보고받은 제후가 무서운 눈으로 이를 악물었다.

짐작이 간다. 또 장태현의 술수. 뒷공작.

전날까지 아무 문제가 없던 것에서 갑자기 문제가 생길 리가 없으니.

계속되는 보고에 의하면 너무나 빠른 단시일에 개발되었다는 점이 빌미가 되었던 모양이다. 그리고 해외의 어느 전문가라는 자의 추측성 발언이 난무한 의견도 한몫해서 혹시나 있을지 모를 치명적인 결점을 찾는다는 말도 안 되는 이유로 생산 라인을 중지하게 만들었다고. 안전 때문이라나? 단군 프로젝트의 회전익 사업의 「Eagle」, 「Thunder」, 「JUPI」, 이 3가지 기종의 헬리콥터는 모두 국제적 안전 기준 Category 'A'를 만족했고 인증까지 받았건만. 억지가 아닐 수 없다.

아마도 주주총회까지 시간 끌기용 방해 공작인 듯한데, 장태현 이사는 물론이거니와 정부 고위 관리도 깊이 얽혀 있는지 말이 통하지 않고 무조건 기다리라고만 한다고 한다.

'중국 대륙으로 대규모 정식 수출 계약을 앞두고 이게 무슨……'

"아차! 그럼 계약은?"

"그게, 소문이 어떻게 그쪽까지 흘러 들어갔는지 모두 유보적인 입장을 표해 왔습니다."

"제기랄!!"

하지만 당연하다. 보통 큰 계약이 아니니 신중할 수밖에.

장태현의 억지 방해이긴 하나 이 소식을 들은 주문자들은 속속들이 계약을 미루고 있다. 제후는 다른 사업체와 달리 자신이 직접 손을 댔던 프로젝트라 갑작스런 제동에 아직 어찌해야 될지 몰랐다.

"쳇! 이게 장태현의 방식이면 정말 대단한데. 치사하고 비겁하면서도… 정말로 효과적이잖아."

제후는 가죽 의자에 털썩 주저앉아 뒤로 기대면서 장태현을 정말 존경하고 싶을 정도라고 생각했다.

지금까지 뒤에서만 으르렁대다가 마침내 바깥으로 이를 드러내고 뛰쳐나온 장태현 이사는 정말 만만치 않다. 현성우라는 무기를 손에 쥐고 휘두르기 때문에 더욱 그러했고. 목적을 위해서라면 합법이든 불법이든 가리지 않고 할 수 있는 자이니. 더구나 흔적도 남기지 않고 말이다.

제후의 얼굴에 떠오른 회의적인 표정을 보았기 때문일까?

김 비서가 강한 어조로 할 수 있다고 역설한다.

"괜찮습니다. 힘들겠지만 우리 쪽에 문제가 있는 것이 아니니 수습할 수 있을 겁니다."

"수습할 수 없다는 게 아니야. 날짜가 문제지. 주주총회 전까지 정말 날짜 맞출 수 있겠어? 힘들 거야."

"그래도… 해봐야죠. 아마, 아마 할 수 있을 겁니다. 어차피 저쪽에서도 일시적으로 막아놓은 것뿐일 테고. 해야죠. 아니, 꼭 해야 합니다!"

그런데 그것을 그쪽도 알고 있을 거라는 게 문제다. 그 일시적인 문제가 결과적으로 그들에게 큰 무기로 휘둘러질 수도 있음이다. 말도 안 되고 억지이긴 하나 막말로 한국에선 목소리 큰 사람이 이긴다고 하던가?

단군 프로젝트는 진행 상황에 아무 문제 없고 오히려 눈부신 성과를 보이고 있지만 이렇게 된다면 솔직히 주주총회에서 이사들 앞에 내놓을 수 있는 결과물이 아무것도 없었다. 도장을 찍기 직전이었던 큰 계약들은 이번 일로 한꺼번에 미루어지게 됐고 생산은 중단됐다. 헬기 기종들의 성능과 안전에 아무 이상 없다고는 하나 장 이사 측에서 외국의 무슨 전문가라는 사람들을 불러들여 결점이라며 무엇이든 꼬투리 잡아 극단적으로 비약하며 공격할 텐데. 더구나 장태현이라면 주주들을 매수하거나 자기 편으로 끌어들였을 가능성도 전혀 배제할 수 없다.

반짝이는 금실 같은 머리카락이 드리워진 소년의 하얀 이마에 순간 더욱 짙은 근심이 드리워졌다.

"그런데……."

"예?"

오랫동안 조용히 생각에 잠겨 있다가 말문을 열자 대책 마련에 고심하고 있던 두 남자가 동시에 쳐다본다. 덩치가 큰 어른들이 마치 서로 맞춘 것처럼 똑같이 움직이고 합창하는 것이 웃겼지만 아쉽게도 생각에 빠져 있는 민제후에겐 그것이 보이지 않았다.

"이게 과연 끝일까?"

왠지 이것이 끝이 아닐 것 같다는 느낌이 자꾸 든다.

어쩐지 더 큰일이 일어날 것만 같아…….

"예감이 안 좋아. 여기까지가 아냐. 이 정도로 끝낼 상대가 아니야."

장태현은 몰라도 현성우는 아니다.

'이번 일, 우리에게 정말 큰 타격이지만 성전그룹을 통째로 놓고 본다면 치명적이라고 하기엔 뭔가 약하다. 갖고 있던 패가 무용지물이 되었지만 본전은 그대로라고 해야 할까? 그런데 상대는 이 본전까지 잃고 마이너스 상태가 되길 원한다면?

뭐가 있을까? 내가 장태현이고 현성우라면, 상대에게 가장 큰 타격과 이미지 손상을 줄 수 있는 사건은.

수단과 방법을 가리지 않고 덤벼든다면 어떤 것이 있을까? 뒤통수칠 수 있는 방법.

넓게 바라보자. 최근 언론에서 주목받고 있는 것은 무엇인지 천천히. 비난의 화살을 받을 수 있는 치명타.

성전그룹에서 가장 중요한 핵심 사업은 단군 프로젝트, 그 밖에 영상사업단이 있고, 바로 내일 있을…

"여름 불꽃 축제 콘서트!"

"꺄아아악!!"

"오빠!! 오빠, 사랑해요!!"

"D.A.K 짱! D.A.K 짱! 우.리.들.의. D.A.K!!"

BSB 방송국 앞.

오늘 뮤직캠프 방송이 있는 날이라 수많은 여학생들이 진을 치고 있었다. 방송국 앞 도로는 학생들로 점거된 지 오래이고 도로 옆 가로수는 현수막을 걸기 위한 기둥일 뿐이다. 그나마 각자 맡아놓은 자리가 있어 현수막도 아무나 걸 수 없다. 한마디로 음악 프로그램이 있는 날이면 방송국 앞은 전쟁 통.

방청권을 얻을 수 있는 사람의 수는 한정적이었지만 각 유명 가수들의 팬클럽 아이들이 모여 각기 그들을 상징하는 색깔의 팀복을 입고 자신들이 좋아하는 스타들의 노래를 부르며 기다린다. 일명 빠순이라고 불리기도 하지만 그 아이들은 다만 자신이 좋아하는 스타가 한 번이라도 자신들을 쳐다봐 주기를 바라고, 또 그 아이들도 한 번이라도 더 스타의 멋진 모습을 보길 원해서 하는 일. 그렇기 때문에 자동차를 타고 지나치는 얼굴뿐이지만 방송국에서 진을 치고 기다리고 스타의 집 앞에서 밤을 새기도 하는 무한 에너지가 솟아난다.

"꺄아아아! 마리안이다!"

그러던 중 어느 때였다.

방송국으로 진입을 시도하는 밴이 나타나자 플래카드와 현수막 등을 흔들며 기다리고 있던 교복 차림 여학생들이 일제히 소리 지르며 몰려들어 아수라장을 이룬다. 한데 그 밴이 나타나자 열광하는 아이들의 모습이 다른 가수들 때와 다른 점이 있었는데 그것은 팬들 중 남학생 비율도 상당히 높다는 것. 누군가의 비명 같은 환성에 단번에 몰려든 아이들은 방송국 경비원과 보디가드들의 저지를 받았고 그 순간을 이용해서 대형 밴은 겨우 방송국 안으로 들어갈 수 있었다.

아수라장을 탈출한 자동차가 방송국 건물 출입구에 멈춰 서고 차 문이 열리자 모자와 선글라스를 눌러쓴 예쁘장한 소녀가 씩씩하게 내린다. 머리카락은 모자 안으로 빠짐없이 밀어 넣어 보이지 않고, 동그란 알이 귀여운 컬러 선글라스가 눈을 가리고 있었지만 그 모습에서도 눈에 번쩍 뜨일 미인이라는 것을 알 수 있었다. 아직 어린 소녀이나 감출 수 없는 끼와 생기발랄함이 너무도 매력적이다.

"와아~ 역시 인기가 장난 아니네, 마리안."

"아, 언니?!"

마리안은 자신을 부른 소리에 고개를 돌렸다.

그 소녀를 불러 세운 사람도 역시 아름다운 사람. 화려한 옷차림에 세련된 화장을 하고 있는 그녀 역시 현재 가요 순위 차트에서 10위권 안에 진입하고 있는 인기 절정의 가수다. 또한 이번이 벌써 4집 음반임에도 인기만큼 사람 또한 변하지 않고 소탈한 성격이었기에 동료 가수들이나 주변 지인들 사이에서도 인기있는 그녀. 한마디로 섹시한 외모와는 달리 남자처럼 털털하고 편한 성격이랄까?

마리안은 자신을 불러 세운 목소리의 주인공이 평소 좋아하는 언니

이기에 방긋 웃으며 귀엽게 인사했다.

"헤헤헤, 뭘요. 그런데 언니, 축하해요! 이번 4집 앨범도 반응 좋던데요. 금세 10위권 안에 들구."

"아이구, 5주째 정상을 차지하고 있는 분께 들어서 좋은 말은 아니네요. 이젠 라이벌인데. 호호호. 그나저나 축하는 내가 해야지. 내일이지, 불꽃 축제 콘서트? 한국을 대표하는 가수들 중 마리안도 메인으로 뽑힌 거 들었어. 본격적인 해외 진출, 축하해."

그녀가 한쪽 눈을 찡긋이며 축하 인사를 해준다.

"고맙습니다."

그런데 그때 마리안은 그녀가 갑자기 먹잇감을 발견한 암사자처럼 눈을 번쩍이며 자신의 옷깃을 뚫어지게 쳐다보는 것을 알았다.

놀랍다는 얼굴, 예쁜 것을 보고 환호하는 평범한 여자들의 표정을 지으며 호들갑스럽게 질문을 퍼붓는 그녀. 덕분에 잠시 얼이 나간 마리안이었다.

"어머머! 마리안, 이 브로치는 웬 거야? 웬일이니, 웬일이니! 이거 최고다! 너무 예쁘다!!"

섬세한 세공의 작은 은빛 고양이 브로치.

에메랄드 고양이 눈이 마리안의 이미지와 닮아 너무 귀엽고 앙증맞았다. 단순히 소녀의 액세서리라고 하기에는 너무나 신비롭고 아름다운 세공품.

"그죠? 헤헤, 선물 받았어요. 너무 맘에 들어서 항상 하고 다녀요. 귀엽죠?"

"선물로? 진짜? 히햐~ 누군진 몰라도 진짜 거금 썼네?"

마리안은 세진이 선물로 준 고양이 브로치를 보고 환성을 지르는 선배 언니의 모습에 어리둥절해졌다. 다른 건 몰라도 명품을 좋아하고 보석을 보는 눈이 탁월한 그녀를 아는지라 이런 반응은 정말 의외. 얼마 전 사귀는 부자 남자 친구가 사줬다면서 최근 주가가 한창 오르는 신인 여자 탤런트가 다이아 반지를 자랑할 때도 싸구려 세공이라고 코웃음 치며 거들떠보지도 않았던 선배인데.

"이거… 비싼 건가요? 별로 안 비싸다고 했는데."

겁난다.

"무슨 소리야!! 내가 보석을 좀 볼 줄 아는데 이거 티파니(Tiffany)잖아! 몰랐어? 게다가 특별 맞춤 같은데 뭘. 주문 디자인인 건 거의 확실하고 세공도 예사롭지 않고. 누구야? 재벌 3세쯤 되니? 아님 혹시 유명한 벤처기업 사장님? 어쨌든 진짜 장난 아니다~"

'에, 에엑?!'

하지만 곧 마리안의 어리버리한 물음에 그녀가 '얘가 뭘 모르네' 표정으로 반색하며 명품 마니아답게 열변을 토한다. 그리고 덕분에 놀라는 비명도 지르지 못하고 입만 크게 벌린 채 놀라서 굳어버린 청록빛 눈동자의 소녀.

'그렇게 귀한 물건인지 몰랐는데……'

"그럼… 돌려줘야 하나?"

마리안이 너무 부담되는 선물이 된 은고양이 브로치를 멍하니 쳐다보다가 혼잣말을 중얼거렸다. 저 언니 말대로라면 이 작고 앙증맞은 고양이가 보통 비싼 것이 아닌 것 같은데. 정말 이렇게 아무 생각 없이 덥석 받아도 될까?

하나 그런 마리안의 혼잣말에 펄쩍 뛰는 한 사람이 있었으니.

"어머어머, 얘가 미쳤어, 미쳤어! 그걸 왜 돌려줘! 하기 싫음 차라리

날 주든가."

"아, 안 돼요!"

"우아아악, 마리안—!!"

그런데 그 순간 씨근거리며 뒤통수를 향해 날아오는 고함 소리.

'매니저?'

"너, 거기서 뭐 하니! 방송 준비 안 하니!! 방송 시간 얼마 안 남았는데. 너, 나 돌아가시는 거 결국 보고 싶은 거니? 엉! 나 울어버린다, 마리안아."

"아유~ 가요, 가! 간다구요! 에헤헤, 그럼 언니, 다음에 봬요."

적절한 시기에 들려온 매니저의 잔소리에 마리안이 안도의 한숨을 내쉬며 아쉬움에 입맛을 다시는 선배를 뒤로한 채 대기실로 부리나케 튀어갔다.

"휴우~"

하지만 메이크업을 하는 도중에도 복잡한 생각이 머리를 떠나지 않는다.

유세진은 자신과 같이 수입이 큰 연예인도 아니고 그냥 평범한 학생일 뿐인데 어떻게 이런 선물을 할 수 있었는지. 그렇다면 정말 집이 부자인가? 그렇지만 아무리 집안이 부유하다고 해도 그 나이 또래에 친구에게 하는 가벼운 선물치고는 이건 너무 어마어마하다. 더구나 어느 집에서 그 나이 대의 소년에게 그 정도의 자금력을 허용하겠는가.

이런 선물을 한 사람이 아직 열여섯의 고등학생이라고 하면 아마도 다들 농담하냐고 웃을 테다.

'그러고 보니 난 세진 군 집에 대해서는 아무것도 모르잖아?'

유세진에겐 어떤 내력이 있는 걸까?

생각해 보니 사귄다지만 바빠서 얼굴도 잘 못 보고 유세진에 대해서 사실 아는 것도 별로 없다는 것을 깨달은 마리안은 금세 시무룩해졌다. 곧 생방송이라 메이크업이 끝나고 긴장할 법도 한데 단지 남자 친구 일로 우울해진 소녀는 방송은 안중에도 없다.

생각에 생각이 깊어지니 이상한 곳으로까지 발전해서 유세진에 관한 모든 일들에서 회의가 느껴졌다.

'우선 생각 좀 정리해 보자. 우리 정말 사귀기는 하는 거 맞나?'

물론 세진 군은 다정하다. 하지만 그건 세진 군이 누구에게나 예의 바르고 친절하니까 그런 거고, 또 먼저 전화하거나 문자 보낸 적도 없다. 만나자고 하지도 않고, 그리고 무엇보다…

"허걱!!'

'날 좋아한다고 말한 적이 없어!'

머리 속에서 번개가 친다.

은빛 머리칼 소녀의 얼굴 위로 암울한 실망의 그림자가 드리워졌다. 그런 중요한 사실을 까먹고 있었다니.

'아냐, 그래도 혹시……'

"저기, 코디 언니. 물어볼 게 있는데요. 어떤 남자애가 여자 친구한 테 먼저 만나자고도 안 하고, 전화나 문자도 안 보내고, 자기 집안에 대해서도 잘 말하지 않으면 어떤 거예요?'

마리안이 방송 준비로 바쁜 코디 언니에게 말을 걸자 코디가 마리안의 의상과 액세서리들을 정리하며 쳐다보지도 않고 건성으로 되묻는다.

"응? 누구 얘긴데?"

"치, 친구요. 친구 얘기예요. 고민 많이 하길래. 아하하……."

어색하게 얼버무리는 소녀. 치렁한 은빛 머리칼과 청록색 눈동자는 청순 가련해 보이는데 머리를 긁적이며 말하는 폼은 원래의 그녀 성품대로 털털하다. 그러나 눈에 띄는 그 불안한 포즈에도 코디는 다른 일에 몰두하느라 그것을 보지 못하고 일하면서 생각나는 대로 말을 내뱉었다.

"그래? 뭐, 간단한 거 아니야? 그 남자애가 여자앨 안 좋아하는 거지."

담백한 답변.

혹시나 했지만 역시나 들려온 그 대답에 마리안은 그 순간 천둥 소리를 들었다.

"그래도 우선 만나면 친절하게 대해주고… 그, 그리고 또… 비싼 선물도……."

"아, 그럼 다른 여잘 좋아하나 보네!"

"……!"

이번엔 뜻밖에 전혀 예상치 못했던 대답.

다른 여자? 그 깔끔하고 차가운 눈의 유세진 군이?

"넌 아직 어려서 잘 모르겠지만 남자들, 그런 타입이 있단다. 여자 친구보다 좋아하는 여자가 생기면 여자 친구한테 더 잘해주는 타입 말이야. 쯧쯧, 네 친구도 안됐다. 빨리 헤어지라고 그래."

"헤어… 져요?"

잔인할 정도로 계속되는 코디의 말에 마리안의 얼굴은 더 더욱 핼쑥해져 갔다.

"그래. 속 끓이고 있다가 나중에 충격받고 찔찔 짜는 것보다 훨 낫지 뭐. 어머? 얘, 너 왜 그런 데 가서 쭈그리고 앉아 있어?"

'당신이 내 입장 돼봐.'

"근데 네가 왜 찔찔 짜니! 지금 시간 없어, 마리안!!"

"생방 5분 전입니다. 준비해 주세요!"

"마리안!!"

이유없이 머리털을 부여잡고 구석에서 절망에 빠져 있는 마리안을 달래기 위해 그날 하루 매니저와 코디들은 진땀을 빼야 했다.

"여기 티켓 있습니다. 그럼 편안한 여행 되십시오."

"네, 감사합니다."

신동민이 창구에서 발권하는 항공권을 받아 들고 약간 걸음을 옮기다 잠시 멈춰 서서 비행기표를 꺼내어 들여다보았다.

항공권에 인쇄된 목적지는 미국 뉴욕행. 그리고 날짜는 모레 아침이다.

이렇게 빨리 가게 될 줄은 몰랐지만 흐름에 몸을 맡기고 있는 신동민이었다. 모레라면 내일 있는 불꽃 축제 마지막날 하이라이트 콘서트까지 보고 떠날 수 있을 것이다.

동민은 정리되지 않은 미소를 지으며 항공권을 다시 봉투에 넣고 밖으로 걸음을 옮겼다. 작별 인사 준비를 하는 그에게 친구들과 만나기로 한 오늘의 약속은 한없이 걸음을 무겁게 했다.

"여보세요…… 응, 제후 오빠야?"

《어라? 채마리, 네가 웬일이냐? 왜 목소리에 맥아리가 하나도 없어? 너무 얌전하니까 이상하다 야.》

마리안은 볼이 퉁퉁 부어 있다가 민제후한테서 걸려온 전화에 목소리를 밝게 하려고 노력했다. 세진 군이 아닌 게 좀 아쉬웠지만 바쁜 제후 오빠가 일부러 직접 전화를 준 것도 너무나 오랜만이니까.

"나 원래 이래. 전 이슬만 먹고 살잖아요. 오홍홍홍~"

브라운관에서만 보였던 예쁜 척, 청순 가련한 척, 연약한 척을 하며 마지막엔 약간 과장되게 웃음소리를 첨가해 줬다. 그러자 핸드폰 저 너머에서 망설임없이 들려오는 민제후의 활짝 웃는 미소 속의 경쾌한 목소리.

《알어. 참이슬.》

"이쒸~ 주우거!!"

모처럼 여자답게 상대해 줬더니.

마리안의 지금 표정은 딱 '엽기적인 그녀' 라는 영화에 나오는 여주인공의 주먹 쥐고 눈 부라리는 그 무시무시한 표정이다. 최근 말조심, 입조심하며 조신하게 살고 있는데 하필 이럴 때 건드리다니.

《…하, 하여간 저 말 뽄새 하고는.》

제후가 잠시 마리안이 소리친 말에 할 말을 잊었는지 목소리가 끊어졌다.

《어쨌든 오늘 저녁 약속 알지? 기획사 측엔 공적인 일로 말해 뒀으니까 걱정 말고 방송 끝나고 바로 와. 그런데 위험하니까 애들이랑 같이 와. 너, 아직 혼자 다니면 안 돼. 알았어?》

"뭐어?!! 이씨, 왜에~! 그때 이후로 지금까지 아무 일 없었잖아. 답답하단 말이야!"

《그래? …알았어. 그럼 혼자 와.》

'얼레? 웬일이지?

아직까지도 계속되는 경호.

저번에 사고가 있고 나서 스토커도 잡혔고 또 다른 이상한 기미도 보이지 않는데 굳이 이렇게까지 해야 하는 이유를 모르는 마리안이었다. 누구든 혼자서 화장실도 못 가게 하는 생활을 몇 달간 해봐라. 직접적으로 위험을 못 느끼는데 그런 상황이 계속되니 짜증나고 갑갑증이 극에 이른다. 더구나 마리안은 연예인이라는 공인이었기 때문에 어딜 가나 팬과 기자들 사이에서 부대껴 자유를 더욱 갈망할 수밖에 없는데.

그런데 이게 오늘은 웬일로 혼자 와도 된다니?!

하지만 마리안이 기뻐하기도 전에 핸드폰 너머에서 지나치는 혼잣말로 위장하여 중얼거리는 목소리.

《음, 그럼 세진이한테 너 데리러 가지 말고 따로 오라고 해야겠군.》

번뜩!

침울했던 마리안의 눈빛이 말 그대로 번뜩였다.

"잠깐! 세진 군이 나 데리러 와?"

《어? 어, 그렇긴 한데. 야… 그런데 왜 나까지 한기가 느껴지냐? 아하하하.》

"에취!"

비슷한 시각, 다른 어떤 장소에 있던 한 소년이 재채기를 하고 있었다.

"감기 걸렸어, 세진아?"

"아닙니다. 그런 것은 아닌데, 이상하게 갑자기 한기가 느껴지네요."

방송국에서 그리 멀지 않은 곳에 있는 야외 카페.

마리안이라는 이름의 소녀를 마중 나온 예지와 세진은 아직 도착하지 않은 친구를 기다리면서 느긋하게 차를 마시고 있었다. 신동민은 어디 들렀다가 오겠다고 했고, 마리안은 매니저가 이 앞까지 데려다 주기로 했다. 그럼 간단하게 차 한잔 마시고 제후네에서 보내준 차를 타고 이동할 예정이다. 대중 교통을 이용해도 좋겠지만 우선 여기까지 나온 이유가 마리안을 데려가기 위해서니까. 아무래도 마리안은 연예인이라 대중 교통은 힘들 것 같고 아직 위험 요소가 완전히 없어졌다고 보기 어렵기 때문에 더욱 그러했다.

"방학이 좋긴 좋다. 이렇게 여유롭게 카페에서 차도 다 마시고. 음~"

허브 차에 작은 감동을 느끼는 한예지의 모습에 세진이 귀엽게 웃음 지었다. 그리고 조금 망설이는가 싶다가 중얼거리는 말.

"…예뻐요."

"응?"

예지는 허브 차를 마시다 앞으로 흘러내린 긴 생머리를 손으로 쓸어 올리다가 유세진의 맑은 목소리에 눈을 들었다.

'무슨 소리?

"예지 양은 참 예쁩니다. 특고에 들어오기 전부터 보면서 항상 그렇게 생각했습니다. 참 오래 지켜봤어요."

한예지가 유세진의 뜻밖의 고백에 할 말을 잃고 눈을 동그랗게 뜨자 세진의 얼굴에 순수한 하얀 미소가 퍼졌다.

"랄라라~"

치렁한 긴 은발을 양 갈래로 나눠 솜씨 좋게 리본을 묶어 귀엽게 멋을 낸 아름다운 소녀가 차에서 내려 콧노래를 흥얼거리며 막 카페로 들어서고 있었다.

정면에서 마주 본다면 그 신비한 청록빛 눈동자에 넋이 나갈 것 같은 황홀한 아름다움을 지닌 소녀. 그런 그녀가 오늘은 더욱 멋을 내어 평소보다 훨씬 더 빛이 나는 것 같았다. 바로 마리안, 한국 이름으로는 채마리라는 이름을 가진 혼혈계 소녀. 한국 연예계에서 가수와 모델로 활동하며 그 어린 나이에 해외 진출을 준비하는 미래가 촉망되는 스타다.

'코디 언니 말은 믿을 거 하나도 없어. 그러엄!'

마리안은 카페로 들어서면서 몇 시간 전과 달리 한껏 기분이 좋아 어쩔 줄 모르고 있었다.

자신의 일이 끝날 때까지 기다린다니. 마중이라니. 자주 만나지도 못하는데 이런 행운이 또 있을까?

더구나 유세진의 이미지를 본다면 그 주위에 다른 여자가 있을 리 없다. 결벽증이라고 할 만큼 깔끔하고, 또 겉은 부드럽다고 생각되지만 내면을 들여다보면 의외로 냉정하고 차가운 소년. 아니다 싶은 사람에게 끌려 다닐 리는 없으니까.

'헤헤, 나 혼자 이상한 생각에 빠져들었을 뿐이야. 그럼! 바보같이 말도 안 되는 상상… 을……'

"…예뻐요"

그 순간 들려온 익숙한 음성.

그 목소리에 마리안은 더 이상 걸음을 옮겨놓을 생각을 못하고 제자리에 못 박힌 듯 굳어버렸다. 눈앞에 너무나 순결하게 아름다운 깨끗한 소녀와 푸른빛으로 찰랑이는 검은 머리 소년의 뒷모습이 보여지고 있었다.

"예지 양은 참 예쁩니다. 특고에 들어오기 전부터 보면서 항상 그렇게 생각했습니다."

아직 뭐가 뭔지 잘 이해가 안 되는 마리안은 어리둥절한 얼굴로 멍하니 서 있을 뿐이었다. 멀지 않은 곳에서 이야기를 나누고 있는 두 사람은 자신이 세상에서 가장 좋아하는 사람들 중의 두 사람. 그리고 자신이 좋아하는 맑은 미성인데…

"참 오래 지켜봤어요."

무슨 소린지 알아들을 수가 없는 마리안이었지만 이상하게도 머리로 이해가 안 되는 그 말에 눈물은 그냥 주룩주룩 흘러내렸다.

평소 마리안의 성격이라면 유세진에게 이런 소리를 듣는 여자를 머리라도 쥐어뜯어서 가만두지 않았을 테지만 그 상대가 한예지라면 상황이 달랐다. 한예지는 자신이 따라가고 싶은 이상형. 그렇지만 어떻게 해도 결코 따라갈 수 없는 완벽한 공주님.

"언니……."

"어?! 마, 마리안!"

마리안이 멍한 눈으로 눈물만 서럽게 흘리며 바라보고 있자 한예지가 그때서야 그 소녀를 발견하고 깜짝 놀라 벌떡 일어섰다.

그녀는 마리안과는 전혀 다른 느낌의 아름다움. 청초하고 순결한, 우아한 아름다움. 또한 똑똑하고 당당하며 좋은 집안의 아가씨다. 게다가 세진은 지금의 학교에 입학하기 전부터 그녀를 바라봤다고 하지 않는가. 절망이다.

'이길 수 없어… 절대 이길 수 없어…….'

"마리야! 그게 아니고……."

탕!

예지가 무슨 말을 하기 전에 마리안은 눈을 질끈 감고 무작정 밖으로 뛰쳐나갔다. 그것을 보고 세진이 뒤쫓아 나가려 한다.

"잠깐, 유세진! 이대로 가면 아무것도 안 돼!!"

"……!"

세진은 예지가 무슨 소리를 하는지 알았다. 확실치 않은 마음으로 마리안을 쫓아간다면 그건 더 미안한 일이 될 테다. 하지만…

"날 좋아했어? 아니, 지금도 날… 좋아하니?"

한예지의 심각하고 진지한 목소리.

그것에 유세진이 순간 조금 놀라는 눈치더니 다시 곧 얼굴에 서서히 그 소년다운 미소를 드리운다.

"글쎄요."

"세진아, 난 지금 농담 아니……."

"유치하게 들리겠지만, 사람의 마음은 땅 따먹기 같은 건가 봐요. 누군가에게 모두 주고 더 이상 다른 사람에게 나눠 줄 것이 없다고 생각했어요. 하지만 어느 날부턴가 작은 점 하나가 들어와 있더군요."

평소처럼 웃으며 넘기려는 것이 아닌가 싶어 따지려고 했던 예지는 갑자기 자기 말을 끊고 강하지만 크지 않게, 부드럽지만 연약하지 않게 말하는 유세진의 모습에 눈을 크게 떴다. 평소와 똑같이 웃으며 말하고 있는 것 같지만 정말은 똑같지 않았다.

"처음에는 정말 작고 작은, 단지 점일 뿐이었죠. 그런데 조금씩 조금씩 그것이 커져 가요. 점에서 콩알만해졌다가 다시 손바닥만큼 커졌죠. 점점 커져 가면서 더 이상 나눠 줄 것이 없다고 생각한 마음을 차지해 갔어요. 전 좋아한다는 건지 뭔지 모릅니다. 예지 양을 생각했던 마음도 좋아했던 것인지 아닌지 모르니까요. 아직 전부는 아니지만 단지, 한 가지는 깨달았죠."

살짝 내리 감은 눈으로 작은 손에 무언가를 소중히 담은 듯한 손짓.

차갑지도 냉정하지도 않은 눈빛.

웃고 있지만 그 어느 때보다도 진지한 모습. 의외다.

"지금은 제가 지켜줘야 할 사람이 생겼습니다."

고개를 들고 지켜야 할 사람, 지켜주고 싶은 사람이 생겼다고 말하는 유세진의 눈은 흔들림이 없다.

"어서 가봐. 좋겠다, 마리안은."

예지가 세진의 눈빛에 감동받아 웃어주자 검은 머리칼의 소년이 빠르게 사라졌다. 아니, 이미 자기 할 말을 끝내고 뛰어나가는 중이었나?

'아직 멀리 가진 않았을 테지.'

마리안이 너무 부러워지는 한예지였다.

"어이쿠! 쟤들 무슨 일 있어?"

"신동민?"

뭔가 부딪치는 소리가 들렸나 했더니 신동민이 들어오다가 뛰쳐나가는 세진과 부딪쳤었나 보다.

"뭐야? 왜 이렇게 늦었어? …응?"

예지가 그쪽으로 다가가다가 동민이 떨어뜨린 것으로 보이는 봉투를 집어 들었다.

"뭐지, 이건?"

항공사 마크가 새겨져 있는 이 봉투는… 비행기표?

그것에 동민이가 당황하며 그것을 예지의 손에서 낚아챘다. 하지만 이미 티켓을 본 예지는 이해가 안 되는 눈으로 신동민을 쳐다보았다. 미국행. 떠나는 날짜는 내일 모레.

"동민아?"

저녁 시간이 다 되어가니 해가 지고 노을이 하늘을 덮는다.

"마리안!"

세진은 밖으로 나와서 그 근방을 찾아다니고 있었다. 차를 탔을 것 같진 않았다. 그렇다면 이 근처 어디라고 생각되는데.

그런데 의외로 한적한 동네라 골목골목까지 샅샅이 뒤져야겠다고 생각했다. 그러던 찰나 세진의 눈은 골목 한쪽 귀퉁이에 쌓아놓은 콘크리트 하수도관 위에 웅크리고 있는 한 소녀를 발견할 수 있었다. 멀리서도 눈에 쉽게 띄는 그녀의 화려한 은발이 도움이 됐다.

안도의 한숨이 나온다.

"마리안, 여기서 뭐 하는 겁니까?"

"…쳇!"

찾아낸 은빛 머리칼의 소녀는 예상외로 덤덤한 표정으로 무릎을 끌어안고 앉아 있다.

"왜 쳐다도 안 봐요? 이제 안 볼 거예요?"

"응."

"아~ 그럼 큰일이네. 그럼 난 이제 어쩌죠?"

"뭐가?"

쳐다도 안 볼 거라면서 세진이 옆에 앉으며 뭐라 하자 금방 그 큰 눈을 들어 말똥말똥 쳐다본다. 에메랄드 같은 녹빛 눈동자.

"…어쨌든 위험하니까 빨리 장소를 옮겨야겠습니다."

세진은 어쩐지 분위기가 이상해지는 것 같아 자리를 털고 재촉했다.

이상하게 묘해지는 분위기를 피해보려고 한 말이었지만 사실 실제로도 이렇게 사람이 없는 곳을 둘만 돌아다니는 게 아직까진 진짜 위험하다. 민제후의 당부도 있었지만 최근 뭔가 안 좋은 일이 주변에서 벌어지고 있다는 걸 느끼고 있었기에.

"싫어!"

"빨리요! 이러다가 정말 안 좋은 일이라도……."

'이런… 늦었군.'

세진은 가까운 곳에 나타난 검은 기운들에 미간을 찌푸렸다.

그러자 곧 골목 뒤에서 한눈에도 별로 좋지 않은 의도를 가졌다고 느끼는 사내들이 대여섯 명 나타난다. 나이 대와 외모, 행동을 보아하니 길거리를 배회하는 평범한 양아치가 아니다. 저것은 계획적으로 접근한 조직 폭력배.

마리안도 위험을 느꼈는지 파랗게 질려서 유세진의 팔을 꼭 붙잡고 떨기 시작한다. 세진은 어린애들 둘이라는 생각에 여유있게 다가오는 저들을 바라보며 마리안에게 되도록 나직하게 말했다.

"소리치면 뛰는 겁니다. 절대 뒤돌아보지 말고 사람이 많은 큰길까지. 저들은 어떻게든 내가 막아볼 테니까."

"뭐? 시, 싫어, 싫어."

"길게 말할 시간 없어요! 나도 죽긴 싫으니까. 혼자라면 난 어떻게든 도망갈 수 있다구요. 제발 내 말대로 하십시오!"

시선을 그들에게서 떼지 않고 목소리로만 소리 죽여 무섭게 다그치자 마리안이 그제야 고개를 끄덕인다.

"아, 알았어."

"좋습니다. 그럼, 하나, 둘……."

무언가 이상한 낌새를 눈치 챈 조폭 무리들이 달려든다. 그리고 그때 유세진이 눈을 새파랗게 번쩍이며 마리안을 향해 소리쳤다.

"셋! 뛰어요!!"

"이런 개쉑!!"

"도망간다! 계집앨 잡어!!"

"이아아압!!"

마리안은 아무 생각 없이 뛰기만 했다. 등 뒤로 무서운 소리들이 시끄럽게 들려왔지만 아무것도 할 수가 없어서… 빨리 사람들에게 도움을…

'뒤돌아보면 안 돼. 뒤돌아보면 안 돼. 흐흐흑.'

푸드득—

숲에 사는 산새 무리들이 천적이라도 나타났는지 갑자기 일제히 날아올라 하늘로 솟았다.

'애들이 올 때가 됐는데…….'

제후는 채광이 좋은 음악실에 와서 창밖을 바라보며 생각에 잠겨 있었다.

오늘은 마음을 정리하는 하루. 동민이는 아무도 모를 것이라고 생각하겠지만 신동민의 유학에 예민하게 반응하던 그 민제후가 그 이후로 그 일에 모든 관심을 딱 끊었을 리 만무하다. 방학식 전에 교무실을 다녀오다가 선생님들의 대화에서 클래스 AI의 학생 하나가 서둘러 유학 준비를 끝내고 곧 떠난다는 소리를 언뜻 들었다. 그래서 따로 사람을 시켜 조용히 알아보니 황당하게도 출국 날짜가 불꽃 축제가 끝난 그 다음날 아침이라니…….

사실 처음에는 간신히 다독였던 배신감이 다시 머리를 쳐들고 화가 나기도 했지만, 곧 고개를 끄덕이는 제후였다.

"그래, 어차피 떠날 거면 빠르면 빠를수록 좋겠지."

그렇다. 무엇보다도 유세진의 말을 들어보니 동민이가 하고자 하는 공부는 대학부터 시작하면 외국에서 7, 8년간 공부만 해야 하는 어려운 것이라는데. 빨리 가서 빨리 마치고 오는 것이.

그래서 요즘 아무리 바쁘다지만 친구들 모두 한번 모이자고 이런 자리를 마련했다.

'자리를 마련하다니, 어쩐지 아줌마틱하긴 하지만, 원래 진짜 아줌마가 제안한 거니 난 죄없어.'

"제후야~ 지금 너, 이 엄마 욕했지?"

"예, 예에?!"

민제후가 뚱한 얼굴로 노을이 져가고 조금씩 검은빛이 푸르게 내려앉는 하늘 풍경을 바라보다가 등 뒤로 들리는 음산한 목소리에 화들짝 놀랐다.

고개를 돌리니 어깨까지 닿을 듯 말 듯한 단발머리의 아름다운 여성이 미소 지으며 쳐다보고 있다. 오늘은 화장을 안 하셔서 좀. 덜. 마녀 같지만 웃는 얼굴로 이를 갈며 쳐다보면 그래도 여전히 무.섭.다.

"냐하하… 그럴 리가요, 어머니."

"그래?"

"당연하죠!!"

'여기서 쫄면 안 돼! 말을 더듬어서도 안 돼!'

제후가 마음속으로 주먹 쥐고 철저하게 밖으로 드러나는 행동들을 조절하자 장혜영 여사는 이상하다는 듯 고개를 흔드셨다.

'앗싸!!'

그동안 얼마나 고난의 세월이었던가. 눈치 빠르고 예민한 어머니가 성격 또한 평범치 않아 항상 이런 식으로 뒷덜미를 잡혀 조금(?) 독특한 애정을 받아야 했으니. 하지만 오늘에서야 장혜영 여사의 이목을 속일 수 있게끔 훈련이 된 것이 아니겠는가. 감개가 무량……

"피아노 쳐줘, 아들."

"캑!"

사레들렸다.

"듣고 싶으니까 빨리 하나 쳐봐. 어서."

당당하게 요구하는 장혜영 여사님.

"콜록콜록. 왜 여기서 갑자기 그런 말이 나와요!"

"그래서… 싫어?"

"아, 아뇨! 누, 누가 그렇대요!"

장 여사의 눈이 가늘어지고 이마에 힘줄이 돋아나자 제후가 반사적으로 겁을 먹고 소리쳤다. 그러자 다행스럽게도 장 여사님의 눈이 다시 밝게 풀어지면서 순진한 얼굴을 했다. 이건 사기다.

"그럼 무슨 문제지?"

"…네, 아무 문제 없죠. 없어요"

'흑흑… 감개 무량은 무슨… 그래 봤자 또 원래 패턴들 중의 하나에서 벗어나지 못했으면서.'

민제후가 결국 마음으로만 눈물을 줄줄 흘리며 음악실에 있는 그랜드 피아노 앞에 가서 앉았다. 이런 식으로, 또는 이것과 유사한 방식, 응용 방식에 당해 이곳으로 끌려와 라이브 생음악을 연주하는 전축이 되었던 것이 몇 번인지.

틀리면 죽는다. 그렇다고 안 틀리고 기계적으로 손만 놀리면 더 죽는다.

그녀가 말하길 혼이 담긴 연주를 하라고.

그게 절대 쉬운 것이 아닌데 그녀는 마치 '밥 먹을 땐 손으로 먹지 말고 숟가락과 젓가락을 사용해라' 라는 식으로 너무나 간단하게 말한다. 세계적인 피아니스트를 어머니로 둔 업보라고 생각할 수밖에.

"뭘로 칠까요?"

제후가 이제 완전히 체념하고 피아노를 앞에 둔 채 고개를 들었다.

넓은 음악실에 아스라한 붉은 노을의 자연 조명이 꺼져 가며 그림자가 길게 드리워지고 있었다. 그리고 그 가라앉는 분위기 속에 장혜영 여사의 목소리가 맑게 울렸다.

"쇼팽의 즉흥 환상곡."

무겁게 내려오는 첫 음.

그리고 곧 그 무거운 첫 음에 이어 놀라운 빠르기의 음들이 이어진다. 깃털처럼 가벼우면서도 또한 결코 가볍지 않은 깊은 음색이 날아오르듯 움직이기 시작했다. 새하얗게 눈부신 건반 위로 믿을 수 없을 만큼 아름답고 빠르게 날아다니는 소년의 열 손가락.

쇼팽의 즉흥 환상곡은 아름다운 선율을 공기 중에, 하늘 위로, 바람에 실어 세상에 날아간다. 저택을 벗어나 멀리멀리 퍼져 가는 음악.

선율이 닿는 곳에 성전 밀레니엄 센터도 보이고, 민제후의 친구들이 만나기로 했던 조용한 야외 카페도 보이고, 십수 명의 조직원들 사이에서 그들을 어렵지만 막으려고 노력하며 몸을 빼려는 유세진의 필사적인 모습도, 세진의 고함 소리에 위험으로부터 도망치기 위해 필사적으로 뛰고 있는 아름다운 소녀 마리안도 보인다.

멀어지는 음악은 그렇게 사라지지 않고 공기 중에 녹아들어 사람들이 생각하는 것보다 훨씬 더 많은 영상들을 감싸고 있었다. 수많은 사람들이 부대끼며 살아가는 이 도시의 모든 모습을 어루만지며. 혼이 담긴 음악은 연주가의 손에서 빚어져 소리의 영역을 벗어나도 생명을 얻은 듯 자연의 일부가 되어, 일종의 정령이 되어 인간들의 삶을 조용히 바라본다.

"세상엔 보이는 것만을 믿는 사람들이 많지. 그리고 세상은 그리 공평하지도 않아. 이제 이 모든 것들이 내 것이 된다. 크하하하하!!"
성전그룹을 한 번에 집어삼키겠다는 야욕으로 많은 이들을 괴롭히고 협박하는 장태현의 삐뚤어진 마음의 장면이 쇼팽의 즉흥 환상곡 안에 담겼다.

'나는, 나는 지금 어떻게 하고 싶은 거지? 이대로 떠나 버리는 것이 진정한 해답일까?'
테이블 위에 놓인 비행기표를 뚫어지게 바라보며 여전히 진정한 해답을 찾는 한 소년도, 이상한 불안감에 자리에 앉지 못하고 카페 바깥을 서성이며 손톱을 물어뜯는 한예지의 모습도 잔잔하지만 격한 환상곡 안에 자리 잡는다.

"헉… 헉… 흑흑……."
정신없이 사람이 많은 큰길을 향해 뛰어가던 마리안은 후회로 가득했다. 자신의 분별없는 행동만 아니었으면 이런 일도 없었을 텐데 하는. 마리안의 얼굴은 끊어질 듯한 숨과 눈물, 엉망으로 헝클어진 머리칼 때문에 보기에 애처로울 정도로 엉망이 되어 있었다.

그런데 그때 세진의 당부대로 뒤돌아보지 않고 정신없이 뛰던 소녀는 영혼을 치고 지나가는 차갑고 섬뜩한 예감에 흠칫 몸을 굳히며 멈춰 섰다.

"세, 세진 군?"

무슨 일이 있는 것이다.

'내가 지금 뭘 하고 있는 거지? 돌아가야 해. 세진이만 그곳에 남겨두고, 남겨두고 나만 도망갈 수 없어!!'

잔잔함에서 격렬함으로 돌아서는 음악.

사람들에게 들리지 않는 그 즉흥 환상곡 속에 그러면 안 되는 걸 알면서도 그럴 수밖에 없는 창백해진 마리안의 마음도 그렇게 녹아들고 있었다.

뽑혀지는 칼!

공중으로 번쩍 들렸다.

이제 해가 완전히 하늘에서 그 몸을 감추고 만 때라서 골목길 어둠 속에서 빛나는 쇠붙이의 차가운 예리함만이 하늘에서 금방 떨어질 듯 보였다.

"누, 누구야! 당신들 누구야!!"

마리안은 막 뒤돌아서서 세진에게로 돌아가려다 그 무서운 사람들의 모습에 겁에 질려 있었음에도 당차게 소리 지른다. 눈물이 한없이 흘러내렸지만 악을 쓰는 얼굴엔 분함도 함께 담겨 있다. 이대로 죽는 것인가?

한편 그때 전혀 다른 곳에선 검은 머리칼의 한 소년을 뒤에서 공격하는 무리. 유세진이 그렇게 쓰러지고 어른들은 마지막 마무리를 해서 아이를 없애려 한다.

저녁 하늘에 차갑게 들렸던 그 위험한 쇠붙이가 즉흥 환상곡의 격렬한 클라이맥스를 끝으로 날카로운 바람 소리를 내며 떨어져 내렸다. 그리고 그 차갑고 예리한 쇠붙이는 아래로 떨어지며 붉디붉은 혈화(血花)를 만들어내었다. 그렇게 환상곡은 끝에 닿았다.

한동안의 여운…

마침내 민제후의 손에서 태어나는 쇼팽의 즉흥 환상곡은 끝이 났다.

그것까지 모두 끝난 후 건반에서 완전히 손을 뗀 제후는 자신이 연주한 음악에 완전히 취했다가 깨어나자 마치 어떤 많은 것을 보고 들은 것만 같았다. 깊은 명상에 빠졌을 때와 비슷한 느낌이랄까?

혼이 담긴 연주라는 것은 아직 멀었지만 방금 전 그 연주가 그래도 상당히 많이 근접한 것이 아니었을까 생각하며 소년은 이마로 흘러내린 금빛 머리칼을 쓸어 올렸다.

그런데 연주가 막 끝난 그 시점, 그때에 울리는 노크 소리.

음악실 문이 열리고 사람이 들어왔다.

"전화요?"

급한 전화가 왔다고.

'무슨……?'

예감이 안 좋다. 불안해.

"이게 과연 끝일까?"

시간이 멈춘 듯한 음악실.

민제후는 집무실에서 중얼거렸던 자신의 목소리가 다른 사람의 목
소리를 통해 다시 들리는 것 같았다.

제5장 진실 게임

다음날 아침이 밝았다.

새로운 태양이 떠오르는 가운데 해성유통이라는 이름의 회사.

아침 안개가 완전히 걷히지 않아 도시에도 아직 이른 아침의 고요함
이 남아 있는 시각, 해성유통이 아닌 일반 중소기업이라 해도 출근 시
간 9시가 이제 막 지나친 시점이라 아직 능률적인 업무가 이루어지지
않고 분주한 때였다. 회사 입구로 지각을 했는지 어설프게 매인 넥타
이 차림, 또는 화장기없는 얼굴로 헐레벌떡 뛰어들어 오는 직원들도 보
이니.

하지만 그곳에 한 남자는 이미 부하 직원이 가져온 서류철에 능숙한
사인으로 결제를 하며 남들보다 빠른 하루를 출발하고 있었다. 그가
있는 곳은 사장실, 그리고 그가 앉아 있는 책상 앞의 명패에는 '사장
현성우' 라고 쓰여 있다.

해성유통의 젊은 사장이자 암흑가의 자존심 해성유통의 보스인 이 남자.

겉으로 보기엔 그냥 젊은 나이에 놀라운 성공을 거둔 젊은 엘리트 사업가로만 보이지 밤의 세계에서 정통으로 통하는 해성파의 넘버원이라는 사실이 믿기지가 않는다.

"드디어 오늘이 D-day로군."

현성우 사장이 결제를 끝내고 직원을 내보낸 뒤 창밖의 풍경을 바라보며 피식 웃음을 흘렸다.

D-day는 축제날. 그리고 축제 그 다음날 오전, 바로 내일은 기다리던 주주총회.

"최고의 축제가 될 테지."

주주총회 전날 있을 축제에서 결정적인 최고의 경영 부실과 돌이킬 수 없는 대형 사고가 일어날 테다. 재미있었다. 어디까지 갈 수 있을까? 그리고 천재라고 불리는 성전의 비밀 총수는 어떻게 대응할 것인가?

현성우는 지금까지 포석을 제법 깔아두었으니 이제부턴 슬슬 여유롭게 관람이나 해야겠다고 생각하며 슬쩍 미소 지었다. 이상하게도 이번 일은 자신이 쉽게 이긴다면 실망할 것 같다. 이 정도 가벼운 몇 가지 수작들에 넘어간다면 사람을 잘못 본 것일 텐데.

"후후후……."

나이는 상관없다. 즐겁게 기다리고 있으니 실망시키지 말기를.

그런데 그때 소란스러운 바깥.

"안 된다잖아요! 글쎄, 사장님 안 계시다니까요!"

"이거 놔요! 꼭 볼일이 있단 말입니다."

"아무도 안 계시다니까……."

퐈당!!

비서가 말리는가 싶었더니 다음 순간 사장실 문이 한 소년에게 걷어차여 요란하고 멋지게 열렸다. 현 사장은 매달려는 있지만 십중팔구 문이 망가졌을 거라고 생각했다.

아침부터 자신의 사무실로 들이닥친 소년은 몇 번 본 적이 있는 익숙한 얼굴. 민제후 회장.

하나 이런 반응은 의외다. 이렇게 직접적으로 쳐들어올 거라고는 생각 못했는데.

곧 비서가 불렀는지 경비원들이 뛰어왔지만 현성우 사장은 민제후를 끌어내려는 그들을 그냥 물러나게 했다. 무슨 일이기에 이른 아침부터 득달같이 달려왔는지 들어봐야겠다고 생각되어서.

사람들이 나가고 문이 닫히자 단둘만 남은 공간에 현 사장의 음성이 먼저 울렸다.

"발을 잘 쓰는데?"

"아까 그 비서 누나가 내 팔을 붙잡고 놔주지 않았거든."

가볍게 웃으며 말하자 민제후란 소년이 여기저기에서 잡아당기느라 늘어진 재킷을 바로 입고 아무렇지도 않게 반말을 하면서 생긋 웃는다. 하지만 그 해맑은 웃음 뒤에 숨은 건 거침없는 분노?

파파팡!

"큭!"

그 순간 현성우는 자신의 옆에서 멀지 않은 장식장에 진열된 술병들이 와장창 깨지는 것을 볼 수 있었다. 외국에서 사 오거나 선물받은 고급 위스키 병들이 아무도 손대지 않았는데 저절로 깨져 버리다니…….

총에 맞았으면 유리 깨지는 소리와 총성이 들렸어야 하는데 그것들이 깨어지는 순간에는 보이지 않는 어떤 힘에 부서지는 듯한 둔탁한 소리뿐, 유리 소리는 깨어지고 나서 장식장 안에 색색의 알코올들과 함께 유리가 떨어지면서 들리기 시작한다.

하지만 현 사장이 고개를 돌려보니 눈앞의 금빛 머리칼의 연약해 보이는 소년은 재킷 주머니에 양손을 집어넣고 여전히 생글생글 웃고 있다. 이런 상황에 놀라지 않았다면…

'설마 저 녀석이?'

"이건 뭐지? 마술인가?"

"비슷하다고 할 수 있지. 그런데 마술과 다른 점은 현 사장, 당신 머리통도 지금 당장 저렇게 만들 수 있다는 거지. 화가 나면 더 세지거든."

현성우가 마음을 다잡고 제법 침착하게 묻자 민제후라는 이름의 소년이 입가에 미소를 지우지 않고 가볍게 응대한다. 사장실 안에 향긋하면서도 독한 위스키 향이 진동을 했다.

"전에 만났을 때 존대를 해줬다고 기고만장하군. 집에나 가라, 꼬마야."

배짱 하나는 두둑한 녀석이다.

현성우는 눈앞의 녀석이 자신이 못 본 사이 소음총이라도 쐈을 것이라 생각하고 피식 웃으며 사람을 불러 제후를 내치려 했다. 하지만 여전히 움직일 생각 없이 시비를 거는 소년.

"꼬마? 그건 내가 당신을 처음 봤을 때 했던 말이잖아."

마치 그를 잘 알고 있다는 눈빛, 말투, 목소리로 신경을 건드린다.

현 사장이 인터폰으로 사람을 부르려다 그 말에 손을 멈췄다.

"이 세상에 날 꼬마라고 불러본 사람은 없어."

"진짜 없어?"

민제후의 확인하는 그 목소리에 현성우가 미간을 찌푸리며 건조하지만 확고한 어조로 말했다.

"…이 세상엔 없지."

그러나 표정 변화는 무(無).

그것에 이번엔 민제후가 차갑게 얼굴을 굳혀가더니 다시금 씨익 웃는다. 하지만 이번의 미소는 표정만 웃는 모습일 뿐 전혀 즐거움이 담기지 않은 가면 같았다. 무슨 생각을 하는지, 어떤 감정으로 이 자리에 서 있는지 감추기 위한 철저한 가면.

"그럼 본론으로 바로 들어가지. 정도가 지나치잖아, 아. 저. 씨. 아무리 그래도 그렇지 사고 조작, 살인 미수, 거기다 납치까지라니. 너무하지 않아? 아, 이 경우는 유괴라고 해야 하나?"

'유괴?'

갑작스런 말에 현성우의 눈빛이 이채롭게 번쩍였다.

"내놔."

민제후가 좀 전과는 달리 이젠 서슬 퍼렇게 살기까지 뿜으며 뭔가를 요구한다.

현 사장은 막무가내로 쳐들어온 눈앞의 소년을 잠깐 우습게 봤다가 그 기백과 압도감에 눌릴 뻔하곤 눈을 부릅떴다. 그리고 정면으로 그 아이와 맞서면서 한 사람의 얼굴이 너무나 자연스럽게 떠올랐다. 오랜만이다. 잊으려야 잊을 수 없는 얼굴. 항상 자신의 발목을 붙잡는 그 큰 이름.

'어째서, 어째서 또 저 소년에게서 형님이 생각나는 거냐?'

전혀 다른 얼굴, 다른 성격인데. 나이고, 외모고, 배경이고, 어느 것 하나 겹쳐지는 것이 없는데.

다시 부숴 버릴 상대가 나타났단 뜻인가?

하나 민제후란 소년에게 지금 중요한 것은 그런 것들이 아닌 듯 그가 알지도 못할 소리를 하면서 죽일 듯이 노려본다.

"좋게 말할 때 마리안 내놔, 현성우."

"…그게 무슨 소리지?"

"모르는 척 시치미 떼지 마!! 네가 마리안을 납치하라고 시켰잖아!"

"뭔가 잘못 알았군. 난 아니야."

현성우의 담백한 부정. 그 대답에 민제후는 결국 얼굴에 초조함을 드러냈다. 소년의 동공이 확대되며 믿을 수 없다는 표정으로 다시 되묻는다.

"뭐? 당신 짓이… 아냐?"

"그래, 아니야."

"그걸 어떻게 믿지?"

"너 같은 애송이 녀석한테 내 결백을 증명해야 할 의무라도 있나? 그것도 전혀 모르는 일로 이 이른 아침부터? 웃기는군. 쿡!"

싸늘해진 금갈색 머리칼 소년의 앳된 얼굴을 힐끔 바라보며 현성우 사장이 자기 자리로 가 편안히 기대앉았다.

"어쨌든 아니라면 아닌 거야. 이번 일은 우린 모르는 일……."

"이번 일이 아니면 다른 일들은 당신이었군."

"……."

빠르게 되받아치는 민제후의 말에 현 사장이 순간 입을 다물었다.

만만하게 보는 순간 당한다라······.

"정곡을 찔렀겠지. 안 그래?"

"풋! 뭐, 마음대로 생각해."

현성우 사장은 지금까지 한자리에서 미동없이 자신을 노려보는 소년의 눈을 바라보고 묘한 기분에 빠졌다.

좋은 눈이다. 오랜만에 전율을 느끼게 만드는 깊고 깊은 오싹한 심연의 눈. 바라보고 있으면 그대로 빨려 들어갈 듯한 눈동자. 저런 깊은 눈을 또 다른 누군가가 가지고 있을 거라 전혀 생각지 못했는데······.

성우는 모든 것을 다 가지고 태어나 빛 속에 살고 있는 눈앞의 소년을 보고 망가뜨리고 싶다는 강렬한 충동을 느꼈다. 한 번을 했는데 두 번이라고 못할까.

한편 제후는 너무나 당당하게 마리안의 실종에 대해 아는 바가 없다는 사내를 보고 입술을 깨물었다. 이곳은 정말로 아닌 것 같았다.

'그래, 성우 녀석이 아니라면 진짜 아닌 거야. 옛날부터 그런 녀석이니까. 그렇다면 누가··· 도대체 어디로······?'

전생의 일들을 잊는다고 해도 현생에서 계속되는 사고들, 현성우의 짓이란 심증은 간다. 촬영장에서의 조명이 떨어졌던 사고, 특고에서 일어난 총기 테러, 그리고 이번 각종 껄끄러운 불화들도. 그것들은 전문적인 조직이 아니면 벌이기 어려운 사고들이니.

'이런, 제기랄!'

"잘 알았습니다, 현성우 사장님. 아침부터 실례가 많았습니다. 하지만 아무리 계산해도 저는 당신한테 받아야 할 빚이 많군요. 다음엔 그

빚을 받으러 오죠."

그냥 나서기에는 뭔가 껄끄럽게 걸리는 제후였지만 현성우에게서 거짓을 느끼지 못한 이상 아무 대책 없이 이러고 있을 순 없었다. 또한 이성을 잃지 않았다면 이렇게 무작정 밀고 들어오지도 않았겠지만. 그래도, 그래서이기에 역시 가장 민제후다운 방법이었을지도 모르겠다.

하지만 현성우의 수작이 아니라면 누가 그런 일을 벌인 걸까? 더구나 전문적인 조직원이었다는데.

"기다리지."

마음이 헝클어질 대로 헝클어진 민제후를 바라보며 현성우가 사장실 책상 의자에 거만하게 기대앉았다.

더 이상 이곳에 있을 이유를 찾지 못해 제후가 끓어오르는 화를 간신히 억누르며 밖으로 나왔다. 답답하다. 어디서부터 찾아야 할지 막막하다. 현성우가 백 퍼센트라고 확신하고 있었다가 아니라는 것을 알자 눈앞이 깜깜했다.

오늘 밤에 드디어 불꽃 축제 콘서트가 열린다. 남은 시간 9시간 35분. 그 안에 마리안을 찾아야 한다!

민제후가 나가고 나자 사장실 안은 정적에 휩싸였다.

삐걱거리는 문짝, 엉망으로 깨진 장식장의 고급 술병들, 덕분에 바닥으로 쏟아진 유리 조각들과 공간을 가득 채우는 독한 알코올 향기까지… 무거운 분위기를 더욱 고조시킨다.

의자에 기대어 생각에 잠겨 있던 위험한 느낌의 남자. 그자가 고개를 들자 안경 뒤의 눈동자가 잔인한 즐거움을 담고 움직인다.

"장태현의 짓인가? 아니면……."

잔인한 눈을 가진 사나이가 한쪽 입꼬리를 치켜 올렸다.

"'그녀'의 짓인가?"

아무도 없는 사무실에 현성우의 메마른 혼잣말이 예기치 않은 재미를 발견한 기쁨으로 일렁였다.

"장태현이라면 살아 있겠고, '그녀'라면 이미 틀렸을 테지. 어느 쪽일까? 하하하하~"

밤새 걱정했다. 어제저녁 걸려온 전화는 불안한 예감이 적중한 나쁜 소식이었다. 마리안이 실종되었다. 세진은 크게 다칠 뻔했지만 역시 그 녀석답게 순간의 재치로 빠져나왔다고. 하지만 도망가라고 했던 마리안은 증발해 버렸다. 그들에게 잡혔다고밖에 볼 수 없는데, 무사하기만을 기도하지만 시간이 지날수록 가능성이 희박해질 것 같다. 무엇보다 그 소녀는 전에도 벌써 두 번이나 생명을 노린 사고를 경험했으니까.

제후는 밤새 온갖 불길하고 나쁜 생각, 추악한 기억 등에서 헤매다가 동쪽 하늘이 밝아오는 것을 느끼고 순간적으로 치밀어 오르는 분노와 억울함, 증오심을 주체하지 못해 현성우에게 쳐들어간 것이었다.

왜 모든 것을 잊고 지금의 생을 살겠다고 하는데 그렇게 내버려 두지 않는지에 대한 분노, 어째서 또다시 내 주변 사람들에게 이런 일이 벌어져야 하는지에 대한 억울함, 그리고 전생과 현생 모두 악(惡)이라는 이름으로 자신을 망가뜨리려는 현성우에 대한 증오심.

마리안은…

내가 지켜주겠다고 약속했어.

내가, 나 민제후가 역시 나였던 전생의 마음에게 약속했어.

성전 밀레니엄 센터 별관 정원에서 처음 그 아이를 만난 순간 약속했다.

비록 다른 사람일지라도.

그녀와 전혀 상관없는 아이일지라도.

이번만큼은 그녀와 똑같은 저 웃는 얼굴을 지켜주겠다고.

내가 약속했다!

민제후가 그 어느 때보다도 비장한 눈빛으로 주먹을 틀어쥐었다. 그의 눈동자가 끝이 없는 수렁처럼 한없이 깊어져 갔다.

'약속은 지킨다! 꼭!!'

"…도와줘."

금빛 머리칼을 가진 소년이 친구들이 모두 모여 있는 곳 앞에 무릎 꿇고 앉아 고개를 숙이고 있었다.

"너희들 도움이 필요해. 경영권 따위는 아무래도 상관없어. 마리안, 그 녀석을 구해야 해. 이건 나 혼자만의 싸움이지만 혼자 할 수가 없어. 방법이 없어. 염치없지만… 도와줘!! 부탁이야!!"

그 자리에 모인 아이들은 갑자기 오전 중에 자신들을 불러들여 다짜고짜 무릎까지 꿇고 도움을 청하는 민제후의 모습에 어안이 벙벙했다. 무엇보다 단 한 번도 누구에게 무릎은커녕 자신이 인정하지 않는 사람에게는 고개도 잘 안 숙이는 인간이 민제후인 것을 아는 아이들이기에 놀람은 더욱 컸다. 게다가 지금 하는 말은 도대체 무슨 소리인가?

경영권?

혼자만의 싸움?

알 듯하면서도 모를 듯한 소리에 다들 어이가 없었다.

그런데 남자 아이들은 즉각 그 말이 무엇을 뜻하는지 알아차린 듯 민제후를 제외한 신동민, 유세진, 문승현은 곧 심각한 얼굴로 안색이 변해갔다. 그리고 그때 민제후에게로 다가간 신동민이 갑자기 제후를 일으켜 세워 얼굴에 주먹을 날렸다.

퍽!

"크윽!!"

하지만 얻어맞은 제후는 바닥에 쓰러지지 않고 약간 돌아간 얼굴로 잠깐 비틀거렸을 뿐이다. 적지 않은 충격이었을 텐데 넘어지지 않고 서 있는 것이 용하다. 그도 그럴 것이 고개를 돌린 제후의 입술이 보기 좋게 터져서 피가 흐르고 있었기에.

"꺄아! 동민아, 너 왜 이래!"

한예지는 갑자기 주먹질을 하는 신동민의 행동에 놀라 제후에게로 달려갔다.

다른 사람도 아닌 신동민이 말로 하기 전에 먼저 주먹부터 날리다니. 충격일 만큼 놀라운 일이었다. 항상 신사적이고 온화한 모범생인 줄 알았는데 오늘 보니 민제후 못지않게 돌발적인 구석도 있었다.

하나 다음에 내뱉는 음성은 다시 평소의 신동민처럼 조용하다.

"이게 어떻게 너 혼자만의 싸움이야?"

"……."

다만 평소처럼 조용하면서도 차갑게 얼어붙어 있어 전혀 다른 사람

같은 목소리.

"나도 성전그룹 경영권 따위 아무래도 상관없어! 하지만 친구를 구하는 거야. 난 이미 상관있어."

"저도 마찬가지입니다."

화를 내는 신동민의 모습에 한쪽에 가만히 있던 유세진도 곱지 않은 목소리로 말한다.

"제 여자 친구입니다. 그리고 제 책임도 없지 않습니다. 이미 제 일입니다."

특히 세진은 어제 마리안이 사라지기 바로 직전까지 같이 있었다. 그로서는 최선을 다했고 어쩔 수 없었다고는 하지만 자책감이 없을 리가 없었다.

"별일이군."

문승현은 남자 아이들이 서로 부딪치는 것을 보고도 무표정하게 제자리에서 덤덤히 말했다.

"난 할 말 없어. 하지만 내 도움이 필요하면 말해. 도와주지."

차례로 들려오는 아이들의 대답.

그것에 제후가 일렁이는 눈빛으로 중얼거렸다.

"…고마워, 다들."

"네가 무릎까지 꿇고 도와달라고 하는 것은 우리가 너한테 그 정도로 아무것도 아니었다는 증거밖에 안 돼. 우리의 신의를 배신한 행위라고! 알았어?"

"킥킥… 응, 그래. 그래. …그래."

신동민의 또다시 흥분한 목소리를 듣자 제후는 갑자기 한없이 따뜻하고 재밌어서 키득대며 웃어 젖혔다. 어쩐지 조금 안심이 됐달까?

사실 이제는 자신을 전생의 박경덕이라는 인물로 보기엔 무리가 있었다. 이미 거의 완벽한 십대 소년이 되어 그들처럼 생각하고 그들처럼 행동하는 자신을 발견하고 있었다. 자신도 때때로 전생의 기억들이 그저 꿈이고 원래부터 자신은 민제후로 태어나 민제후로 살아온 것이 아닐까 하는 착각까지 드니까. 그러한 만큼 이런 일들이 닥치자 제후는 아무 생각도 안 들고 무섭기만 했다. 박경덕이었으면 그러지 않았을 텐데. 그런데 지금은 옛날에 안 했을, 무서워서 허세도 부리고 강한 척도 하고.

　한데 이 무서운 일들 한가운데에 서 있는 민제후는 혼자가 아니라 친구들이 옆에 있었다. 경덕이었을 때는 갖지 못했던 그것.

　또한 현성우가 개입된 일이기에 나 혼자서 해결해야 모든 매듭이 풀릴 거라는 강박 관념에 사로잡혀 있었는데…….

　'다행이다.'

　"경찰은?"

　제후가 쓸데없는 생각들을 털어버리고 원래의 민제후로 돌아오려고 기운을 내며 어젯밤에 있었던 간단한 일들을 설명하기 시작했다.

　"비공개적으로 수사하기 시작했지만… 아무리 그래도 하루 안에 찾아낸다는 건 불가능하겠지. 더구나 몇 시간 안 남은 불꽃 축제 콘서트에 마리안이 참가하는 건 이제 거의 틀린 일이고. 심중이 가는 인물들이 있지만 모두 만만찮은 인물들이라 쉽게 접근할 수도 없고, 또 절차를 밟는 그사이 마리안에게 무슨 일이라도 생기면……."

　"한 가지 방법이 있습니다만."

　경찰의 무능함을 절실히 느끼고 있는데 이대로 무작정 기다려야만 하는가?

추한 발버둥이라도 좋으니 무언가 해야겠다 생각하고 자리를 함께한 아이들이 길을 못 찾고 막막해할 때 유세진의 목소리가 울려오는 것을 느꼈다. 작은 목소리였지만 절실한 그들에겐 천둥같이 크게 들린 목소리.

"방법?"

"네, 이게 뭔지 아시겠죠?"

"앗!! 그건 내가 만든 추적 장치?"

유세진이 무언가 아주 작은 칩을 들어 보이자 문승현이 자기가 만든 거라고 확인을 하자 세진의 눈동자가 보일 듯 말 듯한 미소를 보인다.

"네, 맞습니다. 예전에 제후 군을 통해서 저도 얻었었죠."

"그래, 맞아. 저 녀석이 전에 내 전공 연구실에 와서 거의 강탈하듯 몇 개 들고 튄 적이 있어."

"이봐, 이봐, 그렇게 새삼스레 노려보지 말라구. 아하하……."

쭌쭌하게 그거 몇 개 가지고 그러냐고 대드는 금갈색 머리칼의 소년을 회색 빛 눈의 소년이 화가 난 무표정(?)으로 목을 졸라주었다. 그리고 형이라 부르라고 다그치는 것도 잊지 않았다. 하지만 제후는 풀려나는 순간 그 일을 잊었고, 세진은 그 상황을 원망과 살기로 한 방에 정리하고 다시 이야기를 풀어놓는다.

"전 이걸 마리안에게 선물한 브로치에 보이지 않게 붙여놨었습니다. 그런데 이걸 진짜로 사용하게 될 줄은 몰랐네요. 정말 만약을 대비해서 한 일이라 저조차도 잊고 있었는데 말이죠."

어쨌든 추적 장치를 이용해 사람을 찾는다라…….

"그게 가능해?"

"당연하지. 난 어설픈 건 안 만들어. 영화 속에 나오는 스파이들이 쓰는 추적 장치보다 훨 나을걸."

민제후의 진지한 물음에 문승현이 담백하게 대답했다. 하지만…

"그런데 안 돼."

"아깐 가능하다며? 뭐가 문젠데!!"

어떤 실마리를 찾았는가 싶더니 놓쳐 버리는 것 같아 제후의 안타깝게 다그치자 문승현이 가까운 곳에 있는 컴퓨터를 켜고 자신의 전공 연구실 컴퓨터와 연결시켜 모니터를 확인시켜 준다. 마리안이 가지고 있는 고양이 브로치에서 내보내는 전파를 입력시켰지만 화면에는 아무런 변화가 없다.

"봐. 너무 멀어."

모니터에는 아무 표시가 되어 있지 않은 그 지역 근교의 지도뿐.

"안 잡혀……."

*　　　*　　　*

희미한 시야.

머리에 심한 두통이 느껴지는 가운데 한 소녀가 어렵사리 눈을 뜨고 있었다. 달빛 폭포수가 쏟아진 듯한 아름다운 은빛 실타래 같은 머리칼이 시야를 가리며 어지럽게 널려 있었지만 천천히 눈꺼풀 뒤에서 그 모습을 드러내는 커다란 청록빛 눈동자는 눈을 깜박이며 주변을 가까스로 인식할 수 있었다.

'머리가 아파… 윽! 손은 왜?'

"아……!"

마리안은 움직이려 하다가 두 손이 뒤로 돌려져 묶여 있는 걸 깨닫고 정신을 잃기 전의 상황들을 생각해 냈다. 급박했던 상황들을 떠올리자 기억들이 영화 필름처럼 다시금 돌아가기 시작했다.

꽹장히 위험한 어떤 사람들을 만났고 유세진이 뒤를 막아서며 자신에게 뛰라고 했던 말도, 뒤돌아보지 말고 큰길까지 뛰어가란 세진의 목소리에 정신없이 뛰었던 사실과 어느 순간 섬뜩한 어떤 예감에 갑자기 무서워져서 다시 되돌아가려고 했던 사실도. 그 느낌은 예전에 유세진이 총을 맞고 쓰러지던 때 느꼈던 것과 같은 무서운 느낌이었기에.

그리고 그때 마리안은 어떤 사람들을 보았고, 발버둥 치던 자신은 강제로 입과 코를 가로막는 손수건에서 어떤 약품 냄새에 정신을 잃었었다.

'세진 군은 무사할까? 무사해야 할 텐데……'

그보다 주변을 돌아보니 허름한 곳은 아니다.

손이 묶여 있고 입에도 재갈이 물려 있었지만 마리안이 누워 있는 곳은 맨바닥이 아니라 푹신한 침대 위였다. 시야가 닿는 데까지만 살펴도 고급 가구들과 장식품들로 채워져 있는 것이 참으로 훌륭하다. 호텔은 아닌 것 같은데…….

"야! 어제 칼은 왜 휘두르고 지랄이었어, 씨발아!"

"그 꼬맹이 때문에 그만 확 열이 받아서……."

"그래서 그 애새끼도 놓치고 엉뚱하게 같은 편을 긁어놓냐! 너, 저 계집애까지 놓쳤으면 죽음이었어!"

문밖에서 어떤 남자들이 상소리를 섞어 말하며 가까이 다가오는 게 느껴졌다. 말하는 것을 들어보니 유세진은 자신이 호언하던 말대로 무사히 빠져나간 모양. 마리안은 순간 자신의 처지는 생각하지도 않고 가슴속에 안도감이 훈훈하게 퍼지는 것을 느꼈다.

그러고 보니 절대 무슨 일이 있어도 뒤돌아보지 말라고 했는데 멈춰 서서 뒤돌아본 덕분에 붙잡히고 말았다. 꼭 신화 속에 나오는 주인공 같단 생각이 든다. 그 이야기를 들었을 땐 이 사람들은 왜 시키는 대로 하지 않고 바보같이 뒤돌아봐서 돌이 됐을까라고 생각했지만.

'막상 닥치면 정말 어려운 일이라구. 더구나 그렇게 정신없는 와중엔'

어쨌든 자신의 실수로 이런 처지가 된 건 틀림없는 사실이다. 누구를 원망할 것도 없다.

"야! 그 계집애 아직도 안 깨어났나 봐."

바로 문밖에서 들려오는 그 소리에 마리안은 후딱 눈을 감고 아직 깨어나지 않은 척을 했다.

"어? 아직 그대로야."

"약 너무 많이 쓴 거 아냐?"

"글쎄, 금방 깨어나겠지 뭐."

반쯤 열린 문 사이로 삐죽 방 안을 들여다봤던 남자들은 다시 밖에서 자기들끼리 떠들기 시작했다. 하지만 이때부터는 문에서 좀 떨어진 곳에서 하는 말이라 자세히는 잘 안 들렸고 간간이 들려오는 단어들을 조합해 볼 때 오늘이 바로 불꽃 축제 콘서트가 있는 날이라는 것과 이곳이 그곳에서 좀 떨어진 지역 같다는 것만 알 수 있었다.

'벌써 하루가 지났다니… 게다가 곧 해가 질 것 같은데. 그럼 콘서

트는… 콘서트는 어떻게 해!!'

속이 탔다. 불꽃 축제 콘서트까지 몇 시간 안 남았는데.

그러나 좀 더 무언가 알기 위해 귀를 쫑긋 세우던 마리안은 다음 순간 누군가가 찾아온 소리에 가슴이 철렁 내려앉았다. 밖에서 시끌시끌한 소리를 듣자니 이번 일의 배후 같다.

자신을 납치하라고 시킨 장본인이 나타나는 것인가?

끼익—

반쯤 열려 있던 문이 조금 더 열리더니 곧 이어 한 사람이 나타났다.

'아니, 저 사람은……!!'

마리안은 여전히 자는 척하려고 했다가 문을 열고 나타난 사람의 모습에 너무 놀라서 그만 눈을 뻔쩍 뜨고 말았다.

*   *   *

"어디에 있는지 전혀 잡히지가 않아?"

금빛 머리칼을 가진 소년이 추적 장치가 뭐 그러냐는 찡그린 표정으로 문승현을 바라보자 그가 눈 속에 잠긴 깊은 회색 빛을 검은색에 가깝도록 짙게 침전시킨다.

"그래, 너무 멀어. 안 된다구. 추적 장치 자체는 제대로 만들었다지만 난 영화 속 주인공처럼 돈을 갖다 처바른 첨단 장비를 쓰진 않는다고. 하지만… 혹시 또 모르지. 그 미약한 전파를 잡을 수 있는 인공위성이라도 이용한다면 모를까."

"아, 그래! 성전그룹에서 쏘아 올린 위성도 있는 걸로 알고 있는데."

문승현의 안 된다는 회의적인 반응에 한예지가 마침 생각났다는 표정으로 반색을 하자 제후가 그 말에 미간을 찡그리며 말했다.

　"응. 성전은 위성을 가지고 있기만 한 게 아니라 만들기도 해. 그런데 거의 특수 목적을 위해 만들어져서 연구소에서부터 철저한 기밀을 유지해서 말이지."

　"하나쯤 사용할 수 없어?"

　"글쎄, 어떻게 이용할 건데?"

　"그러니까… 만약 정말로 그런 일이 가능하다면 위성을 통해 대강의 위치를 파악할 수 있지. 그러면 나머지는 그 지역에 다가가서 위성과 연결 상태에서 다시 정확한 전파의 위치를 찾으면 되는 거야."

　역시 문승현의 대답은 간단하고 담백하다.

　"하지만 아무리 그렇다고 해도 대강의 지역이라고 하면 상당히 넓은 지역일 텐데 어떻게 찾냐?"

　꼭 나중에 이렇게 초를 치지만.

　침묵.

　그리고 그때 동민의 혼잣말.

　"휴우, 이거 날개가 없으니 하늘을 날아다니며 찾아다닐 수도 없고."

　'아!'

　"그래! 날아서 찾아보자!!"

　"뭐?"

　신동민의 중얼거림에 민제후가 손바닥을 딱 치며 얼굴을 활짝 폈다. 돌파구다. 하나가 풀리고 하나가 막히는가 싶더니 곧바로 막힌 부분에서 해결책이 보인다.

'죽으라는 법은 없나 보군.'

제후가 급하게 책상으로 다가가 전화를 걸어 김성민 비서실장을 불러들였다.

"김 비서!! 「JUPI」 가지고 당장 이쪽으로 와!!"

민제후의 머리 속에 스쳐 지나간 것은 이번 단군 프로젝트의 첫 시발점인 다목적 헬기 「JUPI」. 더구나 VIP 수송뿐만이 아니라 긴급 의료 지원이나 산불 진화는 물론 이번에 자신들이 필요한 인명 수색 및 구조에도 뛰어난 성능을 자랑하는 다목적 헬리콥터. 단군 프로젝트의 이 회전익 사업은 터무니없이 안전과 성능의 의심을 받고 멈춰 섰지만 우린 이것의 안전과 성능으로 친구를 구할 거다.

민제후의 얼굴에 그제야 황금빛 환한 미소가 한가득 떠올랐다.

"시험 비행할 거야."

"자, 이건 무선 장비인데 하나씩 머리에 착용하라고. 서로 이걸로 연락해."

아이들이 나누어 가진 것은 일반 무전기나 핸드폰보다도 훨씬 성능이 좋은 무선 장비. 무선 헤드셋 형태로, 쉽게 설명하자면 마치 댄스 가수들이 머리에 착용하는 무선 마이크처럼 생겼다. 연락할 때 서로 전화번호를 누를 필요 없이 간단한 지정만 하면 연결되고 핸드폰처럼 수신 외 지역이 없기 때문에 편리할 것이었다.

"나와 문승현은 같이 밖으로 나가서 추적 장치를 개조해서 헬기에 장착하고, 이 지역 외로 바로 뜰 테니 동민이랑 세진이는 성전그룹에 선을 대서 되는 대로 빨리 위성을 연결해 줘. 아마 위성을 연결하는 데 필요한 절차가 복잡할 거야."

제후가 급한 대로 그들이 이야기한 사항들을 정리해서 아이들에게 지정해서 부탁을 하자 다들 고개를 끄덕인다.

"그리고 예지야, 미안한데 먼저 불꽃 축제 콘서트 현장으로 가서 기다려 줄래? 만약 천운이 좋아 마리안을 찾게 되면 그쪽으로 갈 수도 있으니까. 또 그쪽에서 만약의 사태가 발생하면 알려주고."

"응, 알았어. 걱정 마."

마지막으로 각자 할 일들을 나누었고 이제 남은 것은 최선을 다하는 길뿐이다.

"자, 그럼……."

다섯 명의 아이들이 빙 둘러서서 어떤 결의로 눈을 빛냈다.

그리고 모두들 손을 모아 부딪치며 소리쳤다.

"작전 시작!"

얼마 뒤 흩어진 아이들 중 민제후와 문승현은 저택의 뒤편에 있는 헬기 착륙장에 있었다. 김 비서가 「JUPI」를 가지고 도착한 지는 조금 한참의 시간이 경과했지만 문승현의 개조한 추적 장치와 컴퓨터 연결을 헬리콥터 내부에 끝내지 못했기에 아직 이륙하지 못하고 있었다. 하긴 공중에 뜬다고 해도 세진이 쪽에서 위성을 연결해 주지 않으면 당장 할 일은 없었지만 그래도.

"시간없어! 빨리빨리… 이씨, 답답해 미치겠네!"

사실 제후가 친구들에게 도움을 요청할 때에는 마리안의 안위만이 걱정되었으나 이왕 찾아낼 수 있는 방법이 있다면 불꽃 축제 콘서트 전까지 어떻게든 찾고 싶었다. 몇 시간 안 남았으나 그 행사는 성전그룹의 입장에서뿐만이 아니라 마리안에게도 아주 좋은 기회이기도 하니까.

'욕심이 너무 큰 걸까?'

"자자, 다 됐어, 됐다고. 조금만… 됐다!"

"저리 비켜봐!"

문승현의 허락이 떨어지자 제후가 표정을 활짝 펴며 그 앞에 있던 김 비서를 밀쳐서 문승현과 함께 헬기로 태우고 재빨리 조종석으로 올라탔다.

자세한 것은 잘 모르지만 장혜영 여사님 경비행기에서 봤던 비슷한 순서대로 이것저것 누르자 엔진이 돌아가기 시작했다.

'시동이 걸린 건가?'

그 어설픈 동작에 김 비서가 얼굴에 불안한 기색을 가득 담고 조종대을 잡고 있는 제후에게 떨리는 목소리로 묻는다.

"도련님, 헬기 조종은 할 줄 아십니까?"

"아니, 그렇지만 운전 경력은 20년이지."

아니라는 대답을 그렇게 당당하게…

더구나 운전 경력이 20년?

"네엣? 하지만……."

"뭐엇? 하지만……."

그 소리에 김 비서와 문승현이 하얗게 질린 얼굴로 동시에 소리를 질렀다.

"도련님은 18살이잖아요!!"

"민제후, 넌 18살이잖아!!"

운전 면허와 조종사 면허하고는 전혀 다르다는 건 둘째 치고라도 우리나라는 18세 이상부터 면허가 나오는 걸로 아는데 무슨 20년 운전 경력이라는 건지.

"그렇다면 그런 줄 알아!! 사소한 일에 목숨 걸지 말라구. 그럼 이제 날아간다!"

위이이잉—

이젠 하얀색에서 파란색으로 변색된 얼굴의 두 사람이 있다는 걸 깨닫지 못한 최신 기종의 멋진 헬리콥터는 누군가의 비명 소리를 회전익 소리에 묻고 불안하지만 빠르게, 그렇게 하늘로 날아올랐다.

"네, 알겠습니다."

꽝!!

딱딱한 말투, 전화기를 거칠게 내려놓는 손.

힘들다. 피곤했다.

"정말 어렵다. 위성을 개인적인 용도로 사용하기에는 무리야. 성전그룹 총수의 권력을 이용해 편법을 쓴다 해도 절차상 하루 이상은 기다려야 한대."

"그걸 언제 기다립니까!"

"그럼 어쩌라고? 방법 있어?"

신동민이 성전그룹 위성과 통신 관계자와 전화기를 붙들고 늦도록 긴 싸움을 벌였지만 결국 하루 이상 필요하다는 대답을 들었을 뿐이다. 물론 그것도 다른 인간들이 들으면 입을 딱 벌릴 정도로 너무나 어이없는 놀라운 결과였지만 지금 그들에게 필요한 것은 당장 사용 가능한 위성 하나뿐이니. 세진도 그것을 당연히 알기에 동민의 말에 답답해서 언성을 높였던 것이고.

'하지만 아무리 그렇다고 해도 방법이 없으니.'

동민은 다음으로 자신들이 어찌해야 할지 알 수가 없어서 쓰게 웃음 지었다.

민제후와 승현 선배가 아무리 서울 하늘 상공을 뒤지며 찾아다닌다 해도 실질적으로 이곳에서 위성과 연결하여 대강의 위치를 파악해 주지 않으면 아무 소용 없었다. 현재 마리안이 서울에 있는지, 또는 지방에 있는지 알 수가 없기에 대강 서울이다, 수원이다 등 전파가 잡히는 지역을 알아낼 수 없으면 아무리 하늘을 날아다닌다 해도 백사장에서 바늘 찾기다. 위성에서 마리안의 위치를 찾아내면 헬기에 장착한 컴퓨터를 위성과 연결시켜서 그 구역 상공으로 날아가 구체적인 위치를 추적하는 수밖에 별 도리가 없는 것이다.

즉, 이곳에서 수색에 이용할 수 있는 위성을 확보할 수 없으면 시작도 할 수 없다는 소리다.

그런데 그때 곰곰이 생각에 빠져 있던 유세진이 내뱉는 말.

"…그냥 뚫어버리죠."

너무나 가벼운 말투.

동민은 순간 세진의 말에 할 말을 잃었다.

그러나 세진은 처음부터 신동민의 대답을 들을 생각도 없었던 듯 컴퓨터를 이리저리 만져서 다시 세팅한 다음 바로 작업에 들어갔다.

푸른빛 도는 검은 머리칼을 신경질적으로 쓸어 올린 유세진이 보호 안경을 착용하고 컴퓨터 화면에 집중한다. 그리고 뭔지 정체를 알 수 없는 디스켓과 CD들을 컴퓨터에 집어넣고 자판 위로 눈부시게 날아다니는 유세진의 새하얀 손가락.

'다다다닥' 거리는 컴퓨터 키보드 소리밖에 안 들리는 공간에 세진의 바쁜 손가락들만 보자면 컴퓨터 자판 두들기는 것이 아니라 마치

제후나 제경처럼 피아노 건반을 두들기는 연주자 같다는 느낌이 들 정도다.

유세진의 빠른 행동이 이어지자 컴퓨터는 곧장 성전중앙센터의 슈퍼컴퓨터에 접근해서 위성에 대한 정보들을 엄청나게 빼내오기 시작했다. 전송되는 자료는 모두 1급 기밀에 속하는 엄청난 것들뿐.

"……!"

동민은 유세진이 해킹에 상당히 능하다는 건 단군 프로젝트 때부터 알고 있었지만 눈앞에서 직접 이루어지는 것을 보니 정말 '오, 이런 세상에' 라는 감탄사밖에 나오지 않는다.

'엄청나다, 이 녀석!!'

신동민은 옆에서 경제 제국이라고 불리는 대그룹의 슈퍼컴퓨터를 마치 오락기 다루듯 하는 새까만 머리칼의 창백한 소년을 바라보며 놀랍다 못해 오싹해졌다. 만약 유세진을 친구가 아니라 적으로 만들었다면 그들은 미래에 힘겨운 상대를 만날 뻔한 것이다.

"1차 방어 시스템 파괴."

'벌써?'

성전그룹에서 위성 정보를 빼내온 소년은 곧장 가장 적합한 위성을 선정해 직접적인 해킹을 시도한다. 부수기 위함이 아니라 이용하기 위함이라 어려울 줄 알았는데, 아니, 시간이라도 오래 걸릴 줄 알았는데 상당히 빠른 시간 내에 벌써 1차 방어 시스템을 무력화시키고 있었다.

"2차 방어 시스템 접근 중… 앗, 이런!"

한데 그때 그 다음부터는 접근 불가와 경고의 메시지만 계속적으로 뜨고 있다.

역시…….

"그래, 버텨보겠다 이거지? 흥! 너, 이 유세진을 아주 우습게 봤어. 빨리 뚫려… 뚫리란 말야……!! 만약 네깟 것들 때문에 시간이 늦어져서 일이 다 틀어져 버리면 미사일이고 전투기고 국방부를 다 뒤집어 버릴 테니!"

동민은 컴퓨터 앞에서 도전적인 눈빛을 발하며 천천히 나직하게 중얼거리는 세진의 혼잣말을 엿듣고 딸꾹질이 터져 나올 뻔했다.

'설마 군사용 위성을 해킹하는 건 아니겠지?'

"드디어 화려하게 시작되는 여름 불꽃 축제 콘서트!!"

방송 카메라들이 공연장 곳곳에서 촬영을 준비하고 있었다. 그리고 그 중간 사이사이 콘서트를 취재 나온 기자들과 아나운서들은 축제 구경을 나온 시민들의 풍경을 스케치 촬영하는 등 서울에서 열리는 대규모 국제 공연을 비중있게 다루고 있었다.

"네에! 시청자 여러분, 모두들 오래 기다리셨습니다. 이제 한 시간도 안 남았습니다. 서울에서 열리는 대규모 국제 콘서트. 여러분들, 좋아하는 홍콩 배우나 일본 가수들 계시죠? 오늘 저희는 그 슈퍼스타들의 공연을 여기 이 한자리에서 한꺼번에 보실 수 있는 행운을 갖게 되었습니다……."

이번 콘서트를 위해 홍콩 스타들도 대거 입국하였고 중국, 대만, 일본의 초특급 스타들이 한국 가수들과 듀엣 공연을 하는 등 여러 가지 소식들과 볼거리 등으로 연예계 소식을 전하는 방송 프로그램과 스포츠 신문 등은 정신없이 바빴다. 언제 또 이런 일이 있을지 모르는 일. 오늘 공연에 참가하는 해외 스타 중 한 명만 방한해도 난리가 날 일인데 한꺼번에 한국에 들어와 한자리에 모이니 난리법석이 안 일어날 수가 없었다.

더구나 성전그룹은 이번 콘서트의 성과가 훌륭하면 더욱 문화적인 측면에 투자를 하여 대중가요, 팝을 대상으로 시상도 있는 국제 무대를 만들 계획이 있다고 하니 모두들 곧 펼쳐질 공연에 크게 흥분하며 기대에 가득 차 있었다.

"어서 오십시오. 연락받고 기다리고 있었습니다."

그러나 무대 뒤쪽과 관계자들이 자리하는 한편은 그리 밝은 분위기가 아니다.

도착한 그녀를 맞이하는 사람은 「N-씨너기획」의 행사 책임자 문기현 실장과 이우진. 현장에 도착해 공연장을 둘러보는 소녀는 한예지였다.

민제후와 다른 친구들이 마리안을 찾게 되거나 기타 다른 일들이 있게 되면 상황을 전하고 서로 연락을 하기 위해 미리 불꽃 축제 콘서트 현장에 나와 기다리고 있는 그녀였다. 무언가 특별히 도울 것이 마땅치 않았던 그녀는 그저 뒤에서 그들 주위에 걸림돌이 되는 것이 없게끔 보조해 주는 것이라도 했음 하는 바람이었다.

그런데 어느 순간인가 그녀의 눈에 자꾸 걸리는 어떤 장면.

'어? 저쪽 조명등이… 뭔가 좀 이상한데.'

"저기, 잠깐만요. 여기 책임자 되시는 분을 만나뵙고 싶은데요."

현장을 둘러보던 그녀는 무언가를 쳐다보며 미간을 찌푸리다 소란스러운 대형 공연장의 스텝들이 모인 장소에서 조용히 어떤 일을 알아보기 시작했다.

"무작정 밀고 타면 어쩌냐, 이 빙신아!! 조종사를 팽개치고 타는 인간은 내가 보다보다 첨 본다!"

"네가 있으니까 됐잖아!"

"되긴 뭐가 돼, 이 바보탱아! 이건 전문 기종이잖아! 나도 잘 몰라!!"

"이가 아니면 잇몸이지 뭐! 대강 해봐!"

"아, 진짜!"

하늘 위에서 이제야 그럭저럭 안정적으로 비행을 하는 최신 헬리콥터 기종.

김 비서도 문승현이 조종대를 잡고 나서야 얼굴빛이 어느 정도 정상인처럼 돌아왔다. 하지만 서로 고함을 질러대는 두 소년 때문에 정신이 하나도 없는 김 비서.

문승현이 그 소년 특유의 무감동, 무표정의 페이스를 결국 떨쳐 버리게 만든 금갈색 머리칼을 가진 또 다른 소년. 어떨 때 보면 보통 사람들은 생각지도 못하는 일을 해내고 사람들을 이끄는 묘한 매력과 카리스마를 보이는가 싶으면 오늘처럼 대책없이 일을 저질러 사람 심장을 덜커덕 내려앉게 만들기도 하니…

어느 것이 진짜 모습일까?

"하여간 네놈의 자식이랑 얽히면 꼭 이상한 사건에 휘말린다니까!"

그런데 그때였다.

《위성과 연결됐습니다, 제후 군!!》

헤드셋에서 울리는 유세진의 목소리.

"어디야!!"

《서울 외곽입니다. 경기도 양평 쪽에서 신호가 잡히고 있습니다. 연

결해 놓겠습니다.》

"양평? 멀리도 갔네! 알았어!!"

민제후는 세진의 연락에 위성과 연결한 컴퓨터 화면에서 반짝이는 불빛 표시가 생겨나길 기대하며 문승현에게 소리쳤다.

"양평이래!"

"나도 들었어!"

빠르게 최고 속력을 내며 헬리콥터의 방향을 서울 외곽으로 틀었다. 하지만 아직 나타나지 않은 표시등.

지상에서 달리는 것보다 몇 배는 빠르게 길도 막히지 않고 날아가니 금방 서울을 벗어나고 시 외곽으로 접어들고 있었다. 한참을 날아가다가 곧 양평도 벗어나게 될 무렵에도 나타나지 않는 위치 표시에 민제후는 입 안이 바짝바짝 탔다. 초조함이 밀려온다.

"민제후, 위치는 아직 안 잡혀? 아직 아무것도 안 나타나는 거야?"

"기다려. 너무 서두르면 될 일도 안 되는 법이야."

"이제 곧 양평을 벗어나게 된다고!"

"알아… 웃!"

찌잉—

그 순간 제후는 시야가 또다시 흐려지는 걸 느꼈다. 예전 중세보다 훨씬 더 나쁘게 발전했는지 사물이 흐릿한 정도가 아니라 이젠 아예 뿌옇게 흐려지고 있었다.

이러면 안 되는데, 이러면……

'안 돼… 눈이 멀더라도 오늘만은 안 돼!'

지금 내 눈에 이상이 있는 것을 알게 된다면 김 비서가 가만히 있지 않을 것이다. 이제 곧 마리안을 찾게 될지도 모르는데 이대로 눈앞에서 발길을 돌릴 순 없다. 난 당장 죽을병도 아니지만 마리안은 지금 어떤 처지에 놓여 있는지도 모르는데.

'오늘만큼은 안 돼. 안 돼. 제발……'

마음을 다잡았기 때문인지, 자연히 이때쯤 되돌아오는 것이었는지 곧 괜찮아졌다.

다시 돌아오는 시력……

그리고 그때 모니터에 기다리던 빨간 표시가 떴다. 다시 한 번 되돌아가면서 이 지역을 더 훑어야겠다 여기는 순간에 나타난 표시라 반갑기 그지없었다.

해가 벌써 지고 있었다. 곧 어두워질 텐데… 시간이 없다!

"찾았다!! 이대로 똑바로 날아가!!"

"나도 알아!"

하늘 위에서 여전히 싸우며 잃었던 것을 되찾으러 확실한 목표를 잡고 날아가는 기체 뒤로 어둠이 따라오듯 깔리고 있었다.

*   *   *

'장태현 이사……'

마리안은 문을 열고 나타난 자가 언젠가 성전영상사업단 포스터 촬영장에서 만났던 그 장태현 이사라는 것을 깨닫고 온몸이 싸늘하게 식었다. 무슨 목적으로 이런 짓을 하는 것인지……

"오~ 깨어났군. 몸은 좀 어때?"

말을 못하게 입에 재갈을 물려놨으면서 왜 질문을 하는 걸까?

마리안은 그게 자신을 묶고 납치한 인간이 물어볼 질문이냐고 쏘아주지 못하자 그냥 눈빛으로만 표독스럽게 쏘아보았다. 그러나 그런 마리안의 표정에 관심을 두지 않고 자기 자랑에 심취해 있는 장태현 이사.

"그리고 여긴 어떤가? 언젠가 한번 내 개인 별장에 오자고 했었지? 여기라네. 풍경도 좋고 시설도 최고로 해뒀지. 별장 밖에는 수영장과 테니스장도 있고. 한마디로 없는 것이 없지. 음, 이런 방법을 쓰고 싶지 않았는데 어쩔 수가 없었어. 마리안이 방해가 되거든. 성전그룹에 더 이상 힘을 보태줘선 안 되지. 그 잘났다고 오만방자한 어린 애송이 녀석이 기획한 이벤트는 절대 성공해선 안 돼. 푸흐흐흐흐."

'도대체 무슨 소릴 하는 거야!!'

말을 할 수 있었으면 능글능글하면서도 그 음산한 웃음소리에 이렇게 소리라도 빽 지르겠건만.

중년이 넘은 나이이지만 그 연배에 성전그룹에서 실세로 불릴 정도로 실력이 있다는 사람이 왜 이런 짓까지 하는지 이해가 안 되는 마리안이었다.

"너무 늦게 와서 미안하구만. 호호호."

'더듬지 마란 말이다, 이 변태야!!'

"으으으으음!! 으음!!"

마리안은 반팔 소매 때문에 드러난 자신의 맨살을 훑으며 점차 손을 다리 아래쪽으로 내려가는 장태현의 손에 기겁을 해서 그 손아귀에서 벗어나려고 몸부림치며 소리를 질렀다. 하지만 입은 틀어막혀 있고 문밖에는 낄낄대며 구경하는 무리가 있을 뿐이란 걸 안다.

"별장이지만 사유지 한복판에 지어놔서 누구도 우릴 방해하지 않아."

'오빠!! 제후 오빠, 도와줘!!'

마리안은 이번엔 진짜로 무서워져서 눈을 크게 뜨고 터지지도 않는 비명을 마구 질러댔다. 천천히, 소름 끼치는 가느다란 눈초리로 바라보는 중년의 이사가 너무도 만족스런 표정으로 자꾸 손을 뻗어 온다.

옷옷의 단추가 뜯어져 나가는 충격에 마리안이 들리지 않는 비명을 크게 내질렀다.

'세진아—!!'

*　　　　*　　　　*

"늦은 거 아냐! 왜 이렇게 조용해?"

제후는 제대로 찾아왔다고 생각했는데 생각 외로 너무 조용한 곳이라 이것들이 지금 다 튀고 이동한 것이 아닐까 불안해졌다.

위치를 잡았을 때 공중에서 내려다본 그 장소는 초호화판 별장. 어이가 없었다.

사유지인지 그 주변에서 반경 몇백 미터 주변은 아무것도 없었다. 그런 가운데 그 별장에는 수영장, 테니스 코트 등 각종 레저 시설들과 작은 호수와 정자까지 갖춰놓은 이곳을 보았을 때 누군가가 안 떠올랐다고 하면 거짓말일 것이다. 하지만 분명 나중에 이 별장의 소유주를 조사해 보면 제후가 떠올린 그 사람은 주인이 아닐 테다. 이 정도로 대놓고 '우린 돈을 처발랐수' 라고 부르짖는 별장을 자기 이름을 걸고 자기 소유라고 문서로 남겨놓을 인간이 아니니까.

제후는 여러 가지 생각을 하는 가운데 헬기에서 내리자마자 별장 쪽으로 전속력을 다해 뛰어갔다. 그런데 별장 앞에 다다라 민제후가 막 문을 열고 들어가려 하자 그때 그 옆의 담 아래로 질주하며 사라져 가는 검은색 승용차.

급하게 도망치듯 별장을 빠져나가는 것을 보아하니 이번 일을 사주한 범인인 것 같지만 이미 멀리 사라져 가는 자동차를 담을 넘어 뒤쫓는다는 건 어려운 일이고 추적 위치가 변동이 없는 걸로 봐선 안에 마리안이 있을 거라고 생각되기에 그 검은색 승용차에 대해서는 어느 정도 무시하고 건물 안으로 들어섰다.

'어떻게 된 일이지? 헬리콥터 소리를 들은 것인가? 아니면 혹시 누군가가 연락을……?

"마리안!"

어쨌든 안으로 들어서자 제후는 큰 소리로 마리안을 부르며 각 방문을 열면서 뛰어다녔다. 아무도 없는 거실. 텅 빈 공간들. 그러나 두 번짼가 세 번째 방문을 열어젖혔을 때, 마침내 민제후의 눈에 마리안의 모습이 발견되었다. 그리고 그곳에서 도주를 시도하려 한 두 명의 사내도.

평범한 청년들은 아닌 듯 외모나 분위기에서 충분히 조직의 느낌을 맡을 수 있다.

"마리안!!"

재갈이 물려져 있는 입.

찢어지고 흐트러진 옷차림이 보인다.

제후는 그 광경에 눈에 불이 들어와 순간 사라졌다 싶을 정도로 빠르게 다가가서 그 남자들 중 하나를 유도 기술로 집어 들어 바닥에 매다꽂았다. 그리고 그 인간이 비명을 지르며 바닥에 구르자 곧장 인정

사정없이 발로 그 남자를 걷어차 버렸다. 벽에 날아가 크게 부딪치고 떨어져 다시 바닥에 구르는 그 몸뚱이.

그러나 이번에는 민제후가 전혀 서둘지 않고 천천히 다가간다. 아마도 반항할 여지가 없다고 생각되자 여유를 부리는 듯.

"끄악!!"

제후는 싸늘하고 잔인한 눈으로 바닥에 처참하게 쓰러져 있는 남자의 목을 꽈직 밟아버렸다. 목뼈에 금이라도 간 걸까? 뼈가 어긋나는 소리가 들린 것 같다.

"죽여주지."

소리치는 것이 아니라 조용히 다가와서 나직하게 말하는 소리가 오싹하다. 어떤 잔인한 행동보다, 어떤 협박이나 위협보다 더욱 크게 조성되는 공포 분위기.

"…민제후."

"도련님!!"

뒤늦게 쫓아 들어온 문승현과 김 비서는 들어오자마자 그런 제후의 모습을 보고 상당히 많이 놀란 듯하다. 하나 약간 다른 점이라면 문승현은 한숨을 내쉬며 어쩔 수 없는 녀석이라는 뉘앙스로 이름을 불렀고, 김 비서는 눈을 크게 뜨고 그 무서움과 잔인함에 경악해서 제후를 부르는 것이라는 것이 달랐다. 어째 문승현 쪽이 더 많이 그 소년을 겪어본 듯한 반응.

아무래도 김 비서는 변하기 전의 원판 민제후까지 알기에 완전히 이해하지 못하는 것이고, 문승현은 아예 원판 민제후를 모르는 상태에서 지금의 민제후를 곧 원래의 민제후로 인식하기 때문일지도 모르겠다. 이런 식으로 따져 본다면 같은 사람을 본다고 해서 이 두 사람이 똑같은 사람을 본다고 할 순 없을 테니까.

어쨌든 그들은 지금 민제후의 무시무시한 반응이 말린다고 될 문제가 아니라는 것만은 공통적으로 일치된 생각이었다. 그렇기에 우선적으로 그들의 손으로 묶여 있는 마리안부터 구출해 냈다.

"이봐, 머저리. 아까 감히 어디에다 그 더러운 손을 댔던 거지? 응? 너, 진짜로 빨리 죽고 싶은 모양이구나? 그렇지?"

살벌한 눈. 차가운 음성. 침착한 분위기.

"죽고 싶으면 그렇게 돌아가지 않아도 방법은 많아. 약을 먹어도 되고 아무 건물이나 올라가서 뛰어내리면 끝이지. 확실하게 하기 위해서 적어도 5층 이상의 빌딩을 권하고 싶군. 안 그러면 그 냄새나는 몸뚱이만 병신되고, 거기다 더 재수없으면 평생 벽에 똥칠할 때까지 살 수 있지. 아! 그리고 지금 생각났는데 그게 정 힘들면 나한테 부탁해도 돼."

결국에 돌아온 이야기는 처음에 했던 말 그대로.

죽여준다는 그 말 그대로.

"해줄 수 있어. 이렇게!"

콰직!!

"커… 커억!! 끄아아아악!!!"

제후가 이번엔 팔 하나를 뒷굽으로 작살을 내놨다.

민제후의 잔인한 표정.

주변 인물들은 이제 아주 질렸다는 표정으로 새하얗게 굳어버렸다.

"이, 이씨!! 다, 다가오지 마!!"

그런데 그때 제후가 잡고 있지 않았던 다른 놈 하나가 정신을 차리더니 갑자기 마리안에게 달려든다. 마리안은 방금 막 로프에서 팔이 풀리고 재갈이 풀려 정신이 하나도 없는 힘든 상태였기 때문에 너무나 쉽게 인질로 붙잡히고 말았다. 가까이에 있던 문승현이 뒤늦게 알아채고 보호하려 했지만 그자가 순간적으로 나이프를 들어 소녀의 목에 가져다 댔기에 승현은 섣불리 움직일 수 없었다.

"이히… 히히… 가까이 다가오지 마! 다가오면 이 계집애의 목숨은 없을 줄 알어!! 알겠어, 이 개쉑들아!!"

정신 나간 놈 같은 그 행패에 가까이 다가가지 못하는 사람들.

그리고 그것에 더욱 기고만장해져서 나이프를 마리안의 목에서, 얼굴 앞에서, 눈앞에서 위험하게 휘두르는 놈. 그래서 민제후는 도박을 하고자 했다. 어차피 상대는 제정신이 아닌 상태이고 행동들도 불안정하니, 다시 마리안에게서 조금 멀리 나이프가 떨어졌다고 여겨진 순간 빠르게 그 품으로 파고들어 칼을 발로 차서 떨어뜨리고 놈을 제압해야겠다고.

"우하하하… 다 덤벼! 다 덤벼……."

'지금 이때다!'

그런데 그 순간 민제후에게로 다시 밀어닥치는 흔들리는 시야.

'제길, 하필이면…….'

"엇?!!"

그런데 그때 전혀 다른 누군가의 그림자 하나가 놈에게로 달려든다. 제후가 구하려고 했지만 순식간에 흐려지는 시야에 깜짝 놀라 멈칫한 사이 마리안을 인질로 잡고 있는 놈에게 순간적으로 빠르게 다가간 그림자!

그리고 아차 하는 순간에 그 그림자는 인질범의 팔을 꺾어서 칼을 뺏어 들고 그와 거의 동시에 다른 쪽 팔꿈치로 범인의 얼굴을 뼈가 부딪치는 소리가 나도록 세게 가격했다.

빡!!

"끄학!!"

범인은 그 충격에 인질이었던 마리안을 놓치고 중심까지 잃으며 비틀거린다. 그러자 한순간의 틈도 주지 않고 다리를 걸어차서 눕혀 버렸다.

와당탕!

"컥! 크헉……."

지금까지 긴 설명이 필요했지만 사실 제3의 누군가가 나타나고 인질까지 잡고 있던 범인을 제압해서 넘어뜨리기까지의 시간은 정말 순간이고 찰나지간이었다. 약 몇 초간의, 눈 깜짝할 순간에 일어난 일.

"세진아……."

유세진?

놀라서 중얼거린 마리안의 말 그대로 그 소년은 유세진이었다.

하지만 세진은 그의 등장에 놀라는 사람들을 무시하고 뺏어가듯 마리안을 안전하게 등 뒤로 밀쳐 낸 후, 이빨이 부러지고 코피를 흘리며 바닥에 강제로 눕혀진 녀석에게 다가가 목을 짚었다. 민제후와 같은 부위인 목이었지만 제후와 다른 점이 있다면 세진은 발이 아니라 한 손으로 그 남자의 목을 잡고 누르고 있다는 사실. 또한 무섭게 쳐다보는 것이 아니라 아주 부드럽게 생긋 미소 지어주고 있다는 사실도 민제후와 구별되었다.

그리고 말하길.

"만지지 마. 내 거야."

봄바람처럼 산들산들 불어오는 따뜻한 목소리. 하나 그 목소리가 담고 있는 내용을 이해하고 들으면 그 순간에 바로 따뜻함과 완전 정반대의 느낌을 갖게 된다.

"저 여잘 또 한 번 건드려 봐. 그땐 이걸 네놈 목구멍에 쑤셔 박아 주지."

다른 한 손에 철컥철컥 칼장난을 하며 흔드는 뺏어 든 나이프의 용도가 바로 그런 것이었나 보다.

사람들은 그 형국에 민제후 때보다도 더 하얗게 질렸다. 아니, 핼쑥해졌다. 민제후와는 다른 종류의 공포를 주는 인간이기에.

"괜찮으십니까? 걱정했습니다, 도련님."

제후는 가까이에서 들리는 또 다른 익숙한 목소리에 고개를 돌렸다.

'한 실장까지……'

놀랐다. 어떻게 왔지? 그것도 이렇게 빨리.

'아, 「Eagle」을 탔나 보군. 허허.'

마리안의 위치를 확인한 순간 알려줬더니 저들도 곧바로 쫓아온 모양이다. 하긴 「Eagle」은 「JUPI」보다 속도 면에서 앞선다고 할 수 있으니까 불가능한 건 아니다.

멍한 정신 속에 경찰의 사이렌 소리가 들려오는 것을 알았다. 유세진과 한지훈 실장이 오면서 경찰에 신고까지 했던 모양.

"키히히… 늦었어. 콘서트고 뭐고 이제 곧 몽땅 다 불바다가 될걸? 그리고 마리안이라는 저 계집애는 그 공연엔 가지도 못하지. 빵구가 난 거야. 다 망한 거야. 이히히……"

입에 핏물이 흐르고 이빨이 나간 상태. 침을 질질 흘리며 희열에 들

뜬 눈으로 중얼거리는 폼이 역시 제정신이 아니다. 원래부터 조금 상태가 안 좋았던가? 아니면 오늘 갑자기 무서운 사람들을 봐서 정신을 놓은 건가?

'뭐, 대강 전자 쪽이 맞다고 생각되는데.'

"쯧쯧. 틀렸어, 친구들."

제후는 유세진이 때려눕힌 남자에게로 다가가 쭈그리고 앉아서 빙긋 웃어주었다.

"불바다도 되지 않을 거고, 마리안도 콘서트에 갈 수 있다네. 갑자기 전압이 오르면 합선되어 화재를 이루게 만들어놨더군. 아주 자연스럽게. 그런데 어쩌지? 내 친구들이 그 문제들을 찾아내 버렸는데. 공연이 막 시작되기 직전에 찾아서 아슬아슬했지만 말이야."

불꽃 축제 콘서트에서 사고가 일어날 뻔했던 일은 이곳 별장에 도착하기 직전 한예지에게서 소식을 전해 들었다. 눈썰미가 좋은 예지가 미심쩍은 어떤 소재를 발견하고 무리를 해서라도 안전을 위해서라며 핵심적인 부분만이라도 전체 점검을 하자고 건의한 덕분에 대형 사고를 미연에 방지할 수 있었다.

'콘서트야 우리가 이곳에 왔던 대로 「JUPI」 등을 타고 날아가면 되고. 최고의 기술력을 자랑하는 성전그룹에서 창조해 낸 최고의 작품들이니까. 또한 모든 성능 면에서 뛰어나지만 「Eagle」은 속도에서 더욱 자신이 있다. 지금 공연은 이미 시작했겠지만 한국 가수들 순서 때까진 어떻게든 닿을 수 있을 것이다.'

그렇게 모든 일이 틀어졌다고 깨닫게 되자 납치범들은 자포자기가 돼서 악을 쓰며 눈이 시뻘겋게 변해 버렸다. 곧 경찰에게 체포될 것을 생각하니 머리가 아주 돌아버릴 지경인가 보다. 수뇌는 도망도 갔

는데 자기들만 잡혀서 억울하게 경찰에 붙들리는 것이 기가 막힌 모
양.

"이런 썅! 이 새끼가… 컥!!"

"씨발, 좆같은 개소리하고 자빠졌네!!"

퍽!!

한순간 정말 멋진 발길질이 작렬했다. 강한 힘은 아니었지만 기술적
으로 아픈 데만 골라서 패는 기술이 상당히 수준급이라 놀라고 말았다.
그 형상에 모두들 두 눈을 휘둥그렇게 떴다.

"네까짓 게 감히 내 목숨을 가지고 놀려고 해? 내가 질질 짜면서 또
당할 줄 알았냐!! 내가 얼마나 심장이 벌렁거렸는지 아냐! 앙! 장 이사
만 생각해도 돌아버리겠고만. 너도 한번 죽어봐라! 죽어!! 어라? 안 죽
어? 어후~ 얼렁 죽어!! 죽어보란 말야!! 죽어, 자식아!!"

"마, 마리안?"

제후는 두통이 오는지 머리에 손을 얹고 애써 그 장면을 외면한다.
문승현은 눈썹이 치켜 올라갔고, 김 비서와 한 실장은 현실을 받아들이
지 못하고 어안이 벙벙해서 서 있다. 세진이는…

'그래도 남친이라고 모든 것을 다 알면서도 초연한 저 자세. 음~'

한동안 조용하다 싶었더니 다시 도지고 마는 저 성질.

"에휴~ 저 성질머리 언제 고칠는지. 저거 누가 데려갈지 심히 걱정
된다."

제후가 혀를 차면서 일부러 크게 마리안을 걱정하자 유세진이 매서
운 눈길로 민제후를 쳐다보았다.

'그렇게 노려보지 마라, 세진아. 널 염두에 두고 한 말은 아니었단
다. 진짜루~ 나하하하하!'

해가 완전히 지고 칠흑 같은 어둠이 내려앉아 온 천지간에 나와 별 밖에 존재하지 않는 듯한 밤. 자연의 별을 감상하는 것도 멋진 일이지만 이제 이들은 한 가지 남은 일을 위해서 도시의 별인 야경과 하늘에 수놓는 불꽃을 찾아가야 했다.

서울이 보였다. 아름다운 한강.

축제의 절정에 이르고 있는 한강 주변과 한강 옆에 있는 대규모 공연장.

이미 불꽃 축제 콘서트는 시작하여 그 분위기가 한창 무르익어 최고조에 달하고 있었다. 우리나라에서도 익숙한 얼굴, 또한 유명하기 그지없는 중국과 홍콩의 최고 스타들. 그들은 영화와 음악 등 각 장르를 넘나드는 만능 엔터테인먼트들이었으므로 그들이 나와 재미있고 경쾌한 노래, 활기 찬 분위기를 만들어주었다. 관중들의 반응이 대성공이었던 것은 말할 필요도 없었다.

그리고 중반부에는 일본의 스타들이 무대를 장식하였다. 일본 가수들은 아직 한국에 대중적으로 널리 알려지진 않았지만 인터넷의 보급으로 문화 개방이 되지 않았음에도 청소년들에게 큰 인기를 얻고 있는 스타들이다. 십대가 아니더라도 SMAP, 아무로 나미에 등의 이름을 한번쯤 들어봤다는 것이 그 단적인 예라고 들 수 있다.

어쨌든 일본 스타들의 무대 또한 폭발적인 인기 속에 마치며 서서히 다음 무대를 한국의 스타들에게 인도할 때였다. 한류(韓流) 열풍을 일으키고 있는 우리나라 스타들의 무대…

한데 그때였다.

"엄마, 저기 봐봐. 비행기, 비행기."

콘서트 구경을 온 어느 꼬마 아이가 공연장의 하늘을 가리키며 말하는 것처럼 공연이 한창일 그때 공연장 상공을 헬기가 지나가고 있었다.

음악을 들으러 온 사람들인만큼 시끄러운 헬리콥터의 등장은 반갑지 않을 수 있었으나 그것이 지나가고 나서 불평의 소리는 터져 나오지 않았다. 헬리콥터의 시끄러운 소리도 심하지 않았을 뿐 아니라 그것이 지나가고 나서 무대 위로 아름다운 꽃비가 내리기 시작했기 때문이다. 그리하여 오히려 관중석 여기저기에서 터져 나오는 탄성!

그리고 그 순간 대낮처럼 환하게 밝혀져 있던 대공연장의 모든 조명이 천천히 어둡게 빛이 스러져 갔다. 그러면서 잔잔히 넓게 퍼지는 감미로운 멜로디.

스포트라이트와 몇 가닥의 레이저로 무대를 장식하자 일본 최고의 미소년 가수로 떠오르는 타카자와가 달콤한 목소리로 노래를 부르며 천천히 등장한다.

My love.
There's only you in my life.
The only thing that's right.

"와아아~"
소년의 목소리가 공연장을 울리자 사람들이 놀란다.
깜깜할 정도로 어두워졌던 조명이 점차 빛을 밝혀갔다.
꽃비가 내리고…

또한 그 순간,

My first love.
You're every breath that I take.
You're every step I make.

일본의 대표 가수로 나온 소년의 노래를 받는 아름다운 소녀의 목소리.

천상의 목소리를 이렇다 할까?

너무나 맑고 아름다운 미성에 사람들이 다시 한 번 탄성을 지르며 그 목소리의 주인공을 찾아 고개를 돌렸다. 그런데 스포트라이트는 의외로 무대가 아니라 관중석을 비추고 있다. 정확히는 관중석에서 무대까지로 내려오는 통로 계단 위.

그곳에 천사보다도, 요정보다도 더 아름답다고 장담할 수 있는 한 소녀가 마이크를 들고 노래를 부르며 천천히 사뿐사뿐 계단을 내려오고 있었다.

노래는 Diana Loss & Lionel Riche 의 「Endless Love」.

머라이어 캐리가 리바이벌해서 또다시 많은 사랑을 받았던 그 아름다운 노래다. 그 노래를 마리안이 한국의 무대를 여는 가수로서 일본 가수와 함께 듀엣으로 노래하고 있었다.

And I
I want to share.
All my love with you.

No one else will do.

And your eyes(your eyes, your eyes).

They tell me how much you care.

Oh, yes.

You will always be

My endless love.

아름다운 노래, 그리고 그만큼 아름다운 마리안!

솜사탕처럼 녹아내릴 듯 달콤해 보이는 귀여운 핑크 빛 드레스를 입고 등 뒤로 자연스럽게 풀어 내린 은빛 머리타래 또한 핑크 색 리본으로 심플하게 장식했다. 하지만 조명에 달빛 폭포인 양 눈부시게 빛나는 머리칼과 보석보다 아름다운 커다란 청록색 눈동자가 세상 그 어느 것보다도 훌륭한 장신구여서 여태까지 나왔던 그 어떤 여가수보다도 화려하고 아름다웠다.

마리안이 노래하며 계단을 거의 다 내려오자 아름다운 모습에 놀랍다는 듯 환한 미소를 짓는 일본 가수 소년. 그 미소년 가수가 무대를 내려가 직접 마중 나가서 분홍빛 장갑을 낀 마리안의 손을 이끌고 무대로 오며 계속 함께 노래한다.

Two hearts, two hearts that beats as one.

Our lives have just begun.

Forever, I'll hold you close in my arms.

I can't resist your charms.

And love, I'll be a fool for you.
I'm sure you know I don't mind
'cause baby, baby, you mean the world to me.
Oh, I know I found in you,
My endless love.

Oh, and love, I'll be that fool for you.
I'm sure that you know I don't mind.
And yes, you'll be the only one
'cause no one can deny.

This love I have inside.
And I'll give it all to you,
My love, my endless love.

일본 가수가 한국 여가수를 마중 나가 에스코트해 오는 것은 예정에 없던 일.

마리안이 방긋 웃으며 무대를 올라 서로 마주 보고 열창하며 노래하는 사이에도 일본 가수 소년은 마리안에게 반했는지 그녀의 손을 꼭 쥐고 놓지 않았다.

아름다운 화음.

아름다운 소년, 소녀.

사랑을 주제로 한 노래여서인지 두 나라의 가수들이 반짝이는 얼굴로 서로를 바라보는 모습은 너무나 아름다워 보였다.

그리고 그렇게 한국과 일본의 어린 가수들이 선보인 환상적이고 달콤한 노래 「Endless Love」는 잔잔하게 끝을 맺었다. 노래가 끝나고 마지막에 불꽃이 터진다.

"우와아아아—"

멋진 무대와 그때를 맞춰 하늘로 솟아올라 시작된 마지막 불꽃놀이 쇼!

사람들이 환호한다. 폭발적인 박수가 쏟아지고 휘파람과 꽃이 무대를 향해 날아갔다.

이제 한국 가수들의 차례. 축제의 마지막을 장식할 한류 스타들의 환상적인 무대를 보여줄 차례였다. 마리안을 포함하여 대한민국 스타들의 공연이 본격적으로 펼쳐지기 시작되었다.

드디어 여름 불꽃 축제가 모두 끝났다. 콘서트도 국민들의 열광으로 성황리에 잘 끝마쳤고 위성 생방송은 아무 문제 없이 끝까지 아름다운 노래, 훌륭한 공연을 아시아 전역에 방송하였다.

그리고 이제 남은 것은… 이별뿐.

제후는 신동민에게 여러 가지로 마지막까지 고맙다는 기분을 어찌할 수 없었다. 정말 항상 자기는 민제후 뒤치다꺼리나 하다가 평생 끝날 것 같다고 툴툴대더니 한국에서의 마지막 날까지 자신의 일에 매달려 준 것이다. 자신이 유세진, 문승현과 함께 마리안을 찾아다닐 때 신동민은 장태현 덕분에 엉망으로 꼬여 있던 사업들을 재정리해 주었다. 단군 프로젝트의 제재가 풀린 것도 신동민의 수완이 큰 힘이 됐다.

제후는 휑한 공연장 바깥으로 나와서 신동민을 바라보며 어렵사리 입을 열었다. 내일 아침이면 비행기를 탈 녀석인데, 섭섭하지만 뭔가 멋진 말을 해주고 싶은데 고맙고 미안한 만큼 아무것도 생각이 나지 않았다.

역시 머리가 나쁜 건가? 평범한 대사밖에 떠오르지 않는다.

"야, 신동민. 미국 유학… 잘 갔다 와. 기다릴게…… 우오오옷!! 닭살이야!!"

그런데 그나마 닭살이다. 이 일을 어찌하면 좋단 말인가.

제후가 자기가 내뱉은 말에 온몸에 소름이 쫙 돋는 듯해서 벅벅 긁어대자 신동민도 그런 민제후를 보고 얼굴을 요상하게 찡그리며 감탄한다.

"알면서 그런 말을 내뱉다니. 대단하다, 너."

아무리 그래도 그렇지, 그렇게 말하다니.

하나 인정한다. '잘 갔다 와', '기다릴게'라는 말들이 이리도 닭살스럽고 이상하게 들릴 줄이야.

"이봐, 난 지금 간만에 심각하게 말하고 있는데… 쳇! 그래, 내 스타일대로 하자."

그럼 뭐라고 해야 되지? 뭐라고 해야 될까?

'안녕, 잘 가… 공부 열심히 해… 돌아오지 마. 돌아오면 주민등록 말소야… 으아악! 이건 대체 언제적 유머냐? 미치겠네.'

이러나저러나 민제후는 민제후일 뿐이다.

"흠, 그래, 내 스타일대로! …그래~!! 간다고 하는데 무슨 수로 말리겠어. 가라고, 가. 가버려. 어여 가! 널 만나고 되는 일이 하나도 없… 나하하하하~ 이건 아니고. 에이쒸~ 자꾸 오바되네. 이럴 때 뭐라고 말해야 하는지 도무지 알 수가 있어야 말이지."

"푸하하하하하하하~!!!"

"얌마, 웃지 마! 솔직히 고민 많이 했단 말이야, 작별 인사. 으아~ 몰라몰라."

제후가 얼굴을 붉히며 화를 내다가 두 손으로 자기 머리를 잔뜩 흐트러뜨렸다.

"잘 갔다 와라. 몸조심해라. 연락해. 땡! 내 말은 이게 끝이야. 난 내일 일정이 있어서 공항으로 배웅은 안 간다. 그럼."

제후가 따발총처럼 따따따 쏘아버리고 휙 돌아섰다. 그리고 기다리고 있던 수행원들과 함께 가버렸다. 아직 밖으로 나오지 않은 다른 친구들 얼굴도 보기 전에 돌아서서 가버리는 것을 보아하니 애들 앞에서는 더욱 감상적으로 변할 것 같아 쑥스러워하는 듯하다.

그런 민제후의 뒷모습에 동민이 혼자서 중얼거렸다.

"항상 제멋대로라니까."

입가에서 시작하여 점점 그 소년의 얼굴 전체로 미소가 사라락 퍼져갔다.

그리고 한편 그와 같은 때, 민제후는 공연장 밖에서 기다리고 있던 차에 오르며 기쁘면서도 씁쓸한 기분에 빠져들고 있었다.

'하아~ 마리안 일은 잘 풀렸다. 하지만 내일 있을 주주총회는 결국 실패인가?'

마리안을 무사히 찾아냈고 여름 불꽃 축제를 사고 없이 치러냈다는 것이 성과. 그러나 친구들이 모두 애써줬지만 나머지 프로젝트들과 다른 사업들은 겨우 원점으로 돌려놨을 뿐이다. 아무 일 없이 마리안을 찾아냈고 사람들 인명 피해 없이 사고를 미연에 방지하며 축제를 마무리 지었다는 사실 등은 정말 기쁘기 그지없다. 하지만 역시 쓸쓸한 이 기분은 친한 친구와의 이별 이외에도 장태현 이사 때문이었다.

축제가 성공리에 끝나 적어도 비난의 화살은 피했다지만 이번에 벌어진 여러 가지 소동들로 인해 단군 프로젝트의 헬리콥터 해외 수출 계약도 모두 수포로 돌아갔고, 그로 인해 내일 아침 주주총회에서 여러 가지 꼬투리가 잡힐 것이다. 이대로라면…

'어쩌지…….'

"도련님!!"

그때 믿을 수 없다는 듯 떨리는 김 비서의 목소리. 민제후는 핸드폰을 들고 부르는 김 비서의 부름에 고개를 돌려 뜻밖의 놀라운 소식을 들었다.

그날 밤 민제후는 또 하나의 새로운 변수를 만나게 되었다.

*　　　*　　　*

"그럼 이대로 경영자 신임 여부에 대한 의결을……."

대(大)성전그룹의 총본산, 성전 밀레니엄 중앙센터의 최고 회의장에서 아직은 좀 이른 아침에 열리고 있는 주주총회.

"잠깐만요!"

탕!!

"잠시 기다리시죠. 늦어서 죄송합니다."

그때 누군가의 목소리가 주주총회가 열리고 있는 대회의장 문을 두 손으로 벌컥 열어젖히고 들어왔다.

그것에 놀란 이사들. 놀랄 수밖에 없었다. 묘하게 위축되고 보이지 않는 강한 압박과 협박 속에 끌려가던 주주총회. 그것을 누군가가 중지시켰다는 것도 놀라운데 총회를 중지시킨 인물은 더욱 놀라웠기 때문이다.

소년?

놀랍게도 어린 학생이었다. 클래식한 고급 수트를 차려입어 어린 나이임에도 제법 절제되고 위엄이 있어 보였지만 화사한 금갈색 머리칼과 아직 얼굴에 남아 있는 장난기 어린 미소가 사업가라기보다는 귀한 집안의 귀공자 같다는 느낌을 더 강하게 준다. 하지만 중장년층, 또는 노인들이 대부분인 대주주와 이사들 사이로 뛰어든 사람인만큼 무슨 연유일까 싶어 아직 누구도 섣불리 화를 내거나 호통을 치지 않았다.

더구나 그 소년의 등 뒤로 따라 들어와 그의 뒤에 서는 인물은 전(前) 성전그룹 총수인 장문수 창업주의 양팔이었던 김성민 비서실장과 한지훈 기획실장.

다만 장태현 이사 혼자 그들의 등장에 얼굴이 점차 일그러지고 있을 뿐이었다.

그렇게 장태현이 얼굴을 구겨뜨리고 많은 주주들이 의아한 얼굴을 하고 있을 그때, 그 소년이 거침없이 회의장 앞으로 걸어나가 중앙 최고 자리에 서서 간단하게 인사를 한다.

"현재 성전그룹의 회장 직을 맡고 있는 민제후라고 합니다. 우선 거두절미하고 여러분께 단군 프로젝트가 건재하다는 사실을 다시 알려드리는 바입니다."

웅성웅성—

충격적인 발언!

한꺼번에 두 가지 충격발언을 한 소년의 모습에 회의장은 한순간에 벌집을 쑤신 듯 웅성거리기 시작했다.

　아직 절반이 넘는 많은 주주들이 성전그룹의 현 총수의 얼굴을 모르고 있는 시점에 그 궁금하기 짝이 없던 신비의 성전 총수라는 인물이 황당하기 짝이 없게도 이런 어린 소년이었다는 사실이 첫 번째 충격이었고, 그리고 또 다른 한 가지는 성전그룹이 사활을 걸다시피 해서 주력하던 신우주 사업 단군 프로젝트가 완전히 실패한 것으로 보고되어 방금 전 그 책임을 묻고자 했건만 그 프로젝트가 실패하지 않고 건재하다는 발언이 그 두 번째였다.

　그러나 민제후라는 소년은 웅성이는 좌중에도 전혀 흔들림없이 계속 말을 이어갔다.

　"여러분들께서 우려하던 것과는 달리 단군 프로젝트의 다목적 헬기「JUPI」를 비롯하여 다른 기종들까지 오늘 이른 아침 중국의 최대 항공사인 차이나 에어라인과 우선 1차분으로 3천 만불 계약을 맺었음을 알려 드립니다. 그 계약 건으로 조금 늦었습니다."

　"헛소리하지 마!!"

　그 순간 회의장 한쪽에서 터져 나온 고함 소리.

　'장태현 이사…….'

　민제후가 날카로운 눈으로 그쪽을 향해 시선을 던지자 장태현 이사가 벌떡 일어서서 비열한 웃음을 얼굴에 담고 입술을 비틀면서 주절거린다. 어이없다는 눈초리.

　"단군이고 나발이고 그 프로젝트는 실패했어! 정부에서 제재도 받기 시작하고 공장도 멈췄어."

　"제재는 어젯밤을 기해서 풀렸고 성능과 안전 등 모든 면에서 국제

적 인증을 받았습니다. 생산에도 아무 문제 없습니다."

제후가 속이 뒤집어지게 행동하는 장태현의 행태에도 침착하게 냉정을 유지하며 차갑게 답변했다.

'아직 사태 파악이 안 되시는군.'

"말도 안 돼. 큭큭큭… 이 상황을 모면하려고 거짓말을 꾸며대는 모양인데, 그래, 그것들이 전부 사실이라 치더라도 가장 중요한 것은 물건을 하나도 팔지 못했잖느냐! 큰 계약 건이 모두 수포로 돌아갔다는 걸 알고 있는데 어디서 감히 거짓을……."

"여.름. 불.꽃. 축.제."

장태현은 태연하게 그를 바라보면서 검지손가락을 들어 흔드는 소년의 모습에 눈가에 주름을 잡았다. 생긋 웃으면서 쯧쯧쯧 혀를 차며 좌우로 손가락을 흔드는 폼은 '그게 아니야, 아니야'.

"뭐?"

"어제 여기 계신 모든 분들도 여름 불꽃 축제를 보러 오셨을 줄 믿습니다. 성전에서 아시아 전역으로 위성 생중계하는 대규모 국제 공연이었으니까요. 그런데 뜻밖에도 중국의 에어라인 회사의 회장님께서도 부인과 함께 축제를 관람하러 오셨더군요."

차이나 에어라인은 성전그룹에서 목을 매며 기대하던 최고의 고객이었다.

"여름 불꽃 축제를 관람하고 계셨던 그쪽 회장님께서 어제 돌발적으로 공연에 참가한 저희 「JUPI」를 보시고 한 번에 계약을 타진해 오셨습니다. 현재 예상치 못한 문제로 이상한 루머가 돌고 있으나 저희 쪽에서 모든 성의를 보였고 에어라인 사에서도 모든 걸 충분히 검토하여 아무 문제가 없음을 확신하고 계약을 체결하였습니다. 차이나 에어라인에는 총 3차분으로 나누어 납품될 것이며 총규모 1억 불입니다."

감탄과 작은 탄성이 터져 나온다.

"또한 헬리콥터와 같은 회전익 기종뿐만이 아니라 우리 성전은 전투기, 민수 항공기, 초음속 항공기, 위성과 시뮬레이터 등 각 분야에서 단계적으로 독자적인 기술 개발을 이룰 것이고, 단군 프로젝트는 성전그룹의 신우주 사업을 선두로 이끌면서 2010년까지 300억 불에 이르는 기적의 수출 성과를."

승리를 확신한다.

제후가 얼굴이 흙빛으로 변한 장태현을 똑바로 쳐다보며 미소 속에 천천히 말을 마쳤다.

"이뤄낼 것입니다."

주주들과 이사진들 사이에서 박수가 터져 나왔다. 기립 박수.

사실은 운이 좋았을 뿐인데. 뜻하지 않게 김대준이라는 의원님의 도움도 있었고 차이나 에어라인의 회장님도 때마침 한국으로 관광을 오셨던 것이 큰 변수로 작용했던 것이다. 물론 그 변수 이후의 것들은 유능한 부하 직원들과 뛰어난 인재들의 노력이었지만.

하여튼 장태현은 완전히 똥 씹은 표정이 되었다.

"아참, 그리고 자세한 이야기를 하기 전에 우선… 장태현 이사님!"

그때 회의실 문이 열리며 몇 명의 사복 차림 남자들이 들어와 장태현의 양팔을 붙들었다.

"장태현 씨, 당신을 연예인 납치, 감금에 공공장소 테러 혐의와 협박, 사기 혐의 등으로 체포합니다."

"뭐, 뭐야?!"

"가시죠."

"이, 이게 지금 뭣들 하는 짓이야! 당신들 뭐야! 내가 누군지 알고 이러는 거야!! 증거 있어? 증거 있냐고!!"

형사들이 나타나 회의장에서 연행해 가려고 하자 장태현은 안 끌려가려고 발버둥 치며 증거 있느냐, 영장 가져와라 등 별의별 발광을 다부리고 있었다.

제후는 실소가 나오는 것을 억지로 참았다.

어찌 보면 치밀했던 것 같지만 또한 허술하기 짝이 없던 일련의 사건들이었다. 마치 누군가 일부러 이런 결과를 얻어내려고 했던 것처럼. 그럴 리 없겠지만.

'뭐, 어쨌든.'

민제후의 눈동자가 차갑게 반짝였다.

"장태현 이사님, 마리안을 납치한 일이나 기타 등등의 사건들을 움직인 일당들이 모두 잡혔습니다. 그리고 그들이 장태현의 사주였다고 자백했고, 충분한 물증도 확보했습니다. 또한 그 밖에 당신이 회사 내에서 저질렀던 불법 비리들까지 한꺼번에 고발되었습니다."

"뭐, 뭐야?!"

"더 자세한 것은 오늘부터 특별감사에 들어갈 테니 새로운 것이 드러나는 대로 따끈따끈하게 알려 드리지요. 그건 꼭 약속드리겠습니다."

제후가 방긋 웃으면서 약속하자 그 귀여운 모습에 장태현이 이를 갈아붙였다.

"아차! 잠깐만요, 형사님들."

그리고 그때,

퍼억!!

"컥… 꺼억……."

형사들에게 양해를 구하고 화사한 웃음을 지으며 다가갔던 그 소년이 순간 엄청난 힘을 주먹에 실어 장태현 이사의 배에 꽂아 넣었다.

돌발적인 제후의 행동에 크게 떠진 모두의 눈. 얼마나 세게 쳤는지 장태현은 허리가 꺾인 채 계속 꺽꺽대며 욕도 못하고 있었다. 게다가 배에 간 충격이 정말로 컸던지 먹은 걸 토하려고까지 하니…….

그것을 똑바로 서서 내려다보는 민제후의 얼굴엔 싸늘하기 짝이 없는 눈과 달리 환한 미소가 떠올라 있다.

"이건 마리안의 몫이었습니다. 제가 대신 때려주기로 약속했거든요. 그리고 이건……."

순간적으로 꿈틀한 민제후의 눈매.

"제 몫입니다!!"

"어?"

뻐억!!

"쿠헥!!"

하얀 뭔가가 허공에 작렬했다고 여겨진 순간 장태현의 몸뚱이가 날아가 벽까지 밀렸다.

우당탕!

장태현의 턱을 날렸다.

하지만 그 턱을 날린 주먹은 찻잔이나 들면 딱 어울릴 것 같은 곱고 하얀 작은 손. 그런데 그런 하얀 주먹에서 이런 괴력이 나오다니. 회의장에 앉아 있는 사람들은 장 이사의 안위보다는 혜성처럼 나타나 자신들의 마음을 휘어잡는 똑똑하고 박력 넘치는 매력적인 어린 총수에게 더 관심이 깊어졌다.

'이걸로 끝이야.'

제후는 그 순간 장태현의 얼굴에 자신의 모습을 덧씌워서 때렸었다. 더 이상 피하지 않으리라. 현성우가 아니라 더한 과거의 망령이 날 덮친다 하더라도.

'나는 더 이상 박경덕이 아니라 민제후니까.'

턱이 부서졌는지 약간 돌아가는 발음으로 장태현 이사가 형사들에게 끌려 나가면서 추하게 악다구니를 썼다.

"이… 이놈의 @#$%새끼야!! 감히 날 쳤어! 버르장머리없는 새끼! 내가 너 같은 애새낄 가만둘 줄 알아!!"

저주에 찬 그 말들에 제후가 더할 나위 없이 예쁘게 방긋 웃어주며 상냥하게 이렇게 말해 줬다.

"아, 그럼 고소하세요."

제후의 말에 더욱 열불이 나는지 장태현이 더 무섭게 발광이었다.

그렇게 장 이사가 악을 쓰면서 형사들에게 끌려 나가고 제후는 그 장태현이 잘못 보고한 그동안의 자신의 사업 성과에 대해 재보고를 할 필요성을 느꼈다.

이제 거짓이 아니라 진실을 들려줘야 한다. 성전이 얼마나 성장을 해왔는지, 성전이 지금 얼마나 눈부시고 앞으로 미래에는 얼마나 더욱 찬란하게 빛날 가능성을 가지고 있는지 들려줘야 한다.

"자, 그럼 본격적인 주주총회를 다시 시작해 볼까요?"

그러나 결과는 모두들 알고 있었다.

얼마 뒤, 회의장 바깥까지 요란하게 모두의 박수가 터지는 가운데 주주총회는 끝났다.

　그날 저녁, 성전 총수 저택.
　"으아악! 야, 너 여기서 지금 뭐 하는 거야?"
　제후는 회사에서 집으로 돌아와 자기 방에 들어서는 순간 없어야 할
인간이 편안하게 자리 잡고 있는 것을 보고 까무러치게 놀랐다.
　'신동민? 신동민이라니… 저 녀석이 왜 여기 있는 거지?'
　제후가 화들짝 놀라서 문까지 쫙 물러나 살펴보자 제후의 방에 속한
거실에 있던 신동민이 민제후를 보고 그제야 아는 척을 한다.
　"뭐 하긴, 공부하잖아."
　너무나 당연하다는 말투.
　동민이 민제후의 방에 있는 넓은 거실에 앉아 이것저것 서류를 정리
하고 있었다. 한쪽엔 원어로 된 두꺼운 책들도 쌓여 있고 가볍게 메모
할 수 있게 옆에 가져다 놓은 종이와 만년필 등도 보인다.
　제후가 황당하다는 얼굴로 그것들을 쳐다보고 있자 신동민이 보고
있던 책에서 눈도 떼지 않은 채 쓰고 있던 무테 안경을 손가락으로 밀
어 올리며 중얼거렸다.
　"아, 세진이랑 승현이 형이라면 저쪽 서재에서 스타 하고 있다. 너도
가서 끼든가."
　그때 저쪽 건너편에서 들려오는 문승현과 유세진의 목소리.
　"어이, 제후 왔냐! 얘기 들었다. 다 잘됐다며? 축하해!"
　"저도 왔습니다, 제후 군!"
　"어, 그래. 왔어……?"
　'…가.아.니.잖.아, 지금!!'

짚고 넘어가야 할 건 짚어야 해!

제후는 아직 한국에 남아 있는 신동민이 반갑고 기뻤지만 이건 아니라고 생각했다. 자신의 미래를 위해서 어렵게 결정했던 일을 마치 별일도 아니었다는 것처럼 이렇게 쉽게 내던져 버린다는 건 용납할 수가 없다. 그리고 무엇보다도 그것이 자의가 아니라 누군가에게 발목 잡혀 차마 나갈 수 없었던 것이라면 그건 더 용서할 수 없다. 설혹 발목을 잡은 상대가 자신이라 해도.

"야! 신동민!! 넌 지금 뉴저지 주의 프리스턴 대학에 있어야 할 놈이잖아! 어떻게 된 거야? 비행기 안 탔어?"

"응? 난 그때 분명히 아직 아무것도 결정된 게 없다고 했을 텐데."

"안 했어!"

사실이다. 제후한텐 안 했다.

"그랬나? 뭐, 어쨌든 상관없지 뭐."

잠시 흘깃 눈을 들어 민제후를 쳐다보다가 다시 심심하게 책으로 시선을 늘어뜨린다.

'그게 그렇게 아무 일도 아니었던 것이냐?'

금갈색 머리칼의 하얀 얼굴의 소년이 멍하게, 허탈하게 서 있자 모델처럼 핸섬한 키 큰 소년이 이렇게 중얼거렸다.

"아, 물론 공부는 계속할 거야. 그쪽 경제학 학부장님의 배려로 수업은 인터넷으로 받을 수 있게 되었거든. 그리고 굳이 가고 싶다 해도 여기서 학교를 마치고 천천히 가도 상관없고. 또 어차피 난 그곳 아니라도 오라는 곳이 널렸으니 상관없지."

"하지만 너, 한 번 나가면 적어도 7, 8년간⋯⋯."

신동민의 무신경한 목소리라니⋯⋯. 여전히 시선도 주지 않고 다리를 꼬고 앉아 느긋하게 보고 있던 책에만 눈길을 줄 뿐이다. 조용히 책장을 넘기는 신동민의 무테 안경이 조명에 투명하게 반짝였다.

"이것 봐, 민제후. 너, 이 신동민을 겨우 그 정도로밖에 생각 안 했던 거야? 내가 네 앞에선 별로 잘난 것 없어 보였을지 모르지만 이래 봬도 난 8살 때 이미 세계 천재 모임에서도 인정받은 두뇌란 말이야. 알겠어? M.B.A? 훗! 경영학 석사 정도는 1년 안에 깨끗하게 딸 수 있어. 마음만 먹으면 훨씬 더 빨리도 가능하지. 그리고 이미 난 학위가 5개나 있는걸. 박사 2개, 석사 3개."

"에에에엑～?!"

민제후의 경악의 소리가 멀리멀리 울려 퍼졌다.

"몰랐냐? 뭐, 놀랄 것 없어. 다 심심풀이로 따놓은 거니까."

동민이 심드렁하게 책장을 넘기면서 중얼거린다.

제후는 새로운 충격에 얼이 빠져 버렸다. 동민이 녀석이 비행기를 안 탔다는 것 말고도 이미 신동민은 학위 5개를 가지고 있는 초, 초, 초, 초괴물 천재였다는 사실로도. 공부를 꽤 잘하는 놈이라는 것은 알고 있었지만, 특고생이라는 것으로 상당히 똑똑한 녀석이라고는 알고 있었지만 설마 이 정도였을 줄은… 등잔 밑이 어두웠던 게다.

'허허, 혹시 나만 몰랐던 건가?

신동민이 그제야 어안이 벙벙한 민제후를 향해 고개를 들어 삐딱하게 쳐다보며 말했다.

"바—보."

컥!! 그래, 나 바보야. 넌 천재라 좋겠다.

'그런데 그렇게 잘난 천재나으리가 왜 아직까지 애들이나 다니는 학교를 다니고 있나 몰라. 헹!'

"아, 그건 나의 청소년기를 걱정하는 마음 때문이지. 천재들은 보통 아이들이 겪어야 할 평범한 시기를 놓쳐 공허한 마음이 생기기 마련이 거든. 내 정신 건강을 위해서야. 그래도 할 건 다 알아서 하니까. 그래 서 내가 너.처.럼. 운만 좋고 힘만 뻗치는 멍텅구리의 가정교사 겸 뒤 치다꺼리를 해가며 참고 있는 거지 뭐겠어. 물가에 내놓은 어린애 같 아서 내가 떠날 수가 있어야 말이지. 어느 정도 교육을 좀 시켜놓고 나 가야지 원."

"…무서운 놈. 너도 유세진에게 독심술을 배웠지?"

"그런 거 배울 필요나 있냐? 넌 얼굴에 생각이 그대로 다 나타나잖 아."

'으… 으윽… 좀 화난다. 하지만… 마땅히 대답할 말이 없다는 게 더 열받는다. 자존심 무지 상하지만 인정할 수밖에 없는 이 현실이 너 무 싫다.'

평소엔 잘 못 느꼈는데 신동민이 천재긴 천재였던 모양이다. 그런데 왜 민제후는 그런 걸 실감하지 못했을까?

"모두 간식 드세요~"

그때 방문을 열고 들어오는 여자들.

민제후의 어머니인 장혜영 여사와 한예지, 마리안까지 총집합해 들 어온다. 한참 수다를 떨다 들어오는 건지 차와 간식거리를 준비해 온 여자들의 얼굴엔 웃음꽃이 활짝 피어 있었다.

"엑? 이건 또 뭐예요? 오늘 우리 집에서 동네 반상회라도 있는 거예 요?"

연속적으로 벌어지는 어리벙벙한 사실에 제후가 장혜영 여사께 이 모든 사태를 설명해 달라는 눈빛을 끈질기게 보내자 장 여사님이 빙긋 웃으시며 제후의 등짝을 '짝' 소리나게 때리며 활기 차게 웃음을 터뜨리셨다.

"오호호호호호호호~ 좋은 게 좋은 거 아니겠니, 아들? 그렇지?"

"아하하… 윽! 네… 네에… 그건 그, 그렇죠. 아우윽… 등짝이……"

등판에 엄청난 손자국이 빨간색으로 선명하게 찍혔을 거라는 걸 전혀 의심치 않는다.

제후는 등짝 한가운데서 몰려오는 따가움에 불 위에 올려놓은 오징어처럼 팔을 뒤로 돌리려 하며 몸을 비비 틀었다. 상상을 넘어서는 고통. 피아니스트의 매운 손맛을 또다시 처절히 느끼는 한순간이었다. 눈물이 찔끔 흘러나왔다.

"야, 민제후! 전화 왔다."

그 순간 서재 전화기를 들고 거실로 나온 문승현.

'이 밤중에 누가?'

"여보세요? 누구… 엇?"

아직 완전히 정신을 차리지 못하고 헤매고 있던 소년이 문승현이 건네준 전화기를 받아 들었다가 수화기 저 너머로 들려온 목소리에 눈을 크게 떴다.

"제이?"

환해지는 얼굴.

그 소리에 다른 아이들도 간식거리에서 민제후 쪽으로 일제히 관심을 옮겼다. 모두들 우당탕거리며 제후에게 달려들어 서로들 앞다투어 전화기에 '잘 지냈어?', '뭐 하느라 지금껏 연락도 없었냐' 등등 소리 지르느라 바빴다.

덕분에 개인적으로 제이를 잘 모르는 문승현과 마리안은 장혜영 여사와 함께 별 경쟁자 없이 느긋하게 인생을 논하며 케이크를 먹을 수 있었다나 어쨌다나.

"야~ 거기 물 좋냐? 공부하기에는 어때? …에? 왜 우는 소리야? 스파르타? 마카로브 교수님이? 꺄하하하~ 그것 참 쌤통이다, 짜식아! 너, 그거 하소연하려고 이 엉아한테 전화했구나? 귀여운 놈!"

늦은 밤이지만 모처럼 왁자지껄한 성전 총수 저택, 아니, 민제후의 집에 활기가 돌았다. 저택 위로 별이 쏟아질 듯 아름다웠다.

＊   ＊   ＊

단순한 폭력 조직에서 탈피하여 세력을 키운 해성유통.

지금은 유통업계에 떠오르는 강자로서 점차 자리를 잡아가는 그 회사의 사장실은 사원들이 거의 퇴근한 저녁 늦은 시간에도 불이 환하게 켜져 있었다. 해성파라는 이름의 폭력 조직을 손아귀에 쥐었을 때의 희열을 기억하고 있는 한 사람이 지키는 그 장소.

모든 것은 사람 마음먹기에 따라 달라지는 것. 못한다, 못한다 생각했던 것들도 어떤 작은 불씨가 계기가 되어 모든 것을 잿더미로 만들 수 있다는 걸 깨닫게 되고 나서 오히려 그 붉은색에 심취되어 살아온 한 남자가 그곳에 앉아 있었다.

어두워진 바깥 세상.

상가와 빌딩, 가로등, 자동차 불빛으로 형형색색 아름다운 야경을 환하게 트인 창으로 의자에 기댄 채 날카롭게 바라보고 있는 그 남자. 현성우라는 남자. 악마에게 영혼을 팔았다고 했던 그.

'성전그룹을 장악하는 건 역시 실패였다. 그래, 몇 가지 장난으로 그렇게 쉽게 넘어올 리가 없지. 더구나 장태현 같은 위인한테.'

"푸후후후……."

그가 그렇게 심장을 손톱으로 긁는 듯한 웃음소리를 내고 있을 그때, 아무도 없는 복도에서 여자의 하이힐 소리가 점차 가깝게 들려왔다. 조용히 열린 문소리와 그에게로 계속 이어지는 또각거리는 매혹적인 하이힐 굽 소리. 하지만 곧 그 구두 소리가 현성우가 앉아 있는 의자 뒤에서 멈추었다.

"나, 보고 싶지 않았어요?"

그리고 갑자기 현성우의 뒤에서 목을 감싸 안으며 나타나는 얼굴…

'마리안?'

아니다! 마리안과 닮았지만 마리안이 아닌 어른 여자다.

검은 머리, 검은 눈동자.

더구나 마리안이 이제 막 피어나는 싱그러운 꽃봉오리 소녀라면 이 여인은 활짝 피어나는 검붉은 흑장미의 성숙한 여인이다. 바로 꿈속에서 현성우의 손에 죽어간 그 여자의 얼굴!!

다만 그 꿈속의 여자와 다른 것이 있다면 몇 년의 세월의 흔적인지 소녀의 순수함을 완벽히 벗고 위험한 매력을 한껏 입은 '여인'으로 변해 있다는 사실이다. 하지만 이런 일이 있을 수 있을까? 그녀는, 윤혜서는 죽었는데……

현성우가 그 여인을 향해서 위로 손을 뻗으며 피식 웃었다.

"이번 납치극, 당신 짓이지?"

"글쎄요… 뭘 말하는지 모르겠네요."

그녀가 맞군.

"홋… 재밌었어. 저번의 그 꼬마 계집애를 겨냥한 많은 사고들도 그렇더니만. 하지만 장태현을 보이지 않게 부추겨서 조직을 마음대로 움직이다니. 이번엔 위험할 뻔했군."

윤혜서.

"당신, 가끔 이상한 표정으로 날 쳐다보는군요. 난 유령이 아니라고요."

"아아, 그래, 그렇지. 당신은 살아 있지. 살아 있는 마녀지. 쿡쿡."

"나쁜 사람이네. 맞아요, 난 마녀예요. 그리고 당신은 악마고 말이야. 호호호호~"

새빨간 립스틱을 바른 요염한 입술이 현성우의 입술을 더듬는 것이 보인다.

"하지만 한때 아주 멍청한 어떤 덩치는 그걸 몰랐고 말이죠."

현성우는 이미 이 세상 사람이 아닌 박경덕이라는 인물을 떠올리고 얼굴을 굳혔다. 건장한 체구, 당당한 위엄과 카리스마. 아무것도 가진 것이 없었지만 그의 존재 하나만으로 모든 것을 가질 수 있었던 사나이. 그가 최초로 인정한 인간이자 진정한 의미에서 쓰러뜨리겠다고 결심을 했던 인물.

그런데 현성우는 또 다른 사람의 얼굴이 떠오르자 이번엔 입가에 뜻 모를 가느다란 웃음이 피어올랐다.

외모도, 나이도, 배경도, 모든 것이 다른 한 소년.

아직 열여덟 살의 단정한 선을 가진 금빛이 어울리는 도련님.

박경덕과 어느 것 하나 일치하는 것이 없는 그 아이를 보면서 현성우는 왜 형님을 떠올리는지 알 수 없었다. 그것도 이미 죽어버려 세상에 없는 사람을 왜 자꾸 그 소년에게서 찾게 되는지도.

　어쩌면 그 눈 때문인지도 모른다.

　"민제후라……."

〈7권으로 이어집니다〉

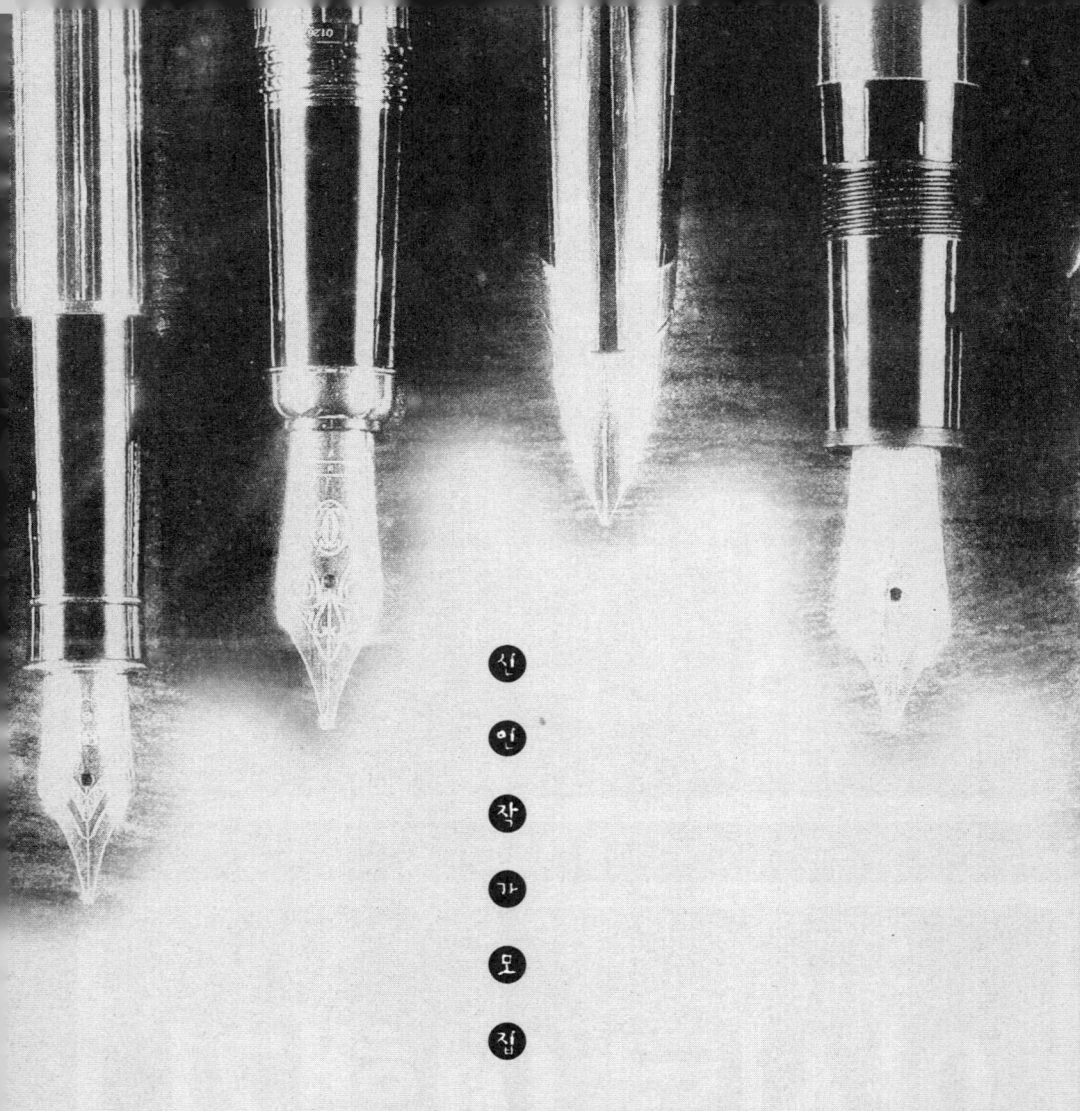